樂土

朱和之——著

為彰顯時代氛圍，書中對話使用「蕃人」、「野猴」等語彙，並非對原住民或日本人不敬，請讀者諒察。

序

在太魯閣的迷霧裡

陳芳明

全球華文文學星雲獎的歷史小說類，連續主辦五年，未嘗有參賽者奪得第一名。歷史小說之所以特別難寫，因為必須照顧到兩個重要領域，一方面是歷史，一方面是小說，卻又很難融合在一起。歷史，強調的是事實；而小說，偏重的是虛構。如何在事實與虛構之間取得平衡，對於創作者無疑是非常嚴重的挑戰。這說明了為甚麼歷史小說獎一直都是從缺，直到去年（二〇一五）才有第二名與第三名入圍。這項突破，逐漸彰顯了全球華文文學星雲獎的真正意義。只要這個獎項持續存在，終有一天傑出的作品一定會出現。

今年終於第一次打破了紀錄，朱和之的《樂土》，在評審眼中是多年來少見的佳構。這部小說集中在二十世紀初期的「太魯閣蕃討伐」事件，以辯證手法彰顯了日本總督「理蕃」政策的矛盾。作者的文學筆法，相當動人。他純熟地在史料之間穿梭，利用歷史敘述的縫隙，適時填補了豐富的想像。除非是行家，否則不可能如此天衣無縫讓所有的登場人物進出自如。作者既要照顧歷史事實，又要帶出抒情的文字，那種過人的擘畫能力，甚為罕見。

長期以來有關台灣的歷史小說，如果不是集中在鄭成功的故事，就是專注於一九三〇年日本消滅原住民種族的霧社事件。這部小說，則把焦點集中在日本總督佐久間左馬太的親征，以及太魯閣古白楊社青年吉揚．雅布的帶頭反抗。這是一場「文明」與「野蠻」之間的對決，也是一場「邪惡」與「正義」的角逐。日本人挾帶著所謂現代文明的優勢，對太魯閣族人進行無情的殺戮，卻也引起日本人之間的爭論，認為耗費太多時間理蕃，反而忽略了平地的建設。原住民的反抗，至少也分散了殖民者對台灣的資源剝削。這部小說無疑為原住民反抗行動做了正面的詮釋。

朱和之在建構小說時，涉獵了許多相關的史料。在錯綜複雜的線索裡，他彷彿帶著讀者回到歷史現場。至少他倚重的主要文獻，對別人而言，可能都是枯燥乏味的資料。但是，他面對錯綜複雜的史料文獻時，卻看到一個精彩的小說。作者頗能掌握文字的速度，在起承轉合之間，相當勝任操控了故事的節奏感。其中也精確點出了日本人的內在矛盾，一方面希望土人與內地人處於和諧關係，一方面又訴諸武力進行壓制。殖民統治手腕的拿捏，完全無法讓原住民信服。

作者清楚意識到不能太過引用史料，而是讓故事本身自然發展。為了達此目的，故事在進行時，絲毫不著痕跡地駕馭史實。故事終結時，原住民在日本人強悍的槍砲威脅下歸順，但也讓日本人付出慘重代價。經此一役，太魯閣人的意識也跟著誕生。佐久間左馬太固然征服成功，卻因墜崖重傷。他退休返回日本，三個月後旋即去世。小說最後留下了餘韻，部落裡盛傳著日本總督死在他們的手上。殖民統治並沒有征服人心，反抗使原住民的靈魂更形高貴。

二〇一六・十一・十五　政治大學台文所

（本文作者為國立政治大學台灣文學研究所講座教授）

【目次】

楔子

一片濃密的雨幕伴隨風勢急襲而來，雨箭又粗又急，嘩啦嘩啦在吳鳳廟前的石板地上濺起兩寸來高的水霧，碎散的水沫又被飄忽不定的強風吹進殿內。

這間坐落在嘉義廳嘉義東堡的吳鳳廟，只有一個小小的單開間正殿，平常香火甚稀，但今日臺灣總督親自前來參加重修落成神像安座祭典，因此隨行的大小官員、新聞記者和臺灣本島人紳商將小廟塞得擁擠不堪，一大半人只能撐傘站在門外廟埕上，衣履盡溼。

佐久間左馬太穿著一套附有肋骨般橫向紐飾的舊式軍服，在一眾新制服的文武官員們中顯得格外老派。即便陸軍制服幾經修改，他仍固執地穿著這身軍服，美其名是念舊，但身為總督卻帶頭不遵守規定，為部屬帶來難以言說的困擾。這件事情甚至還傳到了明治天皇耳裡，最後由天皇親下詔敕，將這套舊軍服定為「臺灣總督制服」，任他繼續穿著。

祭典由總督府蕃務總長大津麟平誦讀祭文，他微弱的話音被嘈雜雨聲和不時悶響的遠雷遮掩得斷斷續續：

……子於四十八年間綏撫教導蕃人得宜，為其所信賴，獨無法革除其殺人馘首之惡習，乃告家人以身後之苦計，從容授首。至誠感化靈驗，使蠢爾之民洗心悔悟，埋石立誓假令八掌溪之石盡亦不殺人，若無子之至誠至仁，腥羶之蠻荒豈能成為無盡富源之地……

祭文繁冗，大津麟平誦讀之聲又單調漫漶，官員們頗有不耐煩的，佐久間左馬太依然始終挺直腰桿、毫無疲態，一點也看不出是個六十九歲的長者。然而大津麟平接下來這句話，卻如芒刺般令他身軀微微一顫：

……臺灣當局之山地政策雖然推行已久，但仍不若子之顯著業績……

佐久間左馬太暗暗「哼」了一聲，仰頭望見梁上自己手書的「煞身成仁」匾額，一時思緒泉湧。這時大津麟平好不容易念到結尾，誇張地拉高音調：

嗟乎，子逝已歷一百五十餘載春雨秋風，其間雖有變遷，但子之感不誠，化不仁之道不可他求。仿效先賢之遺跡籌畫將來之良圖為吾人之義務，今以輪奐廟宇與馥郁香火祭祀英靈無疆。魂乎，若有知，駕乘白雲來格！

祭典結束，雨勢依然猛烈。地主嘉義廳長津田義一命記者和本島人仕紳先行退出，同時指揮下屬冒雨搬來一張椅子，畢恭畢敬地道：「總督閣下，這雨淅瀝淅瀝下個不停，小廟裡又沒有其他休息的地方，委屈閣下暫時在此稍坐。」

佐久間左馬太不置可否，逕自走到廟門凝望漫天雨瀑，忽然沒來由地道：「不知彼等現在怎麼樣了？」

「彼等？」津田義一不知他說的是誰，一時無以為應。

「大將是在擔心野呂技師率領的合歡山探險隊吧？」隨侍佐久間多年的副官隱明寺敬治大尉通曉他的心意，當即回覆道：「野呂技師還在埔里社，原定三月十五日出發前往合歡山頂，但被豪雨困在櫻峰分遣所，已經耽擱了四天，昨天還打電話下山要求增加糧食補給。」

「嗯。」佐久間左馬太面無表情，不再言語。

津田義一恍然道：「原來如此。小官聽說這次探險隊的編成將近三百人，真是史無前例的大探險。沒想到光是上山測繪地圖也需要這麼大陣仗。」

「沒有地圖，軍隊就跟盲目作戰沒有兩樣。合歡山和奇萊山乃是進入內太魯閣的要地，危機重重。」隱明寺敬治細數道，明治三十年（一八九七），深堀安一郎大尉率領的探險隊十四名全數遭到殺害；明治四十四年（一九一一），財津久平技手的測繪探險隊也在合歡山和奇萊連峰間的大鞍部遭遇襲擊，放棄任務撤退。因此，本次的探險隊雖只有五名測繪人員，卻由七十名警察、四十六名漢人隘勇[1]、一百名徵役人夫和六十五名南投地區原住民從旁協助，合計二百八十六人上山。

津田義一頻頻點頭：「總督閣下討伐太魯閣生蕃、平定全島的決心，真是令小官拜服。我日本帝國在臺灣始政已近二十年，漢人匪徒皆已膺懲，卒土之濱無不沐浴在皇恩之下，而我帝國神威不僅伸張於清（中）國與露西亞（俄國），更已併合古國朝鮮。唯有無智的太魯閣蕃人依然凶頑跳梁、抗拒官命，非加以徹底剿蕩不可。」

大津麟平望著騎馬造型的吳鳳神像，插口道：「吳鳳廟在這個時候重修落成，真是意義深遠啊！以文明改正蕃人風俗，使之轉而為國家之力，協助開發山林物產，吳鳳精神亦可謂帝國臣民的忠義精神！」

「先皇陛下任命本總督的情景，至今依然歷歷浮現在目前……」佐久間左馬太驀地開口，眾人聽他提起明治天皇，紛紛肅穆而立。「陛下指示本總督為日本解決蕃人問題和糧食物產問題。然而灌溉農田興建水圳、開發各種物產，又非從山地著手不可，因此蕃人問題才是根本。」他忽然語帶哽咽，激動地道，「五年前，本總督上京爭取理蕃預算，桂首相和國會都表反對，也是因為先皇陛下支持才得通過。本總督以七十老軀，不惜身命，只願早一日實現陛下恩敕。無奈陛下於去年七月三十日崩御，而我等尚未能將帝威之御仁慈向蕃人展示，真叫人惶愧！」

除了少數親信，一般官員從未見過這位號稱「鬼將軍」的維新元老顯露感情，因此聽了他這番話無不動容。

佐久間左馬太聲如洪鐘地道：「『五年理蕃計畫』的最後一役，討伐太魯閣蕃之戰，本總督將會親自出陣，務必成功，以報先皇陛下之恩！」未等眾人反應，他冷不防高喊一聲：「走！」同時便大步闖入激烈的雨幕之中。官員們先是一楞，接著慌忙跟出，一面急呼打傘、傳喚馬車，霎時亂成一團。

遠處阿里山上的濃雲間電光連閃，轟隆之聲緩慢而悠長地傳遞過來。

---

1 隘勇：臺灣總督府為控制山地，以鐵條網和木牆等設施隔絕原住民活動空間，稱為隘勇線。隘勇線由警察機關管理，並雇用隘勇駐守，成員多為漢人。

第一章　冰雨

「臺北測候所的覆電怎麼還沒到？」野呂寧待在合歡山前的櫻峰分遣所裡，望著漫山遍野大雨發愁。他是總督府殖產局權度課長，兼任蓄地測量主任和技師，也是本次合歡山探險隊的隊長。

測繪技手財津久平道：「櫻峰到埔里社有十二里多（約五十公里），就算蕃人走得再快，在這樣大雨中來回一趟也得大半天啊。」

「我知道！」野呂寧盯著窗外迷濛的水氣，「原本打一通電話就可以請埔里社代為收發電報，沒想到電話線又在大雨中故障了，真是氣人。」

財津久平仔細保養著手上的經緯儀，一邊道：「真稀奇，一向冷靜的你竟如此急躁，我還是第一次看到。」

「我怎麼能不急？都已經來到櫻峰，離合歡山頂只有一天路程了，卻被困在這裡動彈不得。這次是總督閣下格外重視的探險行動，組成史無前例的二百八十六名武裝探險隊啊……」野呂寧看著分遣所外紮得密密麻麻的幾十個人夫帳棚，壓低聲音道，「這幾天漢人們躲在又溼又冷的帳棚裡避雨，等候無聊之下開始彼此傳言，說山上路途險惡、天氣寒冷，又有生蕃襲擊，為此已有四十多人逃走，幾達半數。我特別拜託南投廳緊急補充，好不容易才重新湊齊人數。再拖延下去，情況恐怕更糟。」

這時一名警部補[1]指著窗外喊道：「哦！那可不是送信的蕃人回來了嗎？」眾人精神一振，果然在一團水霧中看見一個矯健的身影迅速接近。

野呂寧搶出大門，站在簷下喝斥道：「不是叫你一定要穿好軍用雨衣嗎，怎麼還是脫掉了，萬一弄溼電報紙，模糊了貴重的電文怎麼辦？」

「穿那種雨衣走不快。」那名送信的托魯閣[2]沙度社人奔入簷下，俐落地脫去套頭鹿皮雨衣，從懷中掏出一封貼肉而藏的油布包。

野呂寧一把搶過油布包衝進室內，用乾布擦去水漬後仔細打開，幸而電報紙分毫未溼。他一面看著電文，面露喜色：「太好了！測候所說次日起就會放晴，行動應該不受影響！」

果然從傍晚起天氣逐漸好轉，更在深夜放晴，露出繁密深邃的星空。探險隊幹部開會之後下達命令，於隔天凌晨五點半出發，沿合歡山稜線前進，入夜前抵達山頂露營。

次日凌晨三點，漢人人夫們便提早起床拔營。漢人一向在平地活動，不曾領教過高山氣候，也沒有足夠的禦寒衣物，全都凍得直打哆嗦。加上吸飽了雨水的帆布帳棚格外冰冷沉重，也讓人一邊收拾一邊咒罵連連。

五點半，由沙度社人組成的「蕃人別働隊」率先出發，擔任嚮導與搜索，後面隊伍排成一條蜿蜒的人龍在濃霧中迤邐朝向山頂前進。

日出之後霧氣漸漸散去，隊員們氣喘吁吁、緊盯前人腳跟走了半天，忽然抬頭一看，蔚藍晴空若隱若現，腳下的箭竹草原被朝陽映成一片橙黃色的地毯，而遠處險峻的奇萊連峰在逆光下顯得格外巨大幽沉。

「快哉！」野呂寧大叫出聲，隊員們也都「喔——」地讚歎起來。野呂寧指著奇萊主山、三角錐山（奇萊主山北峰）和屏風山喊道：「這道山嶺就是進入內太魯閣的關卡，也是『五年理蕃計畫』最後成功的關鍵！本次探險目標首先是登上合歡山，然後穿過大鞍部攻上奇萊連峰，徹底測量擢其力溪[3]流域的地形和蕃社位置，繪成地圖提供軍

---

1 大正初年臺灣警察階級：警務最高官員為警視總長，警官分為警視、警部及警部補，基層警察則分為巡查部長、巡查和巡查補。

2 托魯閣：賽德克人分為德克達雅、道澤和托魯閣三群，其中托魯閣為花蓮地區太魯閣人的本源親戚。

3 擢其力溪：又稱塔次基里溪，即今立霧溪。原為太魯閣語 Tkijig（清澈美麗）之意，後以日語發音タッキリ選取對音漢字，改稱為立霧溪。

隊使用。」

經過一整個上午的行進，合歡山頂已然在望。中午時幹部們在路邊坐下稍事休息，拿出口糧進食，尚且彼此開起玩笑，氣氛一派輕鬆。

然而財津久平卻忽然指著前方道：「咦，開路的蕃人別働隊怎麼離開山稜，往東峰的小鞍部去了？」

野呂寧趕緊起身眺望，果見一整隊沙度社人離開預定路徑，循著坡面下切。他詢問隨行的沙度社頭目古拉斯．巴沙歐道：「這是怎麼回事？」

「山頂積雪太深寒氣很重，還是在森林中烤火避雨才好。」古拉斯．巴沙歐理所當然地道。

「探險路線是幹部決定的，你們蕃人怎麼可以擅自更改？」野呂寧十分不悅，但他和原住民打交道多年，深知這時嚴厲指責只會造成反效果，遂按捺著脾氣婉言道，「趕快叫他們回來，依照原定路線在合歡山頂集合！」古拉斯．巴沙歐雖然不甚情願，還是派人前去召喚族人返回。

下午兩點時，大隊人馬抵達合歡山主峰下不遠處。此處四面開闊，沒有任何稍高的植物或岩石可供遮擋，而風勢又在這時轉強，四面八方山谷裡湧上團團白雲，挾著寒意裹襲而來。不只漢人四處蹲擠成一團背風取暖，幹部們也都把防寒外套衣領拉高，不住暗暗跺腳搓手。

古拉斯．巴沙歐對野呂寧道：「天氣變了，萬萬不可到山頂過夜，那裡晚上太寒冷了。下面森林裡有我們搭建的獵寮，一邊烤火躲避風雨比較安全。」

野呂寧斷然拒絕：「本次探險形同作戰，一定要按照命令行動，直接攀到山頂紮營。」

古拉斯．巴沙歐連連搖頭：「山頂危險，就算是我們也無法承受，你們一定更受不了的。」這時沙度社人漸次圍了上來，夾雜著日語和賽德克語輪番道：「晚上會下雪，會颳大風！」「會凍死人！」

「真是不可理喻！」野呂寧從一個沙度社人的背架上抽出防寒外套和毛毯，雙手高舉起來，「每個人都發了一件外套和毛毯，禦寒不成問題。」

古拉斯．巴沙歐道：「不能在山頂過夜，這是utux[4]的訓示，不遵守的話，將會招致厄運。」

野呂寧嚴正地道：「測候所預報接下來幾日天氣穩定，行動不會受到影響。」

「測候所？那是你們的utux嗎？」古拉斯．巴沙歐反問。

---

4 utux：一般譯作祖靈，然而實際上不限於祖先之靈，也包括其他亡靈。其中有善靈與惡靈，在部分地區甚至涵蓋生靈。族人相信尊敬供奉utux就會獲得福佑。反之若違反祖訓或輕視utux就會招來災禍與懲罰。

「測候所的觀測是氣象學，是自然科學！」野呂寧駁斥。

古拉斯．巴沙歐凝視奇萊連峰上的流雲和四周霧氣，憂心道：「這個雲不好，是utux的警告。不可以質疑utux，會惹祂生氣。」

「迷信！」野呂寧無法再溝通下去，轉過頭對財津久平忿忿地道：「跟蕃人真是無法講道理！」

財津久平道：「不然這樣，我先帶幾個蕃人到山頂去查看上次紮營的地點。同時也派人到頭目主張露營的地點看看，做一番比較。」

「好吧。」野呂寧無奈地點頭。

財津久平不到半小時後就回來了，道：「營地位在主峰下方一公里處，海拔高度一萬零八百尺（三二七二點七公尺），距離這裡只有十分鐘路程。那是一處四面擋風的窪地，有水池可以取水，也方便警戒，是駐紮大隊伍的絕好地點。」

過了一個半小時，跟隨原住民前往下方森林的本田末彥警部補和別働隊長近藤勝三郎才終於返回。本田末彥大聲道：「頭目主張的地方很遠，必須回頭下切到溪谷，路上還有許多斷崖絕壁，探險隊背負沉重物資難以通過，營地也不適合大隊人馬過夜。」

野呂寧慨然道：「結果很明顯了。山頂營地近在咫尺，又適合大隊伍紮營。明天天一亮立即進行地圖測繪，順利的話午前十點就可以離開山頂，直攻三角錐山，讓內太魯閣蕃人措手不及。」

然而古拉斯・巴沙歐卻依然在那裡指天畫地，不肯前往。野呂寧不耐煩地道：「那就特准頭目、近藤隊長和幾名蕃人到下方森林露營，但是明天天亮前必須到山頂會合，不得有誤——其餘人員立即移動！」

十多分鐘後隊伍抵達營地，隨即紮設營帳、配置警戒步哨，並且生火煮飯。

不妙的是，傍晚五點天氣轉壞，下起間歇性的驟雨。六點後暴風雨當頭襲來，將所有營帳拉扯變形，甚至扯破炊事班帳棚、澆熄爐火，隊伍被迫放棄炊事，眾人只能取出口糧食用。

幹部所在的兩頂主營帳最為牢固，帳幕卻也在強風中啪啦啪啦急促抖動，似乎隨時都會破裂。營柱上的掛燈不住搖晃，使得映在帳幕上的人影跟著飄忽縮放，旋轉不安。

野呂寧忽然警覺道：「萬一掛燈被打落，引起火災可就不好了。」財津久平聞言趕緊探身將燈火捻熄，帳中頓時陷入濃重的幽暗，眾人這才發現天色不知何時已倏然全黑。

「噠噠噠噠」一陣急響，忽有許多彈丸般的物體擊打在帳布上，嚇了眾人一跳。

「是冰雹！」黑暗中不知誰說道。

野呂寧將帳棚入口拉開一條縫隙，寒風立時鑽了進來。狂風驟雨正肆虐於無邊無際的黑暗天地之間，雨勢如同一道斜飛的巨大瀑布沖激著脆弱的帳幕。野呂寧把溫度計探出帳外，即便雙手留在帳內，依然很快就凍得難以忍受，只好趕緊抽回。他打開懷中電燈，瞥見溫度計上指著零下三度。

這個夜晚煎熬而漫長。黑暗中不能做任何事，也完全無法入眠。野呂寧手中緊緊握著一只懷錶，全神貫注留心風雨之勢，無奈始終不曾有稍微停歇的徵兆。他以為已經很晚了，但偶爾開燈看錶，時間並沒有過去多久。

帳棚不斷被拉扯傾斜，終於劇烈地搖擺起來。財津久平低呼：「帳棚該不會倒吧？」野呂寧當即下令：「所有人預先穿上雨衣！」眾人正摸索著雨衣穿套，這時外面忽然「嘩啦——」連串巨響，伴隨尖銳的撕扯聲以及人們的慌亂叫喊，亂成一團。

野呂寧喊道：「財津跟我出去查看，其他人保護好測量設備！」

兩人一衝出帳棚，全身立刻被冰凍的雨瀑裹捲住，寒意瞬間穿透軍用雨衣和外套滲入身體，令人直打顫。他們不住被吹垮扯破的帳棚絆倒，四面八方都是漢人隘勇與人夫的哭嚎之聲，有些人無濟於事地躲在被吹落的帳布下發抖，更多則茫然無措地在冰雨寒風中亂走。

沙度社人吆喝交談，隨即一面高呼著狂奔遠去。漢人們也跟著喊叫：「青番走去了，咱們也緊走！緊來走！」

「不能走，誰也不能走！」野呂寧在黑暗中揮舞雙手，高聲阻止，「我們要完成任務，再怎麼困苦都要忍耐，靜待天氣好轉……」但他微弱的呼喊瞬時被風雨所吞噬。警官們率領各小隊四處阻止人員逃亡，許多漢人受了大半夜風雨，早已凍弱不堪，走出不遠便被強行拉回，只能絕望地抱膝蹲踞成一團。

眾人也不知是怎麼挨到天亮的。風雨變得斷續間歇，讓人稍有喘息的空檔。天色濛濛微明之際才看見整個營地裡到處都是破敗的帳棚，而糧食、炊具、毛毯和各種雜物散落一地。沙度社人已全數離開，多數漢人人夫和近半隘勇也都不見蹤影，留下來的人，包括幹部和警察隊員全都疲憊已極。

「只能撤退了。」警察隊指揮官淵邊元治警部在幹部會議時道，「天氣還是這麼差，人員也都逃散，不可能再進行任務了。」

野呂寧咬著發白的嘴唇，也不知是發顫還是點頭，低聲「嗯」了一聲。淵邊元治隨即道：「那麼探險隊就先撤退到櫻峰分遣所吧。」他看了看錶，「現在是六點五十分……」

「七點半出發。」野呂寧咬牙道，「不論天氣狀況，冒著風雨也要撤往櫻峰。重要的測量原圖和器材必須帶走。至於帳棚和其他物件已沒有人手可以搬運，只好棄置原地。」

然而在撤退的路上，最悲慘的事態才剛剛展開。離開營地數百米就有幾個人夫倒臥在地，野呂寧踉蹌上前抱起一人，卻發覺對方如同冰塊，早已凍斃多時。

更不幸的是，風雨再次轉趨猛烈，不僅吹得人們睜不開眼睛，腳下寸步難行，更將許多凍餒了一夜的漢人吹倒在地。野呂寧和幹部們起先還試著上前扶持，但很快地他們自己的手腳也變得毫無知覺，全身像是浸泡在冰水裡，胸口氣息凝固，頭痛難耐。幹部們自身難保，只好將已經無法行動的人留在原地。

野呂寧艱難地跨過一個仰躺在小徑上的漢人，對方半閉的眼睛黯淡無神，微微起伏的胸口顯示著一息尚存，但顯然已經失溫昏迷，正一點一滴流逝僅存不多的生命。野呂寧無法將目光從對方的眼珠離開，卻也只能徒然僵立，雙手連一寸也無法伸出去，不知不覺流下淚來。

耳際除了嘩啦啦的大雨，再也沒有其他聲音，甚至讓人感覺靜得出奇。沿路上倒臥著幾十具屍體和瀕死者，但卻沒有任何呼救或呻吟，所有人全都安安靜靜地陷入永恆的夢境。風暫時停了，雨卻下得更大，迷濛的水氣遮蔽了視野，猶如死亡悄然無息地將人攫獲。

野呂寧忽然感覺肩上有股力量重重一按，茫然地抬起頭，見是財津久平拍著自己，低沉地道：「振作起來！」野呂寧這才回過神來，邁開步伐前進，一邊嘶啞地喊道：「大家手牽著手……彼此鼓勵……現在視線不清，排成縱隊前進，前方的人要報告路況……後面的也要喊叫回應……」

話還沒說完，他腳下一絆，差點滾落到山坡底下。

臺北這日天朗氣清，重修完成的總督官邸在燦爛的陽光下顯得格外富麗堂皇。

這座官邸是前任總督兒玉源太郎和民政長官後藤新平耗費二十一萬七千圓鉅資建成，曾引起日本本土嚴厲批評無端浪費，後藤新平還理直氣壯地以「臺灣總督官邸是我國經營南方的王座」強勢回應。然而落成才僅十年，官邸便因為白蟻侵蝕嚴重受損不得不重新整修。佐久間左馬太趁此機會，委請臺灣首屈一指的建築技師森山松之助設計，投入十五萬圓大幅增築室內空間，並將外觀從文藝復興式樣改成巴洛克風格，使之脫胎換骨大增氣派。

佐久間左馬太從嘉義返回臺北之後，便風風光光地搬進重新啟用的總督官邸。他對重修的成果非常滿意，這幾日甚至鮮少前往位在西門內的臺灣總督府（清代的布政使司衙門），而是在官邸接見部屬。

不過面對這大肆誇耀帝國統治威光的官邸，前來復命的野呂寧卻無心觀賞。他在蕃務總長大津麟平引領下，穿過玄關、大廳和東側中央走廊，等候了令人覺得無比漫長的幾分鐘之後，被召喚進入會議室。

佐久間左馬太端坐在長方形會議桌的另一端，表情威嚴一如平時，看不出有特別的情緒。

野呂寧壓抑著滿心忐忑，勉力挺直腰桿道：「合歡山探險隊長野呂寧前來復命！」他將探險隊在山頂營地遭遇暴風雨的情況如實稟報，也不隱瞞沙度社頭目曾勸說到森林中紮營之事，最後總結道：「本次探險中途撤退，任務失敗！隊員死亡八十九名，全數都是漢人，其中有九名隘勇，八十名人夫。有在山中凍死者，也有墜入懸崖深谷者。放晴後搜索隊上山尋獲三十四具屍體，並回收槍械、彈藥、帳棚等裝備。至於幹部和警察隊全數安返，無人傷亡。」他深吸一口氣，大聲道，「本次事件雖肇因於天災，但小官指揮失當，徒然喪失許多人命，深感慚愧，伏求諒恕！」說罷猛然折腰鞠躬。

野呂寧低頭望著地面，久久沒有聽見總督回應，額上兩滴汗珠啪嗒滴濺在櫸木拼花地板上。

「一路辛苦了！」前方傳來佐久間左馬太毫無感情的聲音。野呂寧重重一點頭，這才重新站直身子。

大津麟平幫忙解釋道：「探險隊再三確認過測候所的資料，然而上山後天氣驟變，櫻峰分遣所設置的風力計和雨量計，在事件當晚都得到開設儀器以來的最大數值，才使探險隊陷入困境……」

「既然是武裝探險，犧牲難免。」佐久間左馬太對此毫不在意，逕自道，「下次適合觀測的時機是甚麼時候？明年就是五年理蕃計畫期滿之時，太魯閣蕃討伐絕不可有所耽擱！」

「是！」兩人同聲答應，大津麟平接著道：「本年六月預定討伐大嵙崁奇那基蕃，警察隊無法協助測繪探險，須等討伐完成後才能進行。」

野呂寧則道：「夏季常有低氣壓和豪雨，接下來最適合的觀測時機是在九月。」他鼓起勇氣道，「小官以待罪之身，必將做好更周密的計畫再次行動，達成測量探險的重任，抵償失敗之責任！」

「下次的探險，本總督將親自指揮軍、警部隊前往。」

「總督閣下親自指揮，還要動用軍隊……」大津和野呂兩人詫然相視。

「嗯，調動陸軍一個中隊和一個小隊共兩百人，加上警察部隊兩百人，這樣應該十分足夠了。」佐久間左馬太像是早有成算。

大津麟平曾任臺灣警界最高職位的警視總長，因為配合五年理蕃計畫而調任新設的蕃務總長一職，指揮全島蕃地警察。因此他聽說總督打算調用軍隊，難掩不滿地道：「恕小官直言，只不過是測繪地圖，不需要勞動陸軍，警察同仁們絕對有能力勝任探險搜索任務！」

「皇恩浩蕩被及海內，內太魯閣蕃地至今卻仍是一片漆黑的未知之地，令人無法忍受！」佐久間左馬太站起身來，指著會議桌上散置的一套《五萬分一蕃地地形圖》道，「這套地圖處處空缺，其中最重要的〈愚屈社〉、〈加禮宛〉、〈畢祿山〉和〈奇萊主山〉四張根本毫無資料，連印製應急版本都沒有辦法。沒有地圖就不能擬定討伐作戰計畫，砲兵也無法施展。平定蕃地乃是國策，不分軍警都應戮力以赴，下次的探險任務只許成功！」

「是……」大津麟平雖有滿腹牢騷，在國策的大帽子底下也只能唯唯而應。

「這次探險將兵分兩路，一支由本總督指揮登上合歡山。另一隊則由荻野少將和一名警視率領，登上能高和奇萊主山測量南邊的巴托蘭蕃。」

兩人聽說總督不惜親自登上合歡山，甚至派出臺灣守備隊司令官以及警視層級的指揮官，不由得面面相覷。大津麟平心想，怪不得人們私下會說佐久間是位「蠻將」，這般不恤公帑小題大作，那些反對者們又有話說了。

「屆時野呂技師和財津技師分別擔任兩支部隊的測量員；至於兩名警視指揮官人選，」佐久間左馬太看著大津麟平，下定結論，「就由大津蕃務署長會同警視總長挑選。」

「是！謹遵臺命！」

大津和野呂退出之後，佐久間左馬太離開會議室，從大廳後門走出庭園。他背著手緩緩環繞水池散步，經過涼亭走上景觀石橋。隨侍的副官隱明寺敬治深知他的習性，並不主動說話，只默默跟在斜後方。

佐久間左馬太忽然停下腳步，伸手拍打橋頭的一座石鼓，讚道：「挺好的嘛！」這石橋兩端各有一對石鼓裝飾，原本是臺北大天后宮的門座石擋，去年官方拆除該廟，這兩對石鼓就被搬來作為官邸庭園的飾品。

隱明寺敬治湊趣道：「把漢人廟宇的石鼓拿來裝飾石橋，竟沒有半分違和感，還能為日本庭院點綴臺灣風情，森山技師的巧思真是令人讚歎。」

「你搞錯了，我說挺好，是指赴合歡山探險一事。」佐久間左馬太道。

「原來如此，是屬下誤會了。」隱明寺敬治笑道，「自古以來名將如雲，但是親自登上一萬尺級高山的，只怕前所未有，以大將為第一人呢。」

「合歡山乃是內太魯閣的入口，討伐前先去看一眼也好。」佐久間左馬太忽然話鋒一轉，「聽說生蕃極其原始，屋舍簡陋，只在外牆上掛著髑髏和各種獸骨。就算攻下蕃地，恐怕也沒有甚麼值得帶回來裝飾官邸的戰利品吧。」

隱明寺敬治反應也快：「蕃人屋舍雖然沒有漂亮的戰利品，但蕃地的大理石、金礦和樟木林卻是無窮的寶藏啊！」佐久間左馬太嘉許地點了點頭，隱明寺敬治受到鼓勵，接著道：「世論多不理解大將執著於理蕃的用心，胡亂批評說甚麼耗費鉅資討伐生蕃對國家毫無益處。他們卻沒有看到蕃地豐饒的資源，真是見識淺薄！」

佐久間左馬太微微一笑，促聲道：「走！」說著便快步渡過小橋，往庭園後方的假山爬了上去。

⌘

「玎！玎！」出餐臺上的壓鈴輕快地連響了兩聲，穿著印花浴衣的女給快步前來取餐，端到座位上菜，接著便緊緊挨著客人坐下。

雖然才四月初，天花板上的吊扇已不住嗡嗡地旋轉搧風。固然南國熱天來得早，但顯然也是店主誇耀自家設備齊全的意思。

「看起來真美味！牛排果然還是最棒的！」財津久平一面摟住女給的纖腰，一面鄉巴佬似地東張西望，「這家獅子珈琲館（カフェーライオン）去年一開業就成為新公園內的名勝，沒想到忙到現在才有空來領略一番。」

野呂寧對餐盤上直冒煙的牛排視而不見，一動也不動。他身旁的女給笑道：「不趕緊吃的話都要涼了。」財津久平也刻意裝出興奮的語氣催促道：「當年我們在陸地測量部修技所受訓，存好久的錢就為了吃一客牛排，當時你還煞有介事地說這是『帝國的新食糧、文明的卡路里』，把我們笑死了……先乾杯，這可是你最愛的白蘭地呢。」

「我吃不下。」野呂寧灰心地道。

「難道還要讓這位小姐來餵你不成？」財津久平瞎起鬨，那女給還真的動手切了一小塊肉湊到野呂寧嘴邊。

「住手！」野呂寧忽然大聲喝斥，眾人都嚇了一跳，館內的其他客人也都為之側目。店主趕緊過來詢問：「小店有甚麼地方服務不周嗎，還是女給冒犯客人了？」

「真是非常抱歉，貴店的服務很周到，只是我朋友不太舒服。」財津久平迭聲賠禮，「我們自己聊好了。」店主聞言鞠躬，帶著兩名女給一同退開。

「我怎麼能吃得下呢？」野呂寧沉默良久，神情恍惚地道，「這幾天我一閉上眼睛就看見倒臥在山徑上的隘勇和人夫，他們明明還有呼吸，我卻只能從他們身邊通過，眼睜睜看著他們沉沉地昏睡下去……」

「別再想那件事了。」財津久平低聲道。

野呂寧痛苦地道：「如果我不下令撤退，在營地等待天候好轉，是否就不會有那麼多人犧牲？」

「風雨那麼猛烈，怎麼做都無濟於事。」財津仰頭喝了一大口白蘭地，將杯子重重頓在桌上，「聽好！你別太過自責，這一切都是天意。何況總督閣下也沒有追究你的過失啊。」

「就是這樣我才更加覺得自責。」野呂寧喪氣地道，「我明明就罪孽深重，卻沒有受到半點責罰。」

「弱氣！」財津久平忽然罵了一聲，慷慨地道，「測量本來就是以生命為代價的事業，隨時都要有為國家貢獻性命的覺悟。我們在鹿場大山遭遇凶蕃襲擊，隊員兩死一傷，隔年首次登上合歡山，敵蕃的彈丸就從耳邊飛過……板倉龜五郎、志田梅太郎，還有許多同僚和學徒在測量任務中失蹤、染病、遭遇意外或受到襲擊而死。我們幸運活下來的，應該更加努力才對呀！」

野呂寧道：「我早就將自己的生命置之度外，但造成手下重大傷亡，無論如何難以釋懷。」

「看你怎麼想。」財津久平敲著桌面道，「最近十年，每年因為『蕃害』死亡的人數都在五百人以上，去年更多達七百六十一人，一日平均被獵去兩個首級，受傷者更以千計！一旦平定山地，將可拯救數千人命，更可以開拓無數資源。這八十九名犧牲者可以說貢獻重大。」

「你說的我也不是不明白……」野呂寧心中的糾結稍稍鬆動了些。

「打起精神來吧，對失敗這麼耿耿於懷不像你的作風。」財津久平看向窗外，指著新公園內的後藤新平銅像道，「十四年前後藤長官招聘我們來臺灣進行土地測量，現在幾乎每一寸土地都已經被畫在地圖上，只剩下少數蕃地，不想趕緊完成嗎？」

野呂寧轉頭盯著銅像道：「原來如此，你特地找我來這家珈琲館，是想用後藤男爵來激勵我嗎？」

「不！我是為了這牛排來的！」財津久平舉起叉子上的牛肉，狠狠送進嘴裡。

野呂寧看他十分享受的樣子，嘆了口氣，也切下一小塊肉吃了，卻仍有幾分食不知味，一時沉吟道：「說起志田，我們好久沒去探望他的家人了。」

「這倒也是，那麼待會吃完飯就去看看吧。」

⌘

兩人離開新公園之後，前往位在小南門外的專賣局職工宿舍。志田梅太郎是資深測量技師，兩年前在台東廳馬典古魯山測量時遇襲殉職，留下三男二女。志田死後家中頓失支柱，野呂寧和幾個同僚幫忙奔走，為他的長子芳一郎在專賣局安插了一份工作，全家也得以住進職工宿舍。

宿舍是連續戶式的集合住宅，野呂寧和財津久平穿過掛著五顏六色衣物的曬衣場，在志田家門口大喊一聲：「打擾了！」梅太郎的遺孀春子應聲而出，見是二人來了，趕緊招呼入內。

「貿然來訪真是不好意思。」財津久平將伴手禮交給春子，「不嫌棄的話請笑納。」

「唉呀，是獅子珈琲館的茶食呢！真是不好意思，平日多蒙兩位長官照顧，光臨寒舍還如此破費，我們家裡卻連個好好接待的地方也沒有。」志田春子慌忙收拾著，隔壁還傳來鄰家嬰兒哭鬧的聲音。

「阿春隻手照顧五個孩子，實在辛苦啊。」財津久平不似野呂寧般正襟危坐，肆無忌憚地掃視著家中情況，「這環境也真是稍微窘迫了點，以梅太郎的功績，實在委屈遺族了。」

「能夠有這樣理想的棲身之地，我們感到非常幸福，這都多虧長官們的庇蔭。」志田春子說著俯身致意，兩人也回禮如儀。志田春子知足地一笑：「我們家人多，是擠了點。不過鄰居們都很親切，何況地點就在最摩登的三線路旁，可以說立地絕佳呢。」

「聽說芳一郎在樟腦工廠很努力，長官也很賞識他。你們暫且忍耐一下，等將來芳一郎升為幹部，就可以搬到南門那邊的官舍去了。」野呂寧感嘆道，「說起來也真是巧合，當初安排他進專賣局只是因為剛好有職缺，如今仔細想想，父親測量蕃地，兒子製造樟腦，都是為開發臺灣山林盡力，芳太郎也算是繼承了梅太郎的遺志……」野呂寧說到一半，看見躲在後門的志田家三男齊三郎，揮手招呼，「哦，這不是小齊嗎，半年不見又長高了！」

「真沒禮貌，都要升三年級了，看到兩位長官也不會打招呼。」在志田春子叫喊下，齊三郎不甚情願地過來向二人鞠躬。

財津久平笑道：「三年級了啊？我還以為你今年才要上小學校呢，小孩子成長真的好快，哈哈哈。」三個大人同聲笑了起來，齊三郎卻厭惡大人們繁冗的客套，只想趕快離開。

「小齊長大想做甚麼呢？」野呂寧看到故人之子，心情寬慰不少，一時爽朗地道，「醫師？教師？還是想學你父親做一個測量技師？」

財津久平歡然道：「那可好，你想當測量技師的話，我們幾個臺灣第一的技師都可以教你……」

「不要！」齊三郎忽然吼道，「我最討厭測量了！」

「你胡說甚麼？」志田春子臉色大變。

齊三郎生氣地道：「測量技師最討厭，晚上回到家也不陪我玩，一直畫著讓人看不懂的地圖，每次去山上都要好幾週才會回來，全身臭得跟生蕃一樣！」

「住口！」志田春子斥責道。

「而且測量技師還會被生蕃砍頭，死在不知名的深山裡，連屍體都找不回來！」齊三郎語出驚人。

「啪！」志田春子打了齊三郎一個耳光，氣得渾身發抖，「是誰教你說這些話的？」

「是真的！爸爸的棺材裡甚麼都沒有，只放了他的衣服，我親眼看到了。」齊三郎咬著嘴唇，「同學們都嘲笑我是無頭鬼的小孩！」

「嗚——」志田春子聽了這話，背過身去泣不成聲地呼喚著：「梅太郎、梅太郎……」

忽然發生這樣的場面，野呂寧有些措手不及，不知該說甚麼才好。

「你錯了！」財津久平當即對齊三郎嚴肅而篤定地道，「梅太郎並非死在不知名的深山，他捐軀之處是臺東廳的馬典古魯山。」

「那又怎麼樣？」齊三郎倔強地頂嘴。

財津久平續道：「他是在登上中央山脈一萬一千八百餘尺（三五七五公尺）高地，完成測量後回程遇襲的，重傷之際仍奮力交代其他隊員將原圖紙帶回來，我們因此繪出了馬典古魯山一帶的地形圖。總督府曾用這張地圖討伐當地獰猛的野蕃，不僅為梅太郎復仇，並且開發各種林產、礦產，殖產興業貢獻國家。」

「說得好！」野呂寧站起身來，緩緩說道，「當年我們一起來臺灣加入新設的臨時臺灣土地調查局，進行土地測量的大工程。歷時六年，動員一百六十七萬人次，耗費五百二十六萬圓鉅資，以三角測量同時完成地籍圖和地形圖，主圖採用二萬分一縮尺。如此偉業，不僅領先內地，在世界上也是罕見的成就！」

財津久平見齊三郎懵懵懂懂，解釋道：「清國時代，有很多地主隱瞞田地逃稅，就連劉銘傳那樣有魄力的人也調查不出來。然而總督府進行土地調查之後，田地面積增加七成，田賦也從八十六萬增加為二百九十八萬多圓，足足三倍多，對臺灣財政獨立有很大的貢獻。」他蹲在齊三郎面前慎重地道，「不要小看測量技師，一個好技師抵得上萬人軍隊呢。就算是真正的軍隊，沒有我們畫的地圖也無法打仗。」

齊三郎聽得入神：「這麼說來，父親是一個功勳者囉？」

財津久平肯定地道：「沒有錯，你父親的功勳很高，你要感到驕傲，知道嗎！」說罷看向志田春子，她這時已止住眼淚，感激地深深一點頭。

野呂寧道：「志田生前和大家在一起時，最愛說臺灣乃是樂土啊！多少創新的事業，或者西洋文明的先進辦法，在內地總會遇到各種阻礙，但是在殖民地都可以放手去做。就拿土地調查來講，內地的『地租改正』受到地主反對，測量成果和臺灣相比簡直是兒戲！」他說著說著，自己也振奮起來，漸漸放下探險失敗的陰影，恢復了往日的堅定神情。

財津久平看在眼裡，刻意對著齊三郎道：「聽到了嗎，臺灣乃是樂土，你要振作，連同梅太郎的份一起努力。總有一天，我們要將日之丸的旗子插在所有蕃地上！」

第二章　朗月

很久很久以前，天上有兩個太陽，彼此交替運行，只有白天沒有黑夜。那時候的太陽比現在更大、更強烈，炎熱的陽光把地上都烤焦了，河水乾掉、農作物全都枯死，人沒有東西吃，也不能睡覺，只能勉強在蔭涼的地方休息。人們痛苦不堪，決定要殺死一個太陽。但是太陽所在之處路途遙遠，必須花很多年的時間前往。

吉揚．雅布仰頭看著高懸中天的滿月。

滿山遍野灑滿銀輝，所有的東西都翳著薄薄幽光，像是失去了顏色，卻掛著深深的影子。月光下彷彿另外一個世界，而人們是冒失的闖入者。吉揚記得祖父曾說，月亮是受傷流乾了血的太陽，它身上還有中箭後留下的傷疤。吉揚問，月亮是怎麼受傷的？祖父便告訴他兩個太陽的故事。

有一群勇士不怕危險，他們背著剛出生的嬰兒出發，走路時一面把吃剩的芭蕉和橘子種子種下，當作回程的食物。經過了很多年，勇士變成老人，嬰兒則長成了強壯的青年，於是老人將任務交給青年，自己先返回家鄉。

等到歷經千辛萬苦，好不容易抵達太陽居住的地方時，青年又已經變成了壯年。他們舉起弓箭射向太陽，天空中發出敲響金屬般的巨響，太陽噴出滾燙的鮮血，將其中一位勇士燙死，而濺到天空中的鮮血變成了許多星星。隔天受傷的太陽再度升起時，變得蒼白虛弱，只能發出冷冷的微光，那就是現在的月亮。在它身上還看得見當時中箭留下的傷痕。

從此以後就有了白天和黑夜，地上也不再那麼熱了。溪裡面有清涼的水流，植物也茂盛地生長出來，人們也可以開始努力工作。

那些勇士後來怎麼了？當時聽故事的吉揚追問。

祖父說，他們又花了很多年的時間回家，之前沿路種下的水果長成了大樹，等回到部落的時候已經是白髮蒼蒼的老人，連背都駝了。部落裡沒有人認得他們，所以懷疑地查問。老人們訴說射日的事蹟，族人才知道他們就是讓大地恢復清涼的勇士，立刻拿出酒來，並且殺豬款待，一起歡樂慶祝。

吉揚．雅布六年前第一次參加獵團的狩獵，那時他剛滿十歲，在獵寮過夜時聽祖父說了這個故事。祖父慎重地告誡他，我們子子孫孫都要記得這個故事，不可以忘記前人的努力和祖先的訓示。

此刻，被稱為古白楊最偉大獵人的祖父諾明．巴可爾踞坐在獵團中央，把一挺十五連發的步槍擱在肩上，保持隨時能夠起身應戰的姿態，半閉著雙眼休息。他腰際的獵刀刀鞘上披掛著一叢黑髮，那是最近一次獵獲的首級頭髮。諾明．巴可爾一生獵首超過五十個，威名傳揚在整條大河（yayung paru，即今立霧溪）。

這是吉揚．雅布的第一次出草，如他所願，依然由祖父領頭。依照gaya[1]嚴格的禁忌，出草期間不能隨意開口說話。吉揚．雅布一面回想祖父從前說的故事，一面看著他飽歷風霜的額頭和下巴上所刺的墨青色縱紋，好希望自己也能夠趕快刺墨，代表自己已獵過敵首，成為一個真正的男人，死後也可以通過靈橋，到達永恆不滅的靈界。也許在今晚，自己就能獲得這個機會！

每年收穫祭結束之後獵團就會出草，前往敵對的布農、道澤、巴雷巴奧甚至關係不睦的本源親戚托魯閣．塔洛灣，獵取敵首回來增加部落的靈力。時間一到，獵團的男人

1 gaya：一般譯作祖訓或禁忌，實則涵義非常多元，大到整個部族必須共同遵守的倫理規範，小到個人擁有的特殊技能都以gaya稱之，並且藉由各種儀式、傳統醫療、狩獵和編織等身體實踐內化為個人意志，代表人與祖靈（自然）彼此和諧共存的互動法則。

們便心照不宣地默默做起準備，殺雞取血塗滿獵刀刀身、仔細擦拭獵槍。女人們也停止紡紗織布，開始擣小米製作麻糬，同時清除家中的爐火，生起一堆新火。大家只等頭目諾明・巴可爾夢占吉利，就要一起前去出草。

然而今年出草時期到來以後，諾明・巴可爾卻毫無動靜。部落表面上看似平靜，私底下卻隱然潛伏著一股不可言說的躁動，而滿心期待第一次出草的吉揚・雅布更感到焦慮難耐。

終於在某一天破曉時分，諾明・巴可爾默默推開家門，獨自往部落外圍走去。吉揚・雅布確認祖父的背影消失在山坡下，頓時渾身血液上湧，趕緊抓起獵刀和首級背袋，跟隨父親雅布・諾明一起出發，整個獵團的男人也都聞訊而來。

當晚獵團在部落外圍搭建臨時小屋過夜，諾明・巴可爾持著水瓢讓眾人伸指沾水立誓，並向utux祝禱。諾明・巴可爾依照每晚夢占的結果決定是否繼續前進，次晨也仔細觀察希希爾鳥（sisil，繡眼畫眉）的叫聲與飛行方式卜問吉凶。經過數日行進，終於來到敵人部落前方的森林中。

抵達最後的營地時已經即將入夜，諾明・巴可爾下令生火休息，等滿月過了中天再開始行動。於是吉揚・雅布不斷觀察月亮的高度，也想起那則射日故事。

吉揚・雅布逼視著月亮上的大片陰影，猜想著哪裡是它中箭的地方。雖然月光明亮，卻仍遮掩不住滿天繁密的星點。吉揚・雅布想起星星乃是太陽之血，努力仰頭觀望無邊的天際，彷彿看見太陽的鮮血如流星雨瀑般噴濺而出，壯麗地灑滿了整片天空。

這個時候，靜謐的夏夜裡忽然吹起一陣猛烈的沁涼風勢，將滿山樹木搖撼得沙沙作響，而風中竟似挾帶著竊竊交談的人聲。

「來了，utux！」諾明．巴可爾低呼，獵團頓時警醒起來。諾明．巴可爾開始和utux說話，起先是祝禱，接著懇求，最後卻變成討價還價乃至作勢威脅，叨叨絮絮、喋喋不休。

吉揚．雅布忽然意識到：月亮越過中天了！

男人們經過數日跋涉，又等了大半夜準備出擊，雖然一路上沉默不語，但亢奮的情緒早已無聲而洶湧地瀰漫在整個獵團，諾明．巴可爾和utux的交涉更點燃了眾人的戰意，每個戰士都像倒掛在樹上準備躍下的雲豹，心臟狂跳，瞳孔放大，渾身肌肉張弛不定，毛髮隨之洶洶然豎立起來。

「準備！」諾明．巴可爾猝不及防地下令。吉揚．雅布趕緊把重要的首級背負袋掛到樹上，這乃是祖父裝盛過無數敵首的獵團幸運符。男人們俐落地將食物和其他作戰時用不到的物品掛起，曾經獵獲首級的人穿上織有紅色菱紋的胸兜、戴上山豬牙串成的手鐲，並順手丟一小塊生薑在嘴裡嚼碎，讓嗆辣的刺激醒透腦門。諾明．巴可爾則取出一莖茅草，嚴肅地祝禱起來，並用茅草輕觸每個人的掌心。

不多時，探查敵情的人回來，對諾明．巴可爾慎重地一點頭。諾明．巴可爾毫不遲疑地命道：「出發！」獵團便依擾亂隊、本隊、第二隊和預備隊等四組隊伍，順序魚貫而進。

吉揚・雅布和與他同年的烏明・鹿黑被分配在本隊擔任馘手，緊跟著前人的腳步在月光照耀的林間小徑中疾走。他們腳底的厚繭踩在陌生的地面上，石塊、樹根和草叢發出巨大聲響，四周陌生的utux不住憤怒抗議，森林裡的生物卻不知在何時全都噤聲。

森林盡處豁然開朗，一大片空曠的山坡迎著月色，地面上彷彿泛著一寸高的銀光。山坡頂上有十幾間家屋，占據絕佳的守望位置。

諾明・巴可爾領著眾人從森林邊緣奔上山坡，到了弓箭射程內時舉手一比，本隊和第二隊便四散伏下。吉揚・雅布口鼻貼著一叢草根，喘急地呼吸著潮溼的土壤氣味，他被草尾搔得想打噴嚏，猛然醒悟那可是犯大忌之事，趕緊摀住口鼻。再抬頭時，還來不及看清楚敵人村落的情況，父親雅布・諾明率領的擾亂隊已繞到山坡後方，點燃幾支火箭射出，落在一間穀倉的茅草屋頂上，霎時熊熊燃燒起來。

擾亂隊故意高喊：「火！火！」村落裡頓時騷動起來。敵人也十分警覺，男人們拿著武器奔出查看，一面指揮婦女老弱避難。

「帕喀——」「帕喀——」巨大的槍響敲破整個山谷的銀光，悠長的回音驚起遠近無數棲鳥。擾亂隊居高臨下開了兩槍，他們不斷移動放箭，並且怪叫不已。

「開槍！」諾明・巴可爾一聲令下，本隊和第二隊射手便「帕喀！」「砰！」「砰！」

地用不同種類的槍枝連番射擊。吉揚．雅布身子一弓，正待持刀衝出，諾明．巴可爾大力將他拉住，低聲道：「還沒！」

「砰！砰！」敵人發現本隊的位置，一面開槍一面剽悍地疾衝過來，卻遭到伏在旁邊的預備隊和在高處的擾亂隊上下夾擊，一時弓箭、長矛和石塊亂飛，間或彼此開槍。穀倉火勢愈來愈大，橘紅色的光團不住在房屋和地面上扭曲閃爍，敵人慌亂來去，幾個影子忽然在槍響中應聲仆倒。

「去！」諾明．巴可爾暴喝一聲，吉揚．雅布和烏明．鹿黑便如獵犬般不顧一切地向敵人衝了過去。本隊的射手緊緊跟在他們身旁，不住開槍護衛。

吉揚．雅布奔到第一個倒臥者前，屈膝振臂，手起刀落。刀鋒觸及對方咽喉的瞬間，他才看見那人瞳孔中的火光仍自活生生地跳躍著，而下一瞬間自己便接納了對方劇烈起伏胸膛下的全部呼吸。他一把抓起那頭顱散亂的長髮，毫不猶豫回頭就跑。

滿山遍野的風從石縫底下、草葉背面、森林深處和溪流裡升起，跟隨在吉揚．雅布背後，不斷伸手推他、戳刺他。熟悉的陌生的善的惡的 utux 全都高聲呼吼，躁動地猛踏地面，震動了群山。

吉揚．雅布領先奔回營地，留守者上前接過頭顱，熟練地用姑婆芋的葉子包裹好裝入背負袋中。獵團成員陸續抵達，預備隊持槍警戒，擾亂隊在外圍布置削尖的竹釘阻礙敵人追擊，其他人則迅速收拾物品。

稍稍喘息後，獵團很快離開營地奔向最近的溪邊，將獵得的兩顆頭顱取出，去除腦漿清洗乾淨。每一名勇士同聲仰頭嚎叫，聲音在層層疊疊的溪谷間不住迴盪，而沉默多時的各種生物同時放聲，羌吠、蛙鼓、蟲鳴、鼠嘶、鳥啼、熊吼……讓群山恢復平時的聒噪。

獵團旋即踏上歸途，並在每一個有奇岩巨木的地標處，以及往來必經的獵徑要衝上留下木束，或者將茅草折彎打結以誇飾戰功。接近部落時，獵團再次同聲吶喊，並且放槍兩響，表示獵得兩顆頭顱。吉揚・雅布將頭顱取出，在額頭上縱劃兩刀，用藤蔓穿過皮下，提在手上奔回部落。

整個部落的人全都出來迎接，吉揚・雅布興奮地提起手上的頭顱高呼：「吉揚・雅布和烏明・鹿黑獵到敵人的頭顱了！」村人們聞言群起歡呼著簇擁而上。

吉揚・雅布的母親塔米・尤尼拿著一件短衣和一對袖套讓他換上，同時為他套上黃銅臂環、把他耳洞中的竹管換成貝飾品。這件短衣背後繡有象徵 utux 之眼的紅、黑色大小浮織菱形圖案，衣服上並綴有許多貝珠和螺錢。塔米・尤尼兩年前就已為兒子縫製好這件衣服，上面的圖形是祖母傳授的獨特 gaya，只等著他馘首成功的這一天讓他穿上。

回到部落後最重要的事情是安撫頭顱，為其招魂。吉揚・雅布拿一杯小米酒倒入頭顱口中，酒水隨即夾雜著未被洗淨的血汙從頸部汩汩流出，他在底下用另一個杯子接住，高舉起來一飲而盡。他又用小米飯、番薯、豬肉和麻糬餵食頭顱，直到整張嘴都塞滿食物，接著便悠悠吟唱起來：

你不要難過，我的朋友，在這裡一起歡樂吧。你來到這裡，你會喜歡這裡，讓我們一起相聚。我們的部落非常溫暖，我的家也非常溫暖。

我請你飲酒，給你豐富的供品，請你也賜給我們很多食物。請告訴你的塔瑪（父親），告訴你的布布（母親），告訴你的兄弟，告訴你的妻子，這裡是非常好的地方，並且高高興興地帶領親族們一起來吧！

吟罷，村人們便開始徹夜飲酒、舞蹈。獵首者家裡宰豬，其他人家殺雞，全村一起分享獵人斬獲的靈力。吉揚．雅布將頭顱上的長髮割下來披在自己背上，村人們環繞他手牽手緩緩踏著舞步繞圈。小米酒泯除了人與靈的界線，utux在夜裡紛紛現身，歡慶著兩個新來的魂魄成為古白楊的一部分。

吉揚．雅布和烏明．鹿黑雙手叉腰，一起蹦跳著唱道：

聽！聽！兄弟們，看我在枯松下混戰，松葉像雨一樣飄落！

我會勇往直前，為你們的靈魂祈求安慰。

看！看！我會穿梭在森林之中，把人頭帶回來！我是有七個膽的男人！

眾人跟著跳起舞步，徹夜不止。

祭典持續數日，兩位獵首者帶著頭顱到每一位獵團成員家中，讓人們以供品餵食、貼臉共飲。待巡迴已畢，便將頭顱放在頭目諾明．巴可爾家前面的頭骨架上，將先前獵來的頭骨往兩邊挪開，然後把新的頭顱放在正中間，完成整個祭典。

獵團隨即展開一年一度的全團出獵，一如預期，吉揚．雅布和烏明．鹿黑在utux歡欣的應許下獵得了最多獵物。獵團滿載而歸，由諾明．巴可爾主持，公平地將所有獵物分給部落裡每一個人，連襁褓中的嬰兒也得到完整的一份。

狩獵結束後，部落便回歸安寧的日常生活，不再有絲毫殺伐之氣或歡騰歌舞，也不再宰牲、飲酒。所有人清晨出門到田地辛勤工作，入夜之後整個部落迴盪著織機砧杵清脆的捶打聲。

吉揚．雅布按照習俗將餵食頭顱的工作交代給八歲的小弟烏冒．雅布。頭顱日復一日腐爛，逐漸看不出原有容貌，並且發出惡臭。烏冒總是非常害怕，常常假裝餵一下就逃走，因此吉揚．雅布必須時時檢視，確定頭顱吃過飯了。

有一天，烏冒驚恐地跑來對吉揚．雅布道：「頭顱動了！」

「有嗎？」吉揚．雅布不以為意。

「是真的。」烏冒信誓旦旦地道。

吉揚．雅布拖著烏冒到頭骨架前，那頭顱果然轉了小半圈，像是刻意別過臉去。吉揚．雅布道：「他在想家了，你看他轉頭的方向，就是原本住的地方。」

烏冒躲在吉揚身後，緊緊抓著他：「人頭怎麼可能會動嘛。」

「他不想待在這裡，心裡還有怨恨。」吉揚．雅布輕輕將頭顱轉正，告誡道，「你要好好照顧他，每天都要餵他吃東西，跟他說話，他才會心甘情願留在我們部落。」

烏冒看著頭顱半爛的耳鼻皮膚下依稀透露出哀怨神情，都快哭出來了，根本無法說話。這時，頭顱的左眼眶裡竟流下一行眼淚，烏冒嚇得閉上眼睛，顫抖著道：「哭了……他哭了……」

吉揚．雅布伸指抹去頭顱臉頰上的水珠，柔聲道：「不要想家了，這裡就是你的家，成為我們的家人吧！」這時旁邊乾枯發白的頭骨們「噠，噠，噠」發出細小的水珠滴答之聲，吉揚．雅布抬頭一看，天上正下起雨來。風吹過樹林，猶如嗚嗚哭泣，雨水從樹葉匯集滴流在每一顆頭骨上，成為他們止不住的淚水。

「新來的人太傷心，讓其他人都跟著難過了。」吉揚．雅布想了一下，「我來吹縱笛好了，雖然依照 **gaya** 只能在祭典上吹，不過我是為了讓頭顱們不要難過，**utux** 應該不會怪我吧。」

吉揚．雅布返身從家裡取出縱笛，烏冒趁機逃走，吉揚．雅布遂獨自蹲在頭骨架前吹奏起來。

笛聲沉靜幽雅，貼著潮溼的土壤緩緩低迴，就像這場安靜而粗疏的雨，悠悠地滋潤著山谷中每一片樹葉。頭顱們表情變得和緩，雨水也不再從他們眼眶旁滑落。吉揚・雅布全身領受著清涼的雨滴，心裡無比平靜，終於明白父親以往吹奏縱笛的心情。

祖先啊，我已成為一名獵過首的男人。吉揚・雅布在心中默默道，我將會獵來更多頭顱，讓古白楊的靈界充滿更多力量，保佑我們田裡作物茂盛、狩得更多動物。我會保護古白楊不被敵人攻擊，守衛祖先辛苦開闢的家園。我死了以後會走過靈橋，成為你們的一員，在這永恆的森林與溪水裡保佑著子子孫孫。

✦

吉揚・雅布和烏明・鹿黑獵獲頭顱之後取得資格，可以在下頤刺上新墨。然而要等到入冬以後，農事結束、天氣寒冷，才請來刺墨者施針。

刺墨者是一位老婦，大家都稱她為芭妲桑（文面之意）。芭妲桑兩頰上大片刺文已隨著歲月而漫漶，彷彿兩塊褪色的墨青油彩，紋路細節又和蛛網般的皺紋交錯混雜一片。芭妲桑抵達後，家人先以酒肉招待，並奉上兩把粟米和一塊布，便開始施刺。男子刺頤只是一道縱紋，相對簡單，隨處均可施為，但事前的儀式仍然絲毫馬虎不得。芭妲桑以指沾酒灑點在地祭祀 utux，並且吟誦道：

從現在起，你是一個真正的人，我為你在臉上刺上靈橋，utux 就可以看清楚你是我們當中的一個。utux 將會指引你的弓箭找到獵物，指引你的子彈射穿敵人。當你死後踏上靈橋，你不會掉下汙濁有毒的河中遭到螃蟹吞噬，將平安抵達永恆的靈界。

芭妲桑取出一個竹筒，檢視其中的松木煤煙。接著取出一柄嵌入七根鐵針的刺棒，毫不猶豫地抵在吉揚．雅布頤下，右手小槌緊跟著敲落。他霎時感到一陣難以言喻的劇痛，暗暗握緊拳頭強忍著不要退縮躲避。芭妲桑用竹篦貼著皮膚將滲出的血珠刮去，並以指尖將煤煙揉入傷口。芭妲桑極其熟練地一敲、一刮、一抹，很快便刺出一道漂亮的縱紋。

芭妲桑迅速地刺完便收拾好工具離開。然而吉揚．雅布真正的痛苦從這時才開始，成片的痛感從頤下蔓延到整個頭部，彷彿那個老婦仍不停地拿刺針猛力鑿打著，半張臉更腫脹得十分嚴重。

吉揚．雅布發起不尋常的高燒，並且伴隨天旋地轉的暈眩。他躺在自己的竹床上，四周圍滿青綠的大片植物葉子，朦朦朧朧感覺天色消暗，而灶上的火光比平日昏幽黯淡。母親塔米．尤尼煮了小米稀粥端來，他也昏沉得無法進食。

深夜裡，無數的 utux 一個接著一個來看他，緩慢地撫摸著他新刺的墨痕，說著他聽不懂的話語，有時像是溪灣潺潺，有時像是林梢颯颯。在飄渺的意識中，他無法看清

utux的形貌，某些古老的utux四肢蒼硬如同樹根，某些卻身軀幽薄彷彿午後沿著山坡升飛的冷霧。他們的面容都如此渾沌，卻又如此親切。他不禁想，是祖先們來接我到靈界去了嗎？

他忽然感覺出此刻榻邊的身影是逝去的祖母。她去祖先靈界多久了？好像已經過了三年吧？祖母的面貌若隱若現，還未完全磨滅，帶著自己看慣的慈祥。他想說話但動彈不得，甚至連想要好好看個仔細也沒有辦法。

再次睜開眼睛時，一個清晰的臉孔就在僅僅一掌之處逼視著他。對方極為眼熟，卻怎麼也想不起來究竟是誰。那人漠然不語，眼神中微帶哀恨地長久瞪視著。這時他想閉上眼睛，卻陷入無邊夢魘，只能看見對方頭髮一根一根披散下來，猶如植物的鬚根扎進自己的臉龐，變成一片樹牆。

他猛然醒悟，這便是安置在頭骨架上，自己所獵回的那枚頭顱。頓時間，那逼視的臉孔消失得無影無蹤，遠近雄雞四啼，床頭小窗孔外微微透露天光，而吉揚·雅布陷入了深沉的睡眠。

兩天後他開始喝小米稀粥，自己用羽毛沾著竹筒裡的清水為發熱的肌膚降溫，八、九天後才完全消腫。

他可以出門後第一個去找的人是烏明·鹿黑，彼此看到對方刺文後的新面貌都樂不可支，競相自我誇耀，消遣對方的刺文不夠氣派。畢竟兩人年輕強壯，很快便恢復日常的生活與工作。

這時節人們每天到農地伐木砍草，放火燃燒，接著鋤去草根並將灰燼拌入土中當作肥料，等待明年春天山櫻花開時好播下種子。男人們也會趁空三三兩兩地上山狩獵，補充一些食物。

某一天，諾明．巴可爾吩咐吉揚．雅布跟他一起去打獵。吉揚這幾年是和祖父出獵慣了的，隨即熟練地抓了一隻雞，由祖父持獵刀往雞脖子上一抹，同時向utux祝禱道：

我給你們供品，這是我們辛勤餵養長大的雞。讓我們在山上不會跌倒、不會被毒蛇咬。給我們山上的動物，也讓我們吃飽！

諾明．巴可爾取雞血調水，和吉揚．雅布各自喝下一些。兩人把雞右半邊的內臟埋在屋後地下，用雞血塗滿箭簇和槍口，最後拉弓射向張掛在八步之外的一張鹿皮，穩穩射中，確認utux已然接受供品，應許出獵豐收。

進入獵場以後，祖孫兩人謹守gaya絕少說話，並隨時注意希希爾鳥的鳴叫和飛行方式，預示吉兆才繼續前進，否則就斷然回頭。

他們在每個例行的休息地點停留，一貫寡言的祖父這時會變得十分健談，再三重複已經講過許多次的故事，還有某個祖先在那裡的英勇事蹟。入夜之後他們就到獵寮睡覺、將獵物烤成肉乾方便保存。

諾明．巴可爾讓吉揚．雅布領頭，他也總是能夠很快發現獵物並且順利打中。有一天晚上，諾明．巴可爾忽道：「吉揚，你已經是一個好獵人了。」

吉揚．雅布謙虛地道：「我也不曉得為甚麼，就是知道動物在哪裡。當我心裡有疑惑的時候，風中會有聲音跟我講話，指引我的方向。」

諾明．巴可爾點點頭：「這表示你的背賀靈[2]越來越強。看來不用多久，你就可以得到我全部的力量。」

吉揚．雅布問道：「獵人是不是只能把自己的背賀靈傳授給一個人？」

「對。」諾明．巴可爾撥弄了一下柴火，剛才加進去的桃木枝幹悶燻得足了，一接觸到空氣便倏然劈哩啪啦爆出火星，旺盛地燃燒起來。諾明．巴可爾就著火光對孫子道：「你很小的時候，我就感覺你的靈跟我非常相像，可以傳承我的背賀靈。所以我才一直帶你單獨來打獵，慢慢把背賀靈傳給你。」

「為甚麼巴其[3]不把背賀靈傳給塔瑪（父親）呢？」吉揚．雅布好奇地問。

「你塔瑪是好獵人，但他的靈跟我不一樣。你哥哥和其他堂兄弟也都不行，他們必須去找別人學習。」諾明．巴可爾道。

「巴其，聽說只有在老獵人死去的時候，他的背賀靈才會全部傳授給選定的人，真的是這樣嗎？」吉揚．雅布率直地問。

「對，所以我死了以後，你才會接收所有的背賀靈。」諾明．巴可爾淡然答道。

「那我不要學得那麼快。」吉揚．雅布道。

諾明．巴可爾本想哈哈大笑，但謹守了一輩子的gaya讓他立即抑止住在獵場放肆的念頭，只是開朗地道：「我是最幸運的獵人，utux為我編織了美好的命運，讓我在森林裡從不失手，更獵下超過五十個敵首。我已經盡到男人的責任，死後可以通過靈橋到祖靈們那裡去，utux甚麼時候織完我的生命都沒有關係。」

吉揚．雅布道：「那你一定要成為一個很強的utux malu（善靈），賜給我們福佑。」

諾明．巴可爾認真地道：「到時候你要常常殺雞給我吃、分酒給我喝！」

「好！」

隔天兩人再次上路，準備打完最後一趟就結束狩獵返回居處。諾明．巴可爾領著吉揚．雅布到獵場最邊緣，仔細告訴他哪一條山稜、哪一處溪谷是界線所在，絕對不可侵入他人的獵場，也不能允許外人進來。因為部落的領域是神聖的，是祖先們努力開闢的成果，也是族人們安居的家園，必須誓死守護。

---

2 背賀靈：bhring，指獵人獨特的靈質或靈力，可由氣質相近的長輩傳承，在山林中擁有行事好運、萬無一失的手氣。

3 巴其：指父執以上的男性長輩，包括祖父、外公、伯父、岳父、公公等。

他們攀繞陡峭的大斷崖，鑽過茂密叢林，在看似沒有路徑的地方通行無阻。他們從植物的葉片和果實推測動物覓食區域，又從足跡和排遺判斷動物的行蹤。

「山羌糞。」吉揚．雅布發現路旁有一些橢圓形的排遺，「不過已經有兩天，山羌應該已經跑了。」

諾明．巴可爾輕拍他的肩膀，指著層層疊疊的草葉底下一團和人類一樣的糞便，低聲道：「山豬！」

糞量多且新鮮，圓厚的蹄印深深踩入土中，顯然是一頭巨碩的壯年山豬，而且就在附近。吉揚．雅布頓時渾身汗毛倒豎，又警醒又亢奮。山豬是最危險的獵物，聰明、凶猛又好戰，拚搏起來至死方休，受傷時更加狂暴危險，再有經驗的獵人都必須敬畏三分；也因此，山豬獠牙成為最能誇耀武勇的飾物，真正的男人一旦遇上，無論是多麼凶悍也要與之搏鬥。

獵捕山豬多為群獵，先驅使獵犬消耗其體力，然後用槍射擊，或者以長矛從牠肩骨下方刺入心臟。但諾明．巴可爾這次為了訓練孫子，故意不帶狗，除了獵刀也只有一柄長矛和一支單發槍。即便如此，兩人仍毫不猶豫地立刻開始勘察地形和蹄印，找出山豬慣走的小徑，並決定伏擊的辦法。

山豬不擅上下坡，習慣沿平面移動，有固定的活動範圍和路徑。諾明．巴可爾選了一處稍微平坦寬闊的地方，決定由吉揚．雅布在獸徑上蹲踞射擊，如果未能射死，就先爬到樹上裝填子彈，諾明．巴可爾則拿著長矛在後方援護，隨時應變。

才剛粗略地想好獵法，諾明．巴可爾就察覺四周有不尋常的動靜。森林中植物茂密，從地面到林梢層疊著各種草木葉蔓，生物活動的聲音常被阻擋吸附，傳遞不遠，獵人與動物的遭遇往往出乎意料，因此必須時時小心。

吉揚．雅布也有所感覺，跟著警戒起來。奇怪的是四面八方都有幾乎微不可察的細碎聲響，甚至隱隱帶著潛伏掩至的殺意。他從未遇過這樣的情境，不像是山豬或熊，更不像是山羌水鹿。難道會是豹？他心中一凜，急忙抬頭張望，但上頭只見一片蓊鬱，並沒有動物的影子。

後方的灌木叢忽然簌簌作響，一個黑影剽悍地頂著兩根獠牙鑽了出來，竟是一頭碩大無朋的山豬。祖孫兩人正凝神觀察四周，反而忽略了背後，雙方猝然遭遇，彼此都是一驚。山豬困惑而氣憤地不斷低吼，背上黑毛溽溼一片，身軀擦過的樹葉都被抹上一片殷紅。

「牠背上受傷！小心牠發狂！」諾明．巴可爾急呼。吉揚．雅布想要開槍，但祖父就擋在前面，無法瞄準。

山豬隨即拔足前衝，瞬間已撲近眼前。諾明．巴可爾沉著地將長矛往山豬肩下刺落，卻無法阻擋其來勢，硬生生被衝撞得騰空翻轉又重重摔下。

山豬轉身低頭，又要前衝戳刺癱跌在地的諾明。吉揚．雅布怕誤擊祖父，把槍拋開，虎吼一聲抽出獵刀，往山豬後臀砍去，但山豬濃密黑毛下的皮肉異常堅韌，只劃開淺淺的傷口。那山豬吃痛，扭身一撞，吉揚・雅布左腿當即一陣劇痛，幸而他機警地轉身卸力，沒有受到重創。

腿上疼痛腫熱，似乎還流了點血，背後也傳來祖父斷續的呻吟。但吉揚・雅布無暇分神，他果決地蹲下身子將刀柄貼在額邊，讓刀鋒變成自己的獠牙。他想起祖父曾經說過，獨自對付被激怒的山豬只有一種方法，就是把刀頂在頭上，牠就會自己撞上來死掉了。從前他總覺得這太不可思議，應該只是老獵人在祭典酒醉後的吹噓，但此刻他頓時徹底明白祖父的意思——面對如此凶猛的對手，沒有退路也沒有機運可趁，你只能毫不遲疑地將自己的性命和力量集中在刀尖，無畏地迎上前去，才能擁有一線生機。

山豬執拗地甩頭，鼻間呼呼噴氣，暴躁已極，忽然蹄下一蹬，撼山震野地奔來。雙方狹路相逢，毫無騰挪餘地，吉揚・雅布心臟狂跳，頭皮麻顫，意識卻無比清明，將獵刀準準地對著山豬肩胛下方刺去。刀尖在巨大衝撞下入肉甚深，卻未能刺中心臟。山豬不但氣力不減，竟更加淒厲嘶嚎著瘋狂衝頂，吉揚・雅布使盡渾身力量握緊刀柄抵抗，腳下不住滑退，強健的腳趾幾次抓住突起的樹根，依然無法擋下力大無窮的山豬。

吉揚・雅布齜牙咧嘴地拚搏，雙臂逐漸縮緊，臉孔幾乎和山豬貼在一起，咽喉就暴露在牠獰晃的獠牙前面。雙方彼此憤怒逼視，眼中放射著自己堅不可摧的意志，也企圖迫使對方動搖。吉揚．雅布的力氣迅速消耗，所有肌肉絞扭欲裂，而山豬也正噴湧鮮血，流失著剛強的生命。

一瞬間，吉揚．雅布感到自己和山豬勢均力敵，即將占到上風。沒想到受傷的左腿卻猛然抽搐，往後一滑踩在腐爛的落葉上失去重心，霎時被一股大力頂到空中。他只覺一陣天旋地轉，摔落在坡道下方，腹中臟腑大感衝擊。

山豬居高臨下，威風凜凜地瞪視著他，鮮血隨著脈搏噴濺在他臉上。吉揚．雅布難以動彈，劇烈地喘息不已，僅能用同樣憤恨的眼神對抗，而緊繃到極點的身體不由自主地顫抖起來。山豬吭吭低吼，卻也始終未曾上前施以致命一擊，只是漫長地對峙著，最後忽然轉身離去。

吉揚．雅布冷汗直冒，掙扎起身。忽然聽見槍聲一響，接著幾隻獵犬群吠而來，歡快地發出撕咬的聲音。吉揚．雅布心想，難道是父親或族人也來打獵，剛好經過？

一個高大的陌生人影出現在坡上，睥睨地打量他一番，隨即招手命其他人將他扶回獸徑上。吉揚．雅布看見祖父已經坐起，似乎並無大礙，這才放下心來。小徑另一邊，四隻獵犬正遊戲般互相撕扯著山豬屍體，直到領頭那人上前喝斥才退開。那人拔下插在山豬肩上的獵刀，然後用自己的刀俐落地劃開山豬腹部，將內臟取出分給在一旁急急搖尾的獵犬，四隻狗兒當即狼吞虎嚥起來。

「那是我們的獵物！」諾明．巴可爾高聲喝止。

那人道：「你們明明就被山豬撞倒，這頭山豬是我開槍打死的。」

諾明．巴可爾道：「說謊，那隻山豬是被我們刺殺流血，自己倒下的，你們是等牠死了才開槍。」

那人蔑笑道：「要不是我們放狗、開槍，你們已經被山豬牙戳死了，還跟我們爭吵？」

吉揚．雅布頓時醒悟，這群人早就在一旁觀看，卻等到祖父和自己幾乎被山豬殺死才現身，怪不得剛才四周充滿異常的動靜。吉揚．雅布的疑慮頓時變為氣憤：「你們想搶走我們打到的獵物，太可惡了！」

「你是……哈隆．魯欣！」諾明．巴可爾認出對方。

「諾明巴其（伯父），你好。」哈隆．魯欣提著吉揚．雅布那把沾滿山豬鮮血的獵刀過來，伸手遞出。

吉揚．雅布細看那人的長相：高顴、寬鼻、闊唇，滿頭長髮用短巾結束整齊地披垂到腰際，神情倨傲，有幾分面熟。他正想接過獵刀，哈隆．魯欣卻緊握不放，用教訓的語氣道：「遇見長輩不曉得先說自己的名字嗎？」

吉揚．雅布傲然道：「我是吉揚．雅布。」

「原來你是雅布的兒子，那也就是諾明巴其的孫子了。」哈隆．魯欣鬆手讓吉揚．雅布取走獵刀，解釋道：「我們是斯其里楊人。」

吉揚・雅布恍然明白，此人算是自己的堂叔。許多年前曾祖父巴可爾・卡瓦斯的弟弟鹿黑・卡瓦斯因為耕地不足而遷離古白楊，另建斯其里楊小社，又因性情孤僻甚少和親戚往來。眼前這位哈隆・魯欣是他的孫子，與父親雅布・諾明同輩，也是著名的勇士，但只有在自己很小的時候來過一次古白楊，所以彼此並不認得。

諾明・巴可爾質問道：「哈隆，你們來這裡做甚麼？」

哈隆・魯欣道：「這隻山豬殺死了一個我們獵團裡的人，受傷逃走，我們前來追捕。」

諾明・巴可爾雖然剛受到重重撞擊，但仍強自堅持，斥責道：「侵入他社的獵場是最嚴重的 **gaya**，受傷的獵物一旦逃進別的獵場就只能放棄，你們這麼做會觸怒 **utux** 的。要不是我們有同一個祖先，古白楊的獵團明天就會攻進斯其里楊！」

哈隆・魯欣理直氣壯地道：「這裡明明是斯其里楊的獵場，古白楊的獵場範圍在前面那條稜線，違反 **gaya** 的人是你們。」

「你忘記祖先的遺訓，連自己的獵場在哪裡都不曉得了嗎？」諾明・巴可爾指向另一方，「那條稜線才是分界！稜線上方有一個像是巨人頭的大岩石，我們共同的祖先卡瓦斯曾在那裡獵過一頭大公熊，後來兩社就以此為界！」

哈隆・魯欣仍道：「就算是這樣，我巴其（祖父）從古白楊離開的時候，巴可爾巴其（伯祖）同意他繼續使用這個獵場，只是我們很少來用而已。」

諾明・巴可爾嚴正地反駁：「我塔瑪（父親）說這個話的時候我就在旁邊，他只是在斯其里楊畫定自己的獵場之前暫時借用而已。何況你們後來成立自己的共食團和獵團，完全脫離古白楊，當然不能再用古白楊的獵場！」

哈隆．魯欣悻悻然道：「巴其也還是應該把肉分給每個遇見的人一份。」

諾明．巴可爾怒道：「你們是闖入獵場的人，不能分獵物！」

哈隆．魯欣哼地一聲，對眾人招手道：「我們走。」

「等一下！」吉揚．雅布叫道，「你們不只闖進古白楊的獵場，剛才還挖走山豬的內臟，不能就這樣算了。」

哈隆．魯欣嘴角一抽，冷冷地道：「你想要怎樣？」

吉揚．雅布道：「你要帶一頭豬到古白楊來宰牲賠罪，然後我們回到這個地方埋石立誓和解！」諾明．巴可爾讚許地看了一眼孫子，上前一步道：「沒錯，你們必須賠罪。」

哈隆．魯欣回頭睨了一眼，仗著人多勢眾，不以為意地道：「巴其真的要和我們作戰嗎？」

諾明．巴可爾高舉長矛道：「保護獵場是男人的責任，我不會逃避戰鬥。」吉揚．雅布也跟著舉起手上血紅的獵刀，和祖父並肩而立。諾明．巴可爾厲聲道：「獵場的界線是兩社的祖先立誓畫定的，你們如果違反誓言發動戰爭，utux不會讓你們獲勝，而且會懲罰你們！」

斯其里楊的獵人們聞言，紛紛上前叫囂起來，四隻獵犬也跟著狂吠不止。一個青年舉槍喊道：「你說謊，這裡是我們的獵場才對！」吉揚．雅布見他就要扣下扳機，奮不顧身地撲過去壓下槍管，只聽見「轟」地一響，另一個斯其里楊的獵人應聲倒地哀嚎，右腳板已被子彈打穿。

斯其里楊的獵人們頓時鴉雀無聲，明白utux果然不應允他們釁戰，同時也被諾明．巴可爾凜然不可侵犯的氣勢所震懾。哈隆．魯欣臉色一變，道：「這次出發前沒有做出草的水誓，所以utux不給我們福佑。但是這個獵場到底屬於誰，還要再看utux的裁斷！」說罷命眾人收起武器，扶著傷者去了。

等哈隆．魯欣一行去遠，諾明．巴可爾忽然倚著一棵大樹喘起氣來，吉揚．雅布發覺祖父滿臉通紅、青筋突起，這才想起他剛剛被山豬衝撞，又與斯其里楊人爭執，實在太過勉強。吉揚．雅布想伸手扶持卻被拒絕，諾明．巴可爾深吸了一口氣站直身體，拾起掉在獸徑上的單發槍，命吉揚．雅布背負山豬動身。

回程路途顯得格外漫長，吉揚．雅布察覺到祖父的腳步不再像來時那樣矯健，而背上的山豬越來越沉重，像是牠的怨念跟隨而來。當晚在獵寮，兩人將山豬獠牙取下收好，肉盡量燻乾，和前幾天燻好的肉一起用姑婆芋包好。

兩人隔天一早便即上路，用最快的速度返回古白楊。好不容易抵達部落時，諾明．巴可爾並不休息，而是隨即召集所有獵團成員，說明斯其里楊人已經宣戰，眾人必須準備出草。

獵人們立刻宰雞祭刀，婦女停止織布，熄滅家中灶火換新。眾人徹夜防備敵人來攻，也等候諾明．巴可爾的夢占結果，一旦夢見吉兆，便立即派出一半的獵人前往斯其里楊攻擊。

諾明．巴可爾的夢境十分曖昧。第一天他夢見殺死一條蛇，表示吉兆，但旁邊有老人唱歌，卻又是凶兆。第二天他夢見一刀斬在分岔樹幹中央，刀子折斷，是為大凶，但刀子隨即又復原完好，乃是大吉。諾明．巴可爾無法判斷utux究竟想告訴他甚麼，因而不敢貿然出擊。

第三天斯其里楊的人來了，他們在中午過後抵達，帶了一隻豬，顯然是要來賠贖。獵團不敢大意，全副武裝緊盯著對方的一舉一動，並留意四周有無潛藏的敵人。不過斯其里楊人確實毫無敵意，哈隆．魯欣也一反日前桀驁不遜的態度，謙卑地將那頭豬親手交給諾明．巴可爾，並由雅布．諾明當場宰殺。

雙方取水為誓，先由諾明．巴可爾將一個水瓢捧在額邊，右手指尖浸入水中，盟誓道：「由utux見證，古白楊和斯其里楊在這裡誓約和解，雙方立刻遺忘所有怨恨，彼此和好。違反誓言者，將會受到utux的處罰！」接著哈隆．魯欣接過水瓢，重複同樣的誓言。水瓢在雙方年長的獵人間交換傳遞，宣誓盟好，原本猜疑緊繃的氣氛也很快鬆懈下來。

「前幾天被槍誤擊的那個人死了。」宣誓完成之後，哈隆．魯欣慘然道，「最近我們部落被敵人襲擊獵頭、有人被山豬殺死、有人被同伴誤擊而死……斯其里楊實在發生太多不祥的事情。」

諾明．巴可爾道：「我們原本就是親戚，現在也已經和解，有任何困難古白楊都可以幫助。」

哈隆．魯欣搖頭道：「我們決定放棄斯其里楊，到別的地方去建立新的部落。今天來向你們賠贖，把一切的爭執和怨恨都和解，才能順利搬走。」

諾明．巴可爾詫道：「雖然發生不幸的事情，只要誠心跟utux和解就能恢復平靜。為甚麼要放棄祖先辛苦開闢的部落呢？」

「斯其里楊的土地原本就不肥沃，繁衍四代之後很難找到足夠的食物，這次闖入古白楊的獵場也是因為這個緣故。」哈隆．魯欣無奈地道，「我們也不願意放棄祖先的土地，但這些不祥之事是utux的警告，叫我們趕快離開。」

諾明．巴可爾點頭道：「原來如此。我們的祖先阿維，就是發現大河獵物豐富，才從托魯閣．塔洛灣[4]遷移過來的，為了保存血脈向外尋找更好的土地也是祖訓，utux會

---

4 托魯閣．塔洛灣：在今南投仁愛鄉靜觀、平生一帶，為賽德克托魯閣群的居處，即花蓮太魯閣人的發源地。

福佑你們。」

吉揚．雅布了解斯其里楊的處境後，對他們的印象為之改觀，也生出對親戚的關愛同情，插口問道：「你們要搬去哪裡呢？」

「巴托蘭（木瓜溪中、上游）！那邊有一些親戚建立的部落，還有好幾處無主的獵場，我去看過，土地比這裡好。」哈隆．魯欣道，「我們離開之後，斯其里楊的領域就還給古白楊吧。」

「再見，我的堂兄弟。」雅布．諾明上前搭著哈隆．魯欣的肩頭，「我們會守護好斯其里楊的領域，如果以後你們搬回來，那裡仍然是你們的獵場。」

「再見！」哈隆．魯欣慎重地向眾人點頭，雙方一一搭肩作別，斯其里楊諸人隨即風一般地離去了。

⧗

事件平息之後，時序進入冬天，農事和狩獵結束，人們大多留在家中製作竹編或藤編等日用品，或者趁機修繕房屋。

諾明．巴可爾忽然衰老得極快，不久前還能在山林間縱橫自在，轉瞬間卻變得步履艱難。起初家人們覺得他畢竟年事已高，遭到山豬衝撞後又與鄰社爭執，當然會比較疲累，休息一段時間就會好的，然而他整個人像是枯萎了，不復再有偉大獵人的神采。

奇怪的是，他住處外面頭骨架上的髑髏們重新變得潤澤而充滿光彩，夜裡沒人靠近的時候還會發出竊竊私語般的聲音，屋舍外牆上掛著的獸骨獠牙也不住在風中碰撞作響。

家人們開始覺得擔心，但諾明．巴可爾總說自己沒有生病，家人想請巫醫治療也被他拒絕，吉揚．雅布再三請求，他還發怒將吉揚趕走，說沒病問卜將會觸怒utux。

然而諾明．巴可爾變得經常昏睡，睡覺時也不再背靠牆壁踞坐以便隨時禦敵，而是躺下來陷入熟睡。吉揚．雅布忍不住請巫醫問卜，老女巫來到諾明．巴可爾獨居的房子，走下石板階梯進入半個人深的室內地面，在幽暗中踩到角落裡的一個鐵鍋發出巨大聲響，嚇了吉揚．雅布一跳，卻也沒有吵醒諾明．巴可爾。

巫醫在諾明．巴可爾的竹床邊坐下，取出一根細竹棒，用右手食指和拇指搓揉數十次，然後用左手摩擦竹棒，一邊詢問：「utux啊，這個人被你們降下疾病了嗎？」接著放開右手拇指，這時竹棒掉落在地上，表示否定。巫醫用同樣的方法再問：「有哪一位utux附身在他身上嗎？」「你想要吃雞還是豬才願意讓他痊癒？」竹棒都一樣掉落。

巫醫道：「如果竹棒黏在我的手指上，我就知道utux想要甚麼。但是詢問了三次utux都沒有回答，表示諾明確實沒有生病。」

吉揚．雅布看著祖父熟睡中消瘦的容貌，急道：「不管怎麼樣，我們殺一隻雞看看吧，殺一隻豬也可以。」他不等巫醫回話，逕自抱了一頭小豬進來，取出獵刀就要往豬脖頸上割去，那豬瘋狂地掙扎嘶鳴，吉揚．雅布竟無法抓穩。

巫醫按住他的手道：「如果utux要吃，豬就不會反抗。既然utux不吃，你殺豬也沒用。」說罷便拾起卜具去了。吉揚．雅布廢然鬆手，小豬脫身而出，卻無法爬上門口的石階，只能不斷焦慮地轉圈嗚叫。

一雙蒼老的手抱起小豬，將牠放到屋外地上，小豬立即逃得不見蹤影。吉揚．雅布驚訝地發覺諾明．巴可爾不知甚麼時候已經起身，甚至沒有聽到竹床發出半點聲音。「陪我去森林。」諾明．巴可爾頭也不回地爬上石階出門，吉揚．雅布趕緊跟上。

諾明．巴可爾不疾不徐地默默走著，森林出奇安靜，沒有風也沒有鳥鳴。諾明．巴可爾直走到山脈主稜上的一個獵團休息點才停下，在一塊展望極好的大石頭上坐定。

冬陽下，大河在峽谷中迤邐蜿蜒，兩岸山稜肌理虯張，如熔岩左突右轉奔襲而下又倏然凝結，巍然屹立。而溪水無一刻歇止，翻翻滾滾地向太陽升起的方向流去。這本是吉揚．雅布自幼看慣的景色，但此際卻彷彿初見，胸中有種莫名的情緒湧動著，令他不禁想要呼喊或者高歌。

他想和祖父說話，但祖父靜靜坐著，也不像平時那樣再三重複祖先在這個地點的事蹟，只是淡淡地道：「我們等一下風。」

說風風起，大石頭後方的樹叢先是微不可察地沙沙輕響，然後一股冷冽的迅風對著祖孫二人當頭吹來，夾帶著無數零碎片段的耳語。吉揚．雅布還無法聽清楚任何一個句子，諾明．巴可爾已然長篇大論地和風對話起來，但他話音細瑣，又說得飛快，同樣讓人難以理解。

諾明．巴可爾驟然恢復沉默，風勢也戛然而止，遠處溪水滾動的聲音顯得無比巨大。

「吉揚，你將會需要我全部的背賀靈。」諾明．巴可爾語氣平淡地道，「你要隨時傾聽utux的話語，保持勤勞，才能把背賀靈變成你自己的一部分，成為真正偉大的勇士。」

吉揚．雅布聞言一驚：「巴其要去和祖先在一起了嗎？」

諾明．巴可爾道：「我的責任已經完成，而我的身體已經老了。不久之後，古白楊會需要年輕的勇士，也要有更多的utux來賜給大家福佑。」

吉揚．雅布不捨地道：「一定要這麼急嗎？我還想跟巴其一起打獵，學習巴其的能力。」

「我的時間很快就要過去了。」諾明．巴可爾頓了一頓，慎重地道，「記得我跟你說過射日的故事吧，你要永遠將祖先的努力和訓示牢記在心，並且把這個故事告訴子子孫孫。」

「好。」吉揚．雅布重重地一點頭。

諾明．巴可爾不再言語，半瞇著眼睛再次觀望他曾經親自踏遍的峻嶺、森林和溪流，那是古白楊人的全部世界。

當天晚上，諾明．巴可爾平靜地在自己的房子裡死去。當時陪伴他的是長子雅布．諾明，他確認父親已無氣息之後，立即召來家人舉行葬禮。

眾人熄滅灶火清除爐灰，重新生起一團新火。同時為諾明．巴可爾做盛裝打扮，穿上獵首歸來時的紅衣，配戴貝製耳環、銅臂環和由熊齒、豹齒、山豬牙綴成的項鍊，並把菸草器具、首級背負袋和獵刀配掛好。接著把幾張親戚們聞訊送來的布鋪在地上，將老人的屍身以蹲踞的姿態放在布上，雙手在膝上交叉，然後用布層層包裹，在頭上打結包好。

雅布．諾明和一位弟弟僅著兜襠布，幾乎渾身赤裸地在老人的竹床下方挖掘墓穴。喪禮必須在隔天破曉之前完成，因此兩人在昏暗的灶火中使勁挖掘，暗暗喝喘著鏟出土砂，身影漸漸沒入地面。

吉揚．雅布看著包裹嚴實的布團，怎麼也不覺得那就是祖父。甚至到墓穴挖成，死者面朝著大河上游，也就是祖先故鄉的方向放入穴中，他也無法感覺到祖父已然逝去的事實。

待埋葬妥當，家人們先退出屋外，兩個掘墓者從墓旁打破牆壁而出，帶著土鍬和一把墓土到遠處丟棄，並在溪澗中洗浴一番才回住處更衣。接著家人們便撤去身上所有裝飾，改穿素衣，不工作也不外出，安安靜靜地為死者服喪。

十日之後除喪，吉揚．雅布受命將祖父屋中在葬禮當晚生起的灶火熄滅，帶著灰燼和家人們走向郊外。吉揚．雅布捧著微透餘溫的灰燼藤籃，覺得祖父彷彿就在其中，而自己正把他帶離部落。

「諾明．巴可爾！塔瑪（父親）！」雅布．諾明帶頭高喊，家人們紛紛跟著呼叫起死者的名字。吉揚．雅布高舉藤籃，慟哭道：「諾明巴其！到祖先們那裡去吧！」然後將之遠遠擲出，家人們跟著放聲大哭，催促諾明．巴可爾離開古白楊，前往永恆的靈界。

吉揚．雅布淚流滿面之際，一陣帶著暖意的清風吹來，其中夾藏著熟悉的呼喚：「別哭，吉揚！」他驚訝地轉頭四顧，大家仍自傷悲，只有他聽見那聲音：「看，你看！」

他抬頭一望，看見第一朵山櫻花已在枝頭綻放。這是春天的開始，人們將會到田裡播下小米、番薯、芋頭和所有的作物，遵照祖先們留下的訓示，展開勤奮而忙碌的一年。

第三章　黑霧

冷冷的冬陽照在臺北西本願寺別院的屋瓦上，映射出一片黑灰色的黯淡光芒，歇山頂加上千鳥破風的高聳屋頂十分宏偉莊嚴，寺中傳出的祭文更添肅穆氣氛：

……馬里闊丸[1]方面隘勇線殉難者追悼法會，麟平身在陣地不克親自祭弔，因此由警視飯田章代理，謹告警部福屋陽熊君等二百二十九勇士之英靈曰：麟平奉命籌畫理蕃事務已有數年，如今大多逐漸向化，獨馬里闊丸及奇那基兩群頑迷不悟，遂使諸士為國捐軀，嗚呼哀哉。然而國家之既定方針必須貫徹，凡從事理蕃事務者，應勇往邁進以期奏效……

1　馬里闊丸：今稱馬里光，在新竹縣尖石鄉秀巒、玉峰村和李崠山一帶。

蕃務本署警視飯田章代替缺席的蕃務總長大津麟平念完祭文後，輪到警視總長龜山理平太誦念祭文。他生得一對細窄的眼睛，嘴角兩撇鬍子長長地垂到臉頰以外，一捧起祭文便如戲臺上的歌舞伎演員般誦念起來：

……除非凶惡蕃人厥角乞降，否則絕不干休乃為我武士道之真髓……嗚呼！人死不復元，義勇奉公死有餘榮之諸士，與跌落溝壑或貧窮而死者相比，實有霄壤之差。嗚呼，冀英靈安息！

祭文念完後由和尚誦經一陣，簡單隆重的法會很快便結束，三百多位文武官員仕紳們絡繹走出寺院，彼此鞠躬作別了好一會兒才逐漸散去。

龜山理平太和飯田章同路而行，沿著西三線路走回位在西門街的總督府。龜山理平太忽然意有所指地道：「大津麟平也真是的，竟然藉口在新竹廳善後，逃避今天的法會。」

飯田章嘆了口氣道：「這次討伐馬里闊丸，戰死兩百二十九人，受傷三百三十四人，乃是理蕃計畫推動以來最慘痛的一役，卻只殺傷一百五十餘名敵蕃，獲得的地域也十分有限。大津總長大概沒有面目祭告死者吧。」

「殺傷敵蕃一百五十餘名？只怕連這個數字都是虛報的。」龜山理平太不以為然地嚷嚷，兩綹長鬚不住掀動，「調用那麼多警察組成討伐部隊，卻讓壯年有為的生命死在荒山野嶺，大津可謂無能！」

飯田章覷了一眼龜山，他知道這兩個臺灣警界最高職位的長官彼此不和，湊趣地道：「說得沒錯！大津平日總是一副傲慢的樣子，其實根本沒有真本事。」

龜山理平太滔滔不絕抱怨起來：「我真不服氣，我是警視總長，他是蕃務總長，彼此位階相等，可是每次討伐生蕃或者推進隘勇線，他一紙命令就能把平地警察調去組成討伐部隊。日常勤務大受影響也就罷了，哪一次不是傷亡慘重，讓窘迫的地方警力更加捉襟見肘？連追悼法會上，死的都是我的部屬，大津藉故缺席，我的祭文順序還是得排在他後面！」

「誰叫總督閣下的政策是理蕃優先呢，大津不管下達再愚蠢的指令，我們也只能默默吞忍。」飯田章趁機煽風點火，「不過最近大津那傢伙經常和總督閣下爭執，反對一味討伐，不斷重彈懷柔蕃人的老調，總督閣下應該也快不耐煩了吧。」

龜山理平太眼睛一亮，捻著鬚尖道：「大津那套『甘諾政策』三年前就已經證明一敗塗地了，蕃人怎麼可能甘心承諾讓我們進入蕃地設置隘勇線？送再多的惠與品（禮物）只是讓蕃人更加鄙視罷了。野蠻無智的蕃人不可理喻，只有討伐到底才是良策！」

飯田章賊忒忒地一笑：「何況不討伐，怎麼用得完那一千六百二十四萬圓的理蕃經費？」

龜山理平太板著臉，緩緩道：「大津不想用，總會有人來用。」

飯田章暗想龜山大概是要對大津出手了，大津一旦去職，龜山在臺灣警界的地位便無可動搖，自己得先表態，於是道：「平定蕃地乃是總督閣下念茲在茲的一代偉業，我等下屬都應全力以赴。到時候龜山總長率隊指揮，在下願為前驅！」

◆

「喀擦！」寫真師按下快門，為一名身穿病服、雙手捧著右足義肢的傷患拍攝寫真。旁邊一張桌子後面的警部立刻喊道：「下一個！」

那傷患表情木然地放下義肢，在旁人攙扶下艱難地起身，接過拐杖撐在脅下，緩緩走向隔壁房間，另一位獨臂的傷患隨即走到定位坐下。

「報名！」警部道。

「新竹廳所屬警部補佐佐木龍治。」那人黯淡地道。

「喀擦！」

「下一個！」

傷殘的患者一個接著一個在鏡頭前入座，端正地展示他們的義肢，留下一張又一張無奈的表情。

「報名！」

「新竹廳所屬警部竹內猛。」

「把義肢捧在胸前。」主持拍照的警部語氣冰冷地道，「再高一點，義肢保持水平！斷肢的切斷部完整露出來，好！」

寫真師正要按下快門時，蕃務總長大津麟平在北蕃監視區長永田綱明警視等數位警官簇擁下走了進來，那警部頓時彈起身子大聲發令：「總長蒞臨！立正，敬禮！」牆邊長椅上等著拍照的傷患們頓時一陣騷動，缺足者想要按著椅子起身，手上捧著的義肢又不知擱放在哪裡好。雙腳健全的人固然起立無礙，但反射性地想扶持身旁病友，卻才意識到自己已難伸援手，一時全都手足無措起來。

大津麟平俐落地還禮道：「受傷者不必拘禮，請坐下。」他看著一眾慌亂沮喪的傷患們，不禁心裡一沉。尤其是老部屬竹內猛消沉萎靡，再沒有半點平日的開朗神色，斷肢傷口上布滿粗大的縫線，猶如爬著一隻猙獰的毒蟲，更令他不忍。但大津麟平身為警察最高首長，依然行禮如儀地道：「諸君為國奉公，光榮受傷，本人至感遺憾。本次經略李崠山之險要馬里闊丸，不日便可直搗兇蕃巢窟，此功屬於諸君，諸君必定會在理蕃史上留名！」

那警部大聲道：「多蒙總長關懷，我等不勝感激。」

大津麟平又道：「總督閣下頒賜特製紙菸一萬二千支，囑咐贈送討伐隊員及傷患諸君，醫院稍後就會轉發給各位。」

警部喊道：「敬謝總督閣下與總長厚意！」傷患們也都勉力同聲道：「感謝長官。」

大津麟平看著寫真器，詢問道：「為甚麼要為傷患拍攝寫真？」

「這是龜山警視總長下達的新規定。」警部解釋道，「因為討蕃負傷而切斷手足的人員，按例都由皇后陛下恩賜義肢。近來討伐行動頻繁，失去手足者也跟著增加，於是警視總長規定了申請義肢的程序，除了檢附必要文件，還要附上三種寫真，一是穿著病服露出斷肢，二是義肢安裝妥當後的模樣，第三種則是穿著禮服的正照。」

「皇恩優渥，真令我等感愧無已。」大津麟平嚴正地道，「但是拍攝時要注意傷患的尊嚴，別忘了他們是國家的功勞者！」

大津麟平和永田綱明離開寫真室到院內各處慰問傷患，其中有不少舊部，在此相見分外唏噓。待慰問已畢，竹內猛剛好拍完三張寫真，大津麟平遂邀他陪同到醫院外圍視察環境，順便說說話。他們三人是十多年的僚屬，從鎮壓漢人反抗者到攻打原住民，幾番並肩出生入死，雖然竹內猛能力平庸升遷有限，但三人交情不曾稍減。

一離開本館，大津麟平便拋開掩飾，不滿地道：「規定申請義肢者拍照，把殘缺的樣貌展露無遺，並歸入檔案保存，實在是作踐尊嚴。對於奉公負傷的人加以榮耀都來不及，怎麼反過來這樣羞辱？」

竹內猛傷殘之後早已深感尊嚴盡失，一聽此言，頓時幾乎掉下淚來，只能違心地道：「也許因為申請者眾，府內擔心會有弊端，所以才規定要拍照確認吧。」

永田綱明跟著批評：「以前只需要由各廳出具名冊，並由申請者填寫拜受書即可。現在卻多了這些規定，不僅讓申請者不便，拍照和交通費用還不是要錢？老實說，增加的支出說不定比防弊省下來的錢還多。」

「龜山理平太那種從朝鮮調來的『移入官吏』就是這樣，只圖行政上的方便，對於為本地獻身多年的人毫不體恤。」大津麟平轉向竹內猛道，「你在醫院裡都還好吧？」

竹內猛強忍情緒，勉力點頭：「很好……」

永田綱明看他一副委屈的樣子，道：「跟我們客氣甚麼？要是醫院敢虧待你就說出來，我去教訓他們！」

竹內猛揮動斷肢，痛苦地道：「醫院裡的人都很好。只是我自己作戰不利，殘廢成這個樣子，覺得十分窩囊罷了。」

「振作點！」大津麟平喝道，「你是為國負傷，儘管抬頭挺胸地活下去，何況家人們還要依靠你呢！」

竹內猛唯唯點頭，不爭氣地流下淚水，又趕緊伸手拭去。

大津麟平看向醫院。本館的每扇窗戶裡幾乎都有傷患茫然地向外張望，也有剛拍完照的殘疾者在親友扶持下艱難地離院回家，充滿低迷的氣氛。他目光深邃地道：「這次推進馬里闊丸方面隘勇線，雖然為了總督府的顏面而宣稱獲得勝利，實情卻只是一場無謂的慘敗。我身為蕃務總長和討伐指揮官卻無法改變事態，二千三百八十五名隊員中竟傷亡了五百多名，他們原本都是擁有大好前途的部屬啊。」

永田綱明大聲道：「我身為前進隊長，指揮上的錯誤責無旁貸。但我也要說，討伐失利不能全怪警察部隊。」

大津麟平嘆道：「總督府太低估蕃地艱險的程度了，泰雅族的悍勇與智能也超過我們想像。」

「總長說得沒錯。」竹內猛回想起交戰時的情景，慘然道，「蕃人不但學會興築掩堡，射擊能力也令人吃驚，即使在步槍的有效射程外都能準確命中，而且熟練地使出埋伏、切斷和包圍等戰術。我隊即便用山砲和臼砲轟擊，蕃人還是無畏地攻上前來，發射彈雨、推落巨石反擊……我身旁的隊友死傷連連，部隊長和分隊長一個接著一個倒下，現在回想起來仍然如同人間地獄一般悽慘。」

永田綱明不甘心地道：「不曾親身進入過蕃地的人無從想像，蕃地地勢險峻，處處懸崖激流，四面八方都是深箐密林，就算再精熟的戰術也無從施展，何況又不時有暴風雨襲擊，失敗在所必然。說起來，上面強令我們深入險地進行討伐，根本就是錯誤的！」

大津麟平深沉地道：「我一直主張撫剿並重，就是出於這個考量。但總督閣下堅持在五年內用武力廓清蕃地，眼看明年就要到期，最近催促得更加嚴厲，非要強行貫徹他的威壓策不可。」

「就算官吏和幹部們有討伐到底的覺悟，只怕底下的隊員們難以再支撐下去了。」

竹內猛連連搖頭，「從明治四十三年（一九一〇）的雅奧罕隘勇線前進開始，無論在普魯哥、李崠山還是霧社、白狗、馬烈坡，每一次戰況都非常慘烈。四年以來十次大舉動員討伐，前後傷亡將近兩千人，大家都已疲憊不堪，警力補充也趕不上損失的速度。接下來還有規模龐大的奇那基蕃[2]討伐計畫，以及所謂『五年理蕃計畫最終決戰』的太魯閣蕃討伐，大家私底下都叫苦連天，還說不如辭職去當木工或泥水匠比較好。」

「危機不僅如此。」大津麟平憂慮地道，「我更擔心過度經營蕃地將會拖垮平地治安。為了入山討伐，這幾年徵用數萬名漢人人夫開鑿道路、修建橋梁、搬運糧米，乃至於隨部隊入山挑運物資，也造成了好幾千人傷亡。倘若漢人不堪役使，鬧出反叛事件，就算平定山地也是得不償失。」

「負傷之人本來沒有立場多說甚麼……」竹內猛頓了一頓，鼓起勇氣道，「身為警察，為國奉獻生命在所不惜，但犧牲也應該是有益的犧牲。總長是我們臺灣警察的首長，請您為大家作主請命，用真正有效的方法經略蕃地，減少彼此的傷亡吧。」

「我正有此意！」大津麟平慨然道，「一味採取威壓策是錯誤的，我一定要說服總督，重啟懷柔蕃人之道。」

---

2 奇那基蕃：在大嵙崁溪（今大漢溪）源頭，塔克金溪與薩克亞金溪匯流點一帶的泰雅族原住民，著名的司馬庫斯部落即屬之。

永田綱明卻擔憂道：「只怕『那個男人』會在一旁暗中作梗。」

竹內猛不解：「你說的是？」

「佞漢龜山！」永田綱明不屑地道，「龜山理平太最擅長的就是官海游泳術，到處巴結長官、交結派系、籠絡下屬。他一直虎視眈眈，想要成為臺灣警界第一人，倘若大津總長失去總督閣下信任，可能就會被龜山取而代之。」

「他算甚麼東西！」竹內猛不滿地道，「龜山在朝鮮時不過是個理事官，只因投靠長州閥，竟就調來臺灣出任警視總長！想取代我們總長，再等十年吧！」

「龜山並不真的希罕這個位子，他的目標是向內地的政府高層暗中飛躍。」大津麟平道，「我在總督府始政隔年（一八九六）就到臺灣任職，從臺南郵便電信局長幹起，至今已經十七年了。我們『在來（本土）官吏』都是真心為此地的開發拓殖而奉獻一生，那些移入官吏怎麼能理解『臺灣的精神』？他們不過是把這裡當作往內地升官的踏腳石罷了！」

永田綱明焦躁地道：「真是棘手啊，強力討伐不可行，反對總督的政策又會讓龜山那傢伙得逞，這該怎麼辦呢？」

「得有策略。」大津麟平望著北方的天空，「想說服總督閣下是不可能的，我們得讓內地了解理蕃的真相，透過輿論來改變國策！」

✦

離開新竹後，大津麟平並未回到臺北的蕃務本署辦公，而是在永田綱明陪同下趕往南投廳埔里社視察。

就在「馬里闊丸隘勇線前進」行動期間，南投各地爆發了八十餘名漢人結黨抗日事件，雖然尚未起事就遭人告密被捕，但因為埔里社是未來攻打太魯閣的入山集結地和兵站部（後勤）所在地，故而引起大津麟平的重視。

「這次事件，對於太魯閣蕃討伐準備工作的影響如何？」大津麟平首先關切最要緊之事。

陪同視察的南投廳長石橋亨答道：「本次事件幸而在匪徒發動之前便已破獲，並未造成損壞。不過各項準備工作本來就已經十分吃緊，在此影響下進度確實略有耽擱。」

「太魯閣蕃討伐是總督閣下念茲在茲的頭等大事，絕不可延誤。」大津麟平如數家珍地道，「從眉溪到埔里社間的輕便鐵道、水尾到埔里社間的道路、南港溪鐵線橋的架設，還有巴蘭鞍部、追分與馬赫坡等地倉庫都必須在限期內完成。否則將會拖延後續糧米運送及山地道路的開鑿。」

「是！小官會親自加緊督促。」

「南投廳與花蓮港廳間的通信是最大的問題，倘若兩軍聯絡斷絕，對前進行動至為不利。目前擬在花蓮港和能高山間設置無線電機房，待完成調查後就會進行，貴廳要密切配合。」

「是！」

大津麟平巡視各處，見街上除了警察往來巡邏較勤之外一切如常，稍感放心，但仍嚴肅地問：「聽說這次事件，匪徒與支那的革命（辛亥革命）有關？」

石橋亨道：「匪徒確實打著革命黨的旗號，雖然附從的都只是一些浮浪者，但人數之多出乎意料，看來支那革命的號召力確實很大。」

永田綱明也道：「近來有不少支那革命黨滲入臺灣組織煽動的情報，不只是南投，全島都有傳聞，不可掉以輕心。」

大津麟平道：「最嚴重的是匪徒中竟有隘勇和巡查補，萬一事發時裡應外合，竊取槍枝，事態非同小可！」

石橋亨誠惶誠恐地道：「敝廳理蕃課長為此引咎辭職，小官監督不周也有責任，已經自請處分。」

永田綱明斥道：「你們是怎麼管理隘勇的，怎麼搞出這種事來？」

石橋亨有苦難言，猶豫一番後咬牙道：「大津總長一向體恤下情，小官斗膽報告——實在是因為理蕃工作太過繁重，才導致這次的事件。」

大津麟平盯著他道：「怎麼說？」

石橋亨道：「南投廳地方偏遠、人口少，本來建設就比較落後。但因為是討伐太魯閣蕃的要地，限期興建大量的鐵道、道路、橋梁和倉庫，徵召許多本地人出役，負擔很重。家境富裕者還可出錢請人代役，窮人只能自己出役，不僅耽誤工作也減少收入，個個苦不堪言，甚至有脫籍逃亡的事情發生。這次的匪徒中，就有許多是這樣的苦力。」

「這些事情，我也時有所聞。」大津麟平點點頭，示意他說下去。

石橋亨受到鼓勵，進一步道：「隘勇們這幾年來不斷參與討伐，也都非常疲憊。如總長所知，隘勇大多是缺乏義務觀念的未受教育者，每逢本島人歲時節慶或者親戚冠婚喪祭時，往往曠職下山，完全無法管制。此外，本島人沒有榮譽心，眼裡只有錢財，頒發獎章毫無鼓勵作用。去年各廳長聯名，希望將隘勇傭使規程第五條第一項中的加給提高，由五十錢改為一圓以示鼓勵，俾便充實勇員，然而已被府議否決，廳長們私底下都很失望。」

「諸位的難處我都知道，在府議時我也極力爭取，然而若將隘勇加給提高，巡查和巡查補的加給也得調整，影響太大。關於理蕃工作過於繁重一事，我會在下次府議提出來檢討。」大津麟平話鋒一轉，忽問：「這次事件的匪徒有關押在埔里社的嗎？」

「有的。這次匪徒人數太多，南投街的監獄關押不下，有些就關在原籍地。」石橋亨道。

「其中有沒有隘勇？」大津麟平問。

「有一名隘勇，名叫鄭梅。」石橋亨答道。

「我要見他。」

石橋亨隨即陪同大津麟平到埔里社支廳，命支廳長將鄭梅提出。過了好一會兒鄭梅被幾個警察押進來，他身上有幾塊遭到毆打的青腫，穿著一套不合身的乾淨舊衣，鬚髮溼溽凌亂，顯然是大津指名要見之後才臨時倉促洗滌過。

鄭梅毫無懼色，粗魯地道：「靠夭，我掠做是欲將恁爸掠出來刣頭咧。」

石橋亨喝道：「不得無禮！大津蕃務總長有話問你，你要好好回答！」

大津麟平久在臺灣，能說臺灣話，但以官方身分發言時只說日語。鄭梅雖不識字，畢竟擔任隘勇聽得懂日語，因此也不需人翻譯。

「你是哪裡人？」大津麟平問。

「烏牛欄庄。」鄭梅愛理不理地答。

「是哪裡的隘勇？」

「櫻峰分遣所。」

「既然是隘勇，也就是總督府的僱員，為甚麼加入反叛？」

鄭梅「嗤」地一笑，不屑地道：「若不是走投無路，誰愛去做隘勇？為著一個月十幾圓的給料就要恁爸賣命，我才沒那麼憨！」

「混帳！總長問話還這樣囂張！」永田綱明罵道，「招募隘勇的規程都寫得很清楚，加入隘勇就要服從長官指揮，怎能如此任性？」

「我又不識字！」鄭梅理直氣壯地道。

永田綱明氣得想一拳揮過去，大津麟平當即制止，冷冷地問鄭梅道：「你不想和蕃人交戰送命，辭掉隘勇就好了。我問的是為甚麼反叛？你可知道身為隘勇卻謀反，乃是罪加一等。」

鄭梅跳起來：「日本人欺壓咱漢人，一天到晚徵召出役，當作牛在使，又一直入山和蕃仔相戰，叫咱隘勇行在最頭前吃槍子，已經不知死幾千人了！反正都是要死，不如刣幾個日本人替戰死的兄弟們報仇，也較夠本！」

兩旁押解的警察粗暴地按住他，喝道：「安分點！」

「像你這種思想惡化的隘勇有多少？」大津麟平冷靜地問。

「太多了，每一個都是！」

「你們自稱是支那的革命黨，有組織嗎？」

「有！」鄭梅狂笑道，「我就是中華民國大總統冊封委任的，大總統很快就會派大元帥來打日本人，要把所有的日本人都刣死，到時候就算總督跪在地上求饒也沒用了！」

「胡說八道！」石橋亨見鄭梅愈說愈不像話，趕緊道，「這個人已經瘋了，再問也問不出有用的情報，恐怕浪費總長寶貴的時間。」

大津麟平點點頭，石橋亨隨即命人將鄭梅押下去，鄭梅兀自叫罵不止，警察則一路對他拳打腳踢。

「狂人！」永田綱明咒罵道。

「一葉之落可知天下之秋，狂人的存在乃是警訊。」大津麟平憂心地道，「自從明治三十五年（一九〇二）治安回復以來，本島人安分了十年，希望這不會是另外一波騷動的徵兆啊。」

大津麟平離開埔里社街支廳，準備返回臺北。臨行前他忽然看似不經意地問道：「龜山警視總長來視察過了嗎？」

「來過了。」石橋亨語帶不滿地道，「不過他只到南投廳短暫停留，就說南投街太過無趣，隨即返回臺中，要我們到臺中去向他報告。」

「哼，真像他的作風。」永田綱明不屑地道，「龜山八成又在歡樂街上花天酒地吧。」

「他沒有到埔里社街來嗎？有沒有下達甚麼指示？」大津麟平問。

石橋亨道：「他只說總督閣下會在九月親自到合歡山指揮地圖測繪探險，埔里社街的旅館『日月館』必須整修妥當以備接待，就算動用官費也沒有關係！」

✦

為了歡送即將卸任的獨逸（德國）領事萊因斯朵爾夫，總督府在號稱「臺灣第一旗亭」的梅屋敷設宴。自總督佐久間左馬太以降，民政長官、各局署長全都到得齊全，此外還邀請了其他國家的外交官、內地來訪的代議士及本地商人仕紳。

梅屋敷位在舊城區東北角外，前臨敕使街道（今中山北路），後方水池環繞，十分清幽。整棟建築用上好的本島檜木搭建而成，宴客用的大廣間有八疊榻榻米寬，天花板垂下幾盞時髦的西洋吊燈，主牆的床之間正中掛著一幅幾乎有一人高的巨大達摩像，筆法蒼勁，頗見氣派。

座席沿著三面牆安排成ㄇ字型。佐久間左馬太坐在正中間，身後襯著那幅畫像。只見達摩一對銅鈴大眼低眉半閉，執拗地斜上而視，渾圓的頭顱縮在兩肩裡，整體輪廓呈山字形，遠看也像是一幅山水畫。而年屆古稀的總督直挺挺地端坐在這「山崗」下，與之相互輝映，令不少人暗暗覺得莞爾。

會席開始前先由總督致詞，感謝領事多年來的貢獻。佐久間左馬太聲如洪鐘地開口道：「今日非常榮幸，能夠為獨逸駐臺灣領事，萊因——」念到這裡忽然戛然停頓，因為儘管萊因斯朵爾夫駐臺多年，他卻始終無法記住這個拗口的德文名字。在滿堂賓客的屏息等待下，佐久間左馬太慢條斯理地從懷中摸索出一張講稿展開，又戴上眼鏡端詳了老半天，才終於念出後面的「——斯朵爾夫閣下舉辦歡送宴」，讓眾人如逢大赦。他不管文句長短，只按自己的節奏誦念，官員和賓客們憋著一肚子笑意，卻礙於總督顏面不敢造次，只能互相交換眼色，鼻中哼哼出氣竊笑。

待總督致詞完，萊因斯朵爾夫也發表了離職感言之後便傳令開席，在廊下等候多時的女中們紛紛將料理送了上來。女將來到佐久間左馬太側後方跪坐下來，殷勤地道：「小店本日也準備了總督閣下最喜愛的長州蒲鉾（魚板）和漬物呢。」

「喔！」佐久間左馬太歡然道，「我們長州的蒲鉾乃是天下第一，給我多送些來！」

「遵命。」女將俯身鞠了一躬，正要退下，萊因斯朵爾夫插口道：「我知道總督閣下非常喜愛敝國的啤酒，因此今天帶了幾箱來給您品嘗。」

「好極了！剛好拿蒲鉾下酒！」佐久間左馬太威嚴的臉上難得露出笑容，「日清戰爭（甲午戰爭）時，我率領第二師團出征，在橫濱港還買了一百二十打獨逸啤酒帶去支那呢！」

萊因斯朵爾夫湊趣道：「看來貴國的光榮勝利，敝國啤酒也不無微功。」

「有大功！」佐久間左馬太斷然回答，眾人聞言大笑。

美國領事威廉生道：「聽說總督閣下非常善飲，還因此得到過貴國皇帝的褒獎。」

「哈，哈，哈！」佐久間左馬太笑逐顏開，「那是多年前先皇陛下召見諸將賜宴，問座中誰最善飲。桂太郎答說佐久間少將能飲清酒一升而面不改色，酒量最好，陛下便說，那麼以後就稱他為『一升少將』吧。我當即起身回答，『惶恐啟奏，臣不敢困於「一生」少將之稱，還盼為國立功爭取升任中將！』」

佐久間左馬太難得如此幽默，引來哄堂大笑。

眾人正在歡笑間，佐久間左馬太卻乍然臉色一變，連聲低呼：「先皇陛下，先皇陛下……」並且鼻頭一抽、目眶發紅，眼看就要落下淚來。

近處幾個官員發覺，首先止住笑談，其他人察覺氣氛不對，也都紛紛停下來觀望，偌大的廣間裡頓時變得鴉雀無聲。所有人全都尷尬萬分、不知所措，要是任由總督在外交場合哭起來，未免大失體面，但要打斷這位老將軍對先皇的懷念，卻又有些不敬。

這時威廉生靈機一動，舉起剛倒滿的啤酒杯高聲道：「To peace（敬和平）！」

沒想到佐久間左馬太聽不懂英文，誤以為威廉生是在向明治天皇致敬，顫巍巍地起身，高舉雙手喊道：「Peace，萬歲——萬歲——萬歲——」所有人也趕緊忙亂地起身跟著呼喊，不免踢翻了好幾個食盤和啤酒杯。

歡送宴會就在一團混亂中展開，幸而接下來的流程十分順利，場面也逐漸熱絡。

酒酣耳熱之際，一名藝妓來到會席之側，彈著三味線演唱起來：

說到臺灣的名產是甚麼？

砂糖、樟腦、烏龍茶！

還有稻米啊，一年可二穫。

深山裡，綻放著黃金的花朵！

「挺有趣的嘛。」佐久間左馬太稀奇地道，「這是甚麼歌？」

民政長官內田嘉吉答道：「這是前殖產局長新渡戶稻造所寫的歌曲，在本地茶亭、會席上經常演奏的。」

「新渡戶……」佐久間左馬太思索了一會兒才想起這個人，「喔，那個新渡戶啊，他不是回內地很久了嗎？怎麼還幫臺灣的茶亭寫歌。」

眾人又是一陣竊笑，這首歌是新渡戶稻造在臺任職期間，偶然在茶亭遊戲之作，流傳已久。佐久間左馬太絕少出入類似場合，自然不曾聽聞，但他卻因此以為是新近的作品。內田嘉吉不敢揭穿總督的孤陋，只能唯唯以對。

萊因斯朵爾夫聽翻譯官解釋了歌曲內容，插口道：「砂糖、樟腦、烏龍茶確實都是聞名世界的臺灣物產，我在此任職多年，有幸親身見聞。只可惜，我一直很想參觀樟樹採伐、煮製的過程，卻都沒有機會。」

內田嘉吉見他出來解圍，趕緊順著話頭道：「領事閣下想視察臺灣山地，這是我們的榮幸，您在離開臺灣之前如果有時間的話，我們可以安排。」

「真是太好了！」萊因斯朵爾夫高興地道，「我聽說總督閣下在臺灣最大的功績乃是理蕃，樟樹產區又都接近蕃地，如此一來也可以看到理蕃成果了。」

「希望領事閣下回國後，能為敝國多加宣傳。」內田嘉吉指向大津麟平，「詳細的行程，就由蕃務本署來規畫。」

「是！」大津麟平接口道，「我將為領事閣下安排視察桃園廳大嵙崁支廳的角板山地區，那裡離臺北不遠，而且蕃情平穩安全無虞，又有蕃童教育所和僧侶傳道所，設施十分完備。」

萊因斯朵爾夫奇道：「僧侶是指佛教的僧侶嗎？在蕃地竟設有傳道所？」

「是的。」大津麟平肯定道，「總督府延請十多名淨土真宗的布教使入山，對蕃人傳布修身之道，以及佛法的教義。」

威廉生也問：「恕我直言，這些獵取人頭的野蠻土著，真的能夠接受如此複雜深奧的宗教嗎？」

「要讓成年人理解確實有困難，但我們著眼的是仍有機會教化的蕃童。」大津麟平語帶興奮，「目前教育所裡的蕃童都能說流暢的日語，學習能力超乎預想，可見理解佛法也不是問題。只要持續用佛法加以感化，相信二十年後，不，也許十五年後蕃人就能從內心徹底放棄出草馘首的惡俗，成為我帝國善良的國民！」

萊因斯朵爾夫點頭道：「貴國規畫長遠，令人敬佩。」

龜山理平太卻語帶挑撥道：「哎呀，大津總長一個勁兒在那裡強調『懷柔策』，卻都不提總督閣下的顯赫功績。佐久間總督可是有『生蕃剋星』之稱，明治七年（一八七四）臺灣出兵，在石門口一役處於絕境下擊斃頭目阿祿父子，又親入蕃社勸降，威震蕃界。所以先皇陛下才特任為總督，就是要借重其威望掃蕩蕃地！」

佐久間左馬太一聞「先皇」名號，精神一振，朗聲道：「先皇陛下親任本總督時，對我帝國殖民地中尚有生蕃未被及皇恩一事感到不滿，敕命本總督完成理蕃。本總督上任七年來，不敢有一日懈怠，平生最後的心願，只有盡速廓清蕃地，告慰先皇陛下之神靈！」

龜山理平太諂媚道：「總督閣下任內十次討伐，收繳蕃人槍枝上萬挺，使蕃人不能再逞其凶暴，拯救了不知多少人命。相較之下，懷柔之策就實在緩不濟急。」

「不錯！」佐久間左馬太率直地道，「懷柔策太慢！尤其是派僧侶對蕃人布教，猶如對著兔耳講《論語》，對馬念經文，根本兒戲！」

大津麟平在這樣的場合遭到總督不顧情面地批評，又恨龜山理平太從中離間，臉上一陣青一陣白。正待出言辯解時，卻見內田嘉吉重重使了個眼色，要他在外賓前克制，只好強自按捺。

內田嘉吉顧慮國際觀感，不願過度宣揚總督府的武力鎮壓成就，於是仔細拿捏言辭道：「理蕃事業以沒收槍枝為目的，遏止生蕃出草，並且保護已歸順之蕃人。只要了解真相，就算是人道家也無法非難的。」

萊因斯朵爾夫畢竟熟悉本地，一針見血地問：「經營蕃地最終還是為了開採樟腦吧，一旦理蕃成功，總督府評估一年能夠增加多少樟腦產量？」

他這一問令官員們警覺起來，德國是人工合成樟腦的主要生產國，一度以其價格優勢打擊臺灣樟腦的世界市場占有率，後來臺灣總督府採低價穩定供貨方式，擊垮品質較差的人工樟腦，才又掌握市場主導權。也因此，德國業界非常希望探知臺灣樟腦的確實蘊藏量和生產潛力。

內田嘉吉淡淡地道：「專家評估，臺灣所有樟樹可製成樟腦九千二百萬斤，目前我們每年生產五、六百萬斤，可開採十五年。加上每年種植新樹，可以永久生產。」

他講的都是對方早就知道的公開訊息，四平八穩了無新意。龜山理平太卻貿然驕傲地道：「近年隨著蕃地廓清，又發現許多新的樟樹森林，數目之多難以估計。一旦徹底掃除蕃害，樟腦的產量將會大幅提升。雖然這麼說有些失禮，但恐怕貴國的人工樟腦，短期內絕無競爭的可能！」

萊因斯朵爾夫禮貌性地一笑，不再追問下去。龜山理平太左顧右盼洋洋得意，內田嘉吉面色如常地應酬著，佐久間左馬太卻一逕嚼著他的長州蒲鉾，對眼前的話題似乎毫不關心。

主宴結束後外賓和總督分別離開，眾人到門口送行之後，又大多留下來趁這個難得的機會彼此交流。

大家的話題無可避免地圍繞在近期日本政局的巨變。大正二年（一九一三）二月，才成立短短六十二天的第三次桂太郎內閣，在風起雲湧的護憲運動中遭到推翻，結束了長達十一年半的「桂園時期」——亦即由長州藩閥（陸軍）的桂太郎和立憲政友會（政黨）的西園寺公望輪流主政的局面，改由薩摩出身的海軍大將山本權兵衛組閣。

這番變局在日後被稱為「大正政變」，是日本首次在開明派媒體倡導下，直接由中產階級推動政治改革，並且開啟了一連串階級解放、言論自由和普選運動等「大正民主」風潮，使日本國內風氣為之一變。當然，在風潮之初，人們還未能清楚看見未來的趨勢，只是感到一股沛然莫之能禦的力量正在蠢蠢欲動。

於是眾人圍著內田嘉吉，詢問他對時局的看法。內田嘉吉卻只是輕描淡寫地道：「臺灣總督府獨立於內地的政局之外，一切行政都不會有影響，請大家安心。」再追問時，他便說一些不痛不癢的官話，最後推稱公務繁忙匆匆告辭。

龜山理平太看著內田嘉吉遠去的背影，對身旁的僚屬們露骨地批評：「哼，內田和執政的立憲政友會暗通款曲，又和桂前首相的新黨聲氣相通，兩面討好，很會為自己的前途鋪路啊。」

大津麟平在一旁聽見，大感厭煩，正想轉身離開時，卻差點和一人撞上。那人一對瞇縫眼藏在細窄的橢圓框眼鏡底下，整個額頭向後退縮，面貌彷彿鯰魚一般，乃是臺灣製腦合名會社的代表人小松楠彌。

小松楠彌姿態老練地道：「難得能夠同時見到大津總長和龜山總長，真是太好了。」

「是小松嘛。」龜山理平太顯得和他十分熟稔，「最近生意怎麼樣？」

「託兩位總長的福，前年颱風造成的損害算是都彌補過來了。」小松楠彌認真地點了點頭。

大津麟平道：「你也算是毅力過人，創業以來，手下腦丁死傷慘重，損失金額也不少，卻還能夠堅持到底。」

小松楠彌道：「敝社歷年來因為蕃害而死的腦丁就有三十三名，數萬圓資本付諸流水，還不算每年自行招募隘丁防蕃的經費。」

旁邊另一位資本家，雲林拓殖合名會社的赤司初太郎附和道：「去年蕃害四百次，殺害七百六十一人，傷者接近一千三百人！臺灣物產中，樟腦產業可說最多苦辛，誰能想像雪白的樟腦背後卻是血的犧牲。我們樟腦業者都很希望能夠趕緊平定蕃地。」

小松楠彌細小的眼睛裡精光閃動：「聽說今年六月就要進行奇那基蕃的討伐，一舉平定北部蕃地，預祝這次行動成功！」

龜山理平取笑道：「你的消息倒靈通，不過臺灣製腦的採樟特許在宜蘭廳，雲林拓殖在南投和嘉義，跟本次討伐沒有關係喔。」

「大嵙崁平定之後，接下來就是太魯閣。蕃地全面廓清之日不遠了。」小松楠彌正色道，「這幾年，為了打擊人工樟腦，專賣局把樟腦價格壓低，幾乎沒有利潤可言。一旦平定蕃地、消除蕃害，我們就可以深入山區採伐品質優良的樟樹，把成本大幅降低。像是前陣子宜蘭廳入山搜索，發現在大濁水溪和大清水溪之間樟樹之多前所未見，若能開採利益驚人！」

「理蕃應該適可而止！」旁邊一名銀髮蒼蒼、貴氣儼然的紳士忽然開口，「外面世局天翻地覆，兩隻眼睛卻還死死盯著蕃地，未免見識太淺！」

說話之人乃是臺灣製糖株式會社社長的山本悌二郎，他同時是眾議院議員和立憲政友會的骨幹人物。

眾人見他過來，無不恭敬致意，只有小松楠彌不服氣地道：「理蕃乃是佐久間總督任內大事，也是我帝國聖代的偉業，議員閣下卻好像不以為然？」

「國家財政如此窘迫之際，花費二千萬於不生產之事，並非明智之舉。」山本悌二郎談吐斯文，卻自有一股氣魄。

「議員閣下誤解很深啊，經營山地著眼的是將來長遠的利益……」龜山理平太本想提出一些論據，但他腦袋裡空空如也，遂對大津麟平道，「大津總長，你說是吧。」

大津麟平身為理蕃計畫的負責人，不得不辯護，於是道：「去年的樟腦專賣收入是五百六十一萬，阿里山伐木事業收入一百五十萬，還有金礦、銅礦、石材和煤炭等許多利益有待開發。理蕃絕非無益的事業。」

「總長說的這些我都知道。」山本悌二郎盯著大津麟平道，「蕃地固然要開發，但一味躁急地以武力鎮壓，花費甚鉅，卻未必能獲得相應的結果。其實只要適當懷柔，不僅省費，也可以減少無謂的犧牲。」

大津麟平被他說到心坎裡去，只是礙於立場不便公然附和，卻竟也忘了應該講幾句場面話敷衍。

「總督府每年花費三百多萬經營蕃地，不免排擠到其他的行政。」山本悌二郎侃侃續道，「前年和去年接連兩次大颱風，造成糖業界至為慘重的損失。全臺灣的砂糖產量本有四億五千萬斤，能夠滿足國內八成需求。風災後減少至一億斤上下，真是對糖業界的一大鐵鎚！正需要總督府協助善後之時，經費和人力卻都投注在理蕃上，竟一點辦法也沒有。」

小松楠彌道：「我們樟腦產業在風災中也受害很深啊，這本來就是經營實業必須承擔的風險。過去總督府補助糖業不遺餘力，山本社長應當要知足。」

山本悌二郎冷峻地道：「這次大水沖壞了許多橋梁和糖業鐵道，急需修補。可是總督府為了準備明年的太魯閣蕃討伐，大肆徵用漢人人夫去興建山地道路和倉庫，或者搬運糧米物資，總數達到數萬人之多。為此苦力嚴重短缺，糖業會社根本雇不到足夠的人手，工資也倍於平常！糖業正懸命努力於復元善後，總督府不但未曾協助，還不斷徵用人力，簡直是和糖業作對！」

大津麟平道：「廓清帝國版圖乃是千秋萬代的事業，請議員閣下多多體諒。」但他內心也質疑這個政策，語氣生硬，顯得理不直、氣不壯。

「既是千秋萬代，何必急於一時？」山本悌二郎舉手向遠方一比，「諸君要把眼光看遠。近來歐洲情勢緊張，獨、奧等中央同盟國，和英、佛（法）、露（俄）等協商國（協約國）展開軍備競爭，已到了一觸即發的事態，隨時都有可能開戰。我邦與英國同盟，也會加入戰局。在這種時候，總督卻忙著率領大批軍警到深山裡去攻打蕃人？真是可笑！」

◆

當天夜裡，大津麟平再次來到梅屋敷，只不過他換穿和服，並吩咐馬車繞行偏僻小路，盡量不要被人看見。他被引到後面的包廂，山本悌二郎已經等在那裡。

「來得好，先喝點酒吧。」山本悌二郎擺出一副自己人的姿態。

大津麟平下意識地左右瞥了一眼，這才踏入包廂之中。

「放心吧。」山本悌二郎笑道，「總督府白天才在這裡舉行宴會，晚上大家都想換換地方，不會再來的。」

大津麟平盤腿坐下問道：「議員閣下找我來，有甚麼事情可以效勞？」

山本悌二郎道：「大津總長既然願意來，應該也是心裡有數。我就直說了，五年理蕃計畫應該中止！至少要回復到總長最初的規畫，撫剿並重，以懷柔策來謀求蕃地長遠的安定。」

大津麟平聞言並不感到意外：「白天時聽聞議員閣下一番宏論，在下實是衷心佩服。無奈總督閣下十分固執，難以說服他改變方針。」

「桂園時代結束了。」山本悌二郎定定地看著大津，「你知道這代表甚麼意義嗎？」

「不，我對政治一竅不通。」

「桂太郎屬於長州閥，而長州閥的領袖是『陸軍之父』山縣有朋。佐久間在陸軍的輩分僅次於山縣，雖然只是一介武夫，在政治上沒有影響力，但代表的是長州閥的顏面。」

大津麟平隱隱猜出對方的意圖，喉頭不由得「嘓」地一響，全身緊張起來。

山本悌二郎續道：「這次桂內閣倒臺，就是國民無法再忍受陸軍的跋扈以及國政長期被藩閥把持，所以才由薩摩出身的海軍大將山本權兵衛組閣，不分黨派起用人才。簡而言之，新的時代來臨了。」

「立憲政友會想要扳倒佐久間總督？」大津麟平小心地問。

「佐久間上任即將滿七年，任期幾乎跟前任的兒玉總督一樣長，而且也已近七十高齡，就算隨時引退也不奇怪。」山本悌二郎拿起酒瓶在兩人杯中倒滿，「政友會並沒有一定要扳倒佐久間，只是不能任由他繼續在蕃地暴走，荒廢臺灣的治績。」

「議員閣下希望我做甚麼？」

「要不要加入政友會？」山本悌二郎舉杯邀飲，「大津總長在臺灣十多年，在每個職位都有很好的表現，乃是不可多得的人才。」

大津麟平拾起杯子一飲，慎重地道：「多蒙閣下看重，但我只是一介官僚，對政治沒有興趣。」

「但是你對總督的威壓策很不滿吧。」山本悌二郎直攻要點，「你難道不想改變理蕃策略？既然從府內改變不了那個『頑固一徹』的想法，不如從內地下手。」

大津麟平確實盤算過要利用國內輿論向總督施壓，但沒有想到自己會被黨派的紛爭所襲捲，一時沉吟不語。

「不參加政黨也沒有關係。」山本悌二郎輕描淡寫地道，「但如果總長有意願讓內地各界了解理蕃事業的真相，我可以幫你安排。下個月你要上京和政府交涉下兩個年度的理蕃方針吧，不妨同時向新聞、雜誌和通訊社做一場演講。東京的臺灣研究會每個月固定在築地精養軒聚會，是一個理想的演講場合。」

大津麟平十分心動，但也同樣猶豫。他明白一旦公開抨擊理蕃政策，就等於向總督宣戰，也得有結束公職生涯的覺悟。於是遲疑道：「然而身為蕃務總長卻出面批評理蕃政策，實在有違官僚的義理。」

「就是由總長出面評論，才會有足夠的分量改變政策。」山本悌二郎從容地再次將酒杯斟滿，「總長不必擔心退路。我說過你是政友會看中的人才，如果你離開臺灣，可以先從縣知事開始做起。無論是去岩手還是德島，都不失為下一步的進身之階。」

大津麟平看著城府深不可測的山本，不知怎麼忽然覺得自己更喜歡佐久間左馬太單純魯直的性格。雖然自己對政策不以為然，但對於成為黨派和商人手中的棋子也感到嫌惡。於是他深吸一口氣，低聲道：「請讓我再考慮一下……」

⌘

「不對，這個蠟像的膚色太深了，泰雅族是臺灣生蕃各種族中膚色最淡的，這樣不行！」

在臺灣總督府民政部殖產局附屬博物館的一間倉庫內，蕃務本署調查課的囑託（特聘人員）森丑之助剛剛收到幾尊訂製的蠟像，對其品質十分不滿。他熟練地從隨身的大背包中取出一張膚色表，對蠟像師傅道：「上半身接受日光照射的部分，相當於這個表上的二十四號到二十五號，請你按此修正。」

「修改顏色很麻煩的……」蠟像師傅搔著頭，賴皮地道，「膚色不深，看起來就不像蕃人了嘛，參觀的民眾應該會喜歡顏色深一點的。」

森丑之助嚴肅地道：「別說這種不負責任的話，蠟像的規格在訂製時就已經詳細要求了，這是絲毫不能妥協的事情。」

蠟像師傅道：「不然這幾尊就當成別族的來用，我重新做幾個白一點的代替。」

「別開玩笑了！」森丑之助怒道，「每個種族都有獨特的體質和面貌，怎麼能任意混淆？給我好好修改！」

「嗯，嗯。」蠟像師傅敷衍應聲，一轉過身去便喃喃自語道，「神氣甚麼，不過就是個囑託而已，要求這麼多！」

「在背後說人壞話可是不行的喔。」野呂寧從外面走進倉庫，剛好聽見蠟像師傅的抱怨，對他道：「這位森君乃是臺灣第一蕃通，蕃人的事情沒人比他更了解。你照他說的去做就對了。」

「是，是！」蠟像師傅看他穿著高等文官的制服，不敢怠慢，趕緊連聲應承。

「真是懷念啊！」野呂寧隨手拿起一根菸斗，「這讓我想起從前跟你一起上山探險的日子……這是布農族人的菸斗？」

「是泰雅族。」森丑之助正拿著一件泰雅族人的上衣在蠟像上比試，瞥了一眼道，「雖然這兩族的菸斗都是竹製，但泰雅族的斗頭是用竹根製成。」

「這樣啊，在我看來都一樣，真不愧是蕃通。」野呂寧苦笑著將菸斗放回，問道，「這些蠟像是為了日後『兒玉總督暨後藤民政長官紀念博物館』開館展示之用的吧？」

「沒錯。」

「用蠟像來展示蕃人的衣著裝飾，讓人一目了然，這想法太高明了。相較之下，現在館裡弄得像是產業陳列館似的，一點意思都沒有。」野呂寧語氣一轉，疑惑道，「不過這紀念博物館還沒動工呢，開館最快也是兩年後的事，現在就開始準備不會太早了嗎？」

「我也不曉得用蠟像展示能不能行得通，所以先做幾尊來試試，也免得開館前臨時發覺錯誤，連改正的機會都沒有。」森丑之助轉頭對蠟像師傅喚道：「喂，趕快搬回去好好改正！」那師傅一改姿態，謹慎地將蠟像一一搬走了。

野呂寧心不在焉地瀏覽著堆放滿地的各式標本，忽然道：「你偶爾也要到署裡去露個臉吧。」

「喔，殖產局的權度課長，關心起蕃務本署囑託的出勤狀況了。」森丑之助不以為意地回答。

「別這麼說，好歹我兼任蕃務本署調查課的技師，也算是同僚。」野呂寧嚴肅地道，「你總是這樣，投入一件工作就不顧其他的事情，還曾經入山一趟就失蹤整整兩年，連家人都不知道你是死是活。署裡的人都在背後說閒話，甚至造謠說你領總督府的薪水卻到處去逍遙玩樂。」

「那些謠言已經流傳十幾年了，我才沒空理會。」森丑之助又鑽回他的收藏堆中，仔細整理起來。

「所以你一定沒聽說調查課要裁撤的事吧。」野呂寧淡淡地道。

「甚麼？」森丑之助聞言一楞，猛然站起身來。

「果然沒人告訴你。」野呂寧一字一句地道，「調查課要裁撤了，雖然還沒有正式發布，但已經是確定的事。」

森丑之助憤然道：「荒唐！調查課還有許多工作沒有完成，怎麼可以隨意裁撤？」

「五年理蕃計畫進入最後一年，預算極其吃緊，連殉職人員的弔慰金都快付不出來了。蕃務本署還要把醵出金（從薪水預扣的互助基金）提高兩倍半，譬如巡查每個月就從二十五錢變成六十七錢呢。」野呂寧感嘆道，「現在所有的錢都要拿去用在最後的討伐上，對軍事行動沒有幫助的調查工作也就全部取消了。」

「真是愚昧，不理解蕃人如何理蕃？一味使用武力鎮壓，只會激起強烈反抗，造成雙方巨大傷亡……不行，我要去找總長問個清楚！」森丑之助說罷拔腿就走，無論野呂寧在後面如何叫喊阻止都沒有用。雖然森的身材十分瘦小，又有一足天生微跛，但長年在山上鍛鍊出驚人腳力，一下子就把野呂寧遠遠拋在後頭。

森丑之助從博物館所在的書院街（今桃源街）離開，沿著西三線道（今中華路）疾走，過西門舊址不遠就到了蕃務本署。他無視同僚們錯愕的目光，氣勢洶洶地衝進署長室，對著大津麟平劈頭就問：「為甚麼要裁撤調查課？」

「我還以為你會更早來的。」大津麟平對他無理的舉動似乎已經司空見慣，神色如常地指著客席道，「坐吧。」

森丑之助並不坐下，續問道：「所以裁撤之事已成定局了？」

大津麟平俯身向前，雙手擱在桌上：「沒有錯，這是總督閣下、內田民政長官和我共同的決定。我本來想第一個告知你，但一直不曉得你在哪裡。」

「是因為錢的問題嗎？」

「經費不足固然是原因之一，主要也是總督閣下認為明年就要進行最後的蕃地處分，蕃人即將文明開化，沒有必要再進行研究。」

「總長並不是這樣想的吧。」森丑之助用精悍的目光瞪著大津麟平，「我記得您曾經說過，即使個人力量有限，在推動理蕃計畫時，靠自己的努力與工作精神，也要使傷亡減到最低限度。您的那番話很讓我感動，因此我也無怨無悔地在蕃務本署貢獻棉薄之力。然而想要減低彼此的衝突，就必須充分研究蕃人的思想、感情、習慣和心理，設身處地了解對方才能辦得到啊。」

「我到現在仍然是這樣想的。」大津麟平心中同樣大感無奈，但不能在部屬面前顯露半分。

「那就請總長帶我去找總督閣下，我們一起說服他取消這個決定。」森丑之助激動地道，「前年總督到蕃地視察的時候，我曾當面向他諫言，蕃人其實是純真溫良的民族，只有為了保護自己的親族和土地時才不惜以死對抗。如果我們只憎恨蕃人的凶暴，卻不研究凶暴背後的動機和習俗，強行用武力鎮壓，一定會付出無數人命作為代價。當時總督閣下對此深為首肯，怎麼現在又執意討伐到底？」

「你冷靜一點，放肆也要有限度！」大津麟平注意到門外的部屬都在傾聽，尤其最近與龜山理平太走得甚近的飯田章更不斷探頭探腦，因此假意斥責道，「總督閣下有通盤的考量，我等官吏只需盡心輔佐、努力達成，怎可這樣無禮地批評！」

森丑之助卻未察覺大津麟平的顧忌，更加不滿地道：「蕃人深信自己完全獨立自主，從來不曾臣服於外界的政權。在蕃語中，絕對找不到『歸順』這類涵義的字眼，他們只有站在平等的地位相互『和解』，就算一時強迫他們屈服，他們也會伺機再度反叛，蕃地永遠不可能平靜。」

大津麟平道：「這點我也明白，我一向以來就是採取威撫兼用，不但對蕃人施以教育、幫助他們改善醫療與經濟，還派了十多名布教使撫慰教化，就是要提高蕃人福祉，使他們成為善良的國民。不過這些方法要見到成效需要漫長時間，國際世局瞬息萬變，國家殖產興業的腳步不能長久耽擱，加強威壓也是勢所必然。」

森丑之助反駁道：「蕃地的擾亂正是因為樟腦製造而起。當初總督府將蕃地一概畫為『官有林野』，不將蕃人視為人類，也不承認他們對蕃地的所有權，任由企業者肆無忌憚加以開發，或者用欺騙的方式對待蕃人，才使官方和蕃人的關係變得對立而複雜。明明是資本家橫行霸道，最後卻要總督府犧牲軍、警性命來鎮壓蕃人，我等身在其中，不過是資本家利用的棋子罷了！」

這話說到大津麟平的痛處，一時無話可說，只好強硬地打斷：「你的心情我可以了解，但是我等必須服從國策和總督閣下的領導，別再任性發言了。」他起身繞過桌子，拍拍森丑之助的肩膀，「調查課雖然裁撤，業務併入庶務課，蕃地研究總不會完全中斷，你是唯一無二的蕃通，還怕沒有事做？怎麼樣，眼前不如把累積多年的研究成果整理出來，出版幾本有分量的著作，讓世人更加了解蕃人如何？」

「蕃地一旦遭到無情鎮壓，研究成果再好又有甚麼意義？」森丑之助不以為然地道。

大津麟平道：「光是你自己了解蕃人、同情蕃人，力量太過薄弱。不僅臺灣平地人缺乏認識，內地對蕃人更加陌生，當然不會加以聲援。你多發表一些著作，或者到內地去演講，才能改變世人對蕃地的看法。」

森丑之助向來埋頭研究，甚少考慮其他，大津點出一個可以努力的新方向，頓時令他思緒複雜地翻湧起來。

「改變輿論……」森丑之助喃喃地道。

「沒有錯，改變輿論。」大津麟平懇切地道，「你的書還是可以由蕃務本署來出版，如果有回內地發表研究的機會，我也可以幫你安排！」

⌘

永田綱明從新竹回臺北述職，陰沉著臉走進蕃務本署，帶來令大津麟平震驚的噩耗：「竹內過世了。」

「甚麼！」大津麟平萬分錯愕，「上次在新竹醫院時，他不是還好好的嗎？」

「對外說是傷口感染而死，其實是自裁。」永田綱明低聲道。

「莫非他承受不了傷殘的屈辱？這個笨蛋！」大津麟平無法接受地咒罵道。

「這只是原因之一。」永田綱明板著臉道，「家人說他每天晚上都做噩夢，不斷驚叫掙扎，被叫醒之後就開始痛哭流涕，說對不起死去的僚屬。這樣的日子持續了一段時間，他不但無法克服傷痛，又覺得給家人帶來麻煩，愧疚之下竟自己結束了生命。」

大津麟平在桌上重重一搥，忽然醒悟一事，猛然抬頭道：「不能以自裁上報，家屬會失去撫卹金的。」

永田綱明道：「我已經跟新竹廳交代好了，軍醫會開立證明，撫卹金一事不必擔心。」

「混帳東西！」大津麟平低聲咒罵，也不知罵的是誰。

永田綱明憤然道：「理蕃固然是廓清版圖、開拓山林的偉業，但不能像山豬一樣悶著頭蠻幹。總督府如此急躁，還不都是那些樟腦業者在後面拚命鼓吹。哼，他們躲在安全的地方揮舞殖產興業的大旗，卻是我們警察進蕃地送死！」

大津麟平默然良久，低聲道：「馬里闊丸討伐結束不久，死傷那麼慘重，警力和士氣都還沒恢復，總督閣下仍堅持要我提出在討伐奇那基蕃的具體計畫，一點也不肯通融。」

「你打算怎麼做？」永田綱明瞪著眼問。

「既然討伐勢在必行，也只好盡量減少傷亡。」大津麟平指著桌上的地圖，「我打算從南北兩路夾攻，用優勢戰力一舉掃蕩蕃人，迅速結束討伐。」

✦

三月底，佐久間左馬太在總督官邸召開會議，除了民政長官內田嘉吉、大津麟平、龜山理平太和永田綱明之外，還有陸軍第一守備隊司令官平岡茂少將出席。

佐久間左馬太端坐正中，不怒自威。他首先開場道：「今日會議，討論六月實行之奇那基蕃討伐事宜。務必於本次行動，完全終結中央山脈以西的凶敵處分，明年才能毫無後顧之憂地攻略太魯閣蕃。」

大津麟平起身指著牆上的掛圖，進行背景報告：「奇那基蕃盤據在大嵙崁溪（今大漢溪）源頭，為北部山界之最深處。該蕃共有六社、一百三十戶、六百三十餘人，可作戰之壯丁約二百人。當我方向雅奧罕、馬里闊丸方面推進時，奇那基蕃屢屢從旁騷擾，或在背後教唆他蕃作亂。同時該蕃是北部蕃界中至今唯一尚未繳械歸順者，因而有本次膺懲之舉。」

龜山理平太假意感嘆道：「北部蕃界的治理真是棘手啊，我方三次經略，前後傷亡上千人都還不能徹底廓清。大津總長實在辛苦。」

佐久間左馬太語帶指責地道：「僅前次馬里闊丸隘勇線前進，傷亡便達五百人，有損總督府之威信，更讓蕃人看輕我日本人。因此本次討伐行動務必萬全規畫。」

「是！」大津麟平面無表情地道，「小官記取前次討伐失利的教訓，本次將組成新竹討伐隊和桃園討伐隊，兵分兩路加以夾擊。每支部隊由警察和隘勇編成作戰人員一千四百名，合計兩千八百名，同時徵用相等數目之漢人人夫協助後勤搬運，以絕對優勢力量施加雷霆一擊，一舉掃蕩……」

「不夠！」佐久間左馬太霸道地打斷他，「奇那基蕃人數雖少，但雅奧罕和馬里闊丸諸社必然起而呼應。此外，塔克金社方面有山路通往宜蘭廳的溪頭蕃，倘若彼此勾結，北部山地定然大亂。除了新竹廳和桃園廳之外，宜蘭廳和南投廳也須組成討伐部隊，扼制四方要道，迅速壓倒該蕃！」

「這……」大津麟平本以為投入近三千警力已是小題大作，沒想到總督尚覺不夠，一時啞然。

佐久間左馬太向平岡茂一比：「宜蘭廳警力投入討伐，守備未免空虛，平岡少將須率步兵一個聯隊[3]、山砲兵和特設隊至宜蘭方面守備及策應。」

平岡茂有備而來，應聲道：「除了少數兵力留守之外，第一聯隊將會全軍出動，配置機關槍八挺和山砲兵一個中隊，全力達成總督閣下的命令。」

「說到山砲，」佐久間左馬太忽然想起來，「警察部隊也要加強火力，原有的十二拇指口徑臼砲威力太弱，射程也只有七百米，必須配置山野兼用砲。嗯，再把從俄國海軍俘獲的三英寸速射砲也帶去吧！」

「總督閣下的布置可謂周到萬全……」大津麟平心下震撼，仍盡力保持面上平靜，「然而原本組成兩支討伐部隊的規畫，已經調動宜蘭廳、臺中廳和南投廳大半警力支援，倘若要另外再組兩支部隊，以上各廳就幾乎是全員出動了。」

「挺好的嘛。」佐久間左馬太不以為意。

龜山理平太趁勢表態，慨然道：「警務本署將會全力配合，大津總長不必擔心。」

「稟報閣下，連年發動討伐之下，目前警力已經非常短缺。」大津麟平力陳道，「雖然明治四十三年（一九一〇）起本島人得以巡查（警員）任用，但對警官短缺沒有幫助，有從內地募集的必要。此外，近日也有多位廳長聯名提出，漢人隘勇招募困難，甚至有棄職逃亡的情況發生，缺額十分嚴重。」

「喔，有這樣的事？」佐久間左馬太隨口回應。

大津麟平看著總督毫不關心的樣子，心頭火起，仍強自按捺道：「小官以為，本次討伐部隊應該考慮當前警力疲乏的實況，適度編成。讓警察們充分休養恢復，也是為明年的太魯閣蕃討伐積蓄實力。」

「大津總長太過危言聳聽。」龜山理平太道，「警力短缺是事實，卻也沒有到妨礙討伐的地步。北部蕃地若不能一舉廓清，後續所有行動都被牽連，影響甚大啊。」

「可否容小官一言。」永田綱明插口道。

「唔。」佐久間左馬太微微點頭。

「支那革命成功，其餘波對本島人逐漸產生影響，不可不慎。」永田綱明激昂地道，「近來漢人被大量徵用出役，漸漸產生不滿情緒，開始有騷動的跡象。去年十月的

3 聯隊：日本軍制，每個聯隊編制兩千七百人，下轄三個大隊，每大隊轄四個中隊。當時臺灣駐軍為臺北（第一）、臺南（第二）兩個守備隊，各僅轄一個聯隊。

南投事件，匪徒中除了苦力還有不少隘勇！可見理蕃的副作用已經不容忽視！」

龜山理平太輕描淡寫地道：「匪徒雖然打著革命名號，事實上不過是一群烏合之眾，當地警務課很快盡數加以逮捕，根本不值一提。」

永田綱明道：「支那革命後，本島人思想惡化者甚多，龜山總長卻如此輕忽，真令人擔心。」

「本島人不足慮！」佐久間左馬太忽然嚴峻地道，「今日議的是理蕃，本總督一心只要廓清蕃地，毋論其他！警力不夠，有陸軍出戰也就夠了！」

大津麟平見佐久間如此固執，不僅毫不體恤部屬，也對浮躁的民心毫無警覺，登時痛下決心攤牌：「小官基於職責，必須慎重地向閣下提出——理蕃不能只有威壓，全島蕃人共有十二萬、六百五十餘社，分布在一千二百餘方里的深山裡，動用武力必須消耗莫大經費與勞力，何況想同時對全島所有蕃地動武也是不可能的！」

「大津總長是在批評總督閣下的理蕃計畫錯誤嗎？」龜山理平太趁機煽風點火，「大津總長先前推動的甘諾政策，執行三年之後已經證實失敗，被總督閣下徹底推翻，這時又要來舊話重提？」

「甘諾政策並沒有失敗！雖然收效較慢，但費用少，成果更是長遠！當時光是透過食鹽和物資管制便押收了九千挺銃器，可謂成效卓著，然而這個方針卻未能得到總督閣下認可，才制定了後來的計畫。」大津麟平挺起胸膛侃侃而談，「理蕃是一種政治，它同時是軍事事業和感化事業。既然是政治，就必須懷抱深遠的理想。討伐只是臨時壓制，行政才是永續經營。討伐只是針對局部，行政才能顧及全局。我判斷光用武力進行蕃界廓清並非易事，最終很有可能成為聖代的汙點！」

佐久間左馬太臉色鐵青，臉上肌肉難以察覺地抽搐了一下。平岡茂少將輕蔑地暗暗冷笑，龜山理平太則掩飾不住幸災樂禍的表情。

一直沉默聆聽的內田嘉吉忽然開口：「大津總長提到理蕃的長遠成效，並且關心警察士氣，令人敬佩。不過五年理蕃計畫已進入最後的收官階段，現在放手不免前功盡棄。」

大津麟平道：「下官並非主張放棄理蕃，只是希望審酌情勢，降低討伐的動員程度，輔以適當的懷柔策。」

「歐洲各國隨時都會開戰，而且看來會是一場前代未聞的大戰。」內田嘉吉不疾不徐地道，「作為軍需品的賽璐珞和無煙火藥[4]的國際價格不斷飛漲，國內的軍備也勢必提高需求。我們必須在此之前平定蕃地，徹底取得穩定的樟腦原料才行。」

「說得好！」佐久間左馬太朗聲道，「理蕃旨在開發皇土，做為我帝國雄飛於世之後

4 賽璐珞和無煙火藥：皆以樟腦為主要原料製成。賽璐珞是史上第一種商業化生產的塑膠，應用廣泛。無煙火藥較傳統黑火藥發煙量少而火力更大。兩者在第一次世界大戰期間需求量極高。

盾。警察參與討伐乃是職責所在，為國犧牲更是無上光榮。奇那基蕃的討伐計畫，就按剛才所說的進行！」

⌘

隔天上午，大津麟平前往臺北停車場（火車站），為啟程返回日本的山本悌二郎送行。

大津麟平送到月臺上，慎重地道：「請多保重。」

「我記得總長閣下後天也要搭船回內地，為來年的理蕃方針去和政府交涉是吧，如此我們很快就會在東京再見。」山本悌二郎氣定神閒地道。

「是的，到時候一定要去拜訪您。」

「那麼我先走一步。」山本悌二郎掀起帽子致意，一腳踏上火車的階梯，看似不經意地回頭問道，「上次和總長提到過的，臺灣研究會在築地精養軒的聚會，您是否有意參加？」

「在下一定參加！」

「喔？」山本悌二郎興味盎然地看著他。

大津麟平毫無猶豫，堅定地道：「為了讓內地了解理蕃的真相，在下願向社會各界說明，一切就拜託您了！」

第四章　驚雷

夏天快要結束的時候，雅布．諾明開始幫吉揚．雅布準備親事。他聽說西拉歐卡夫尼頭目瓦其赫．哈比的女兒莎妲織藝精湛，不動聲色地前去拜訪後非常滿意，遂商請能言善道的魯翁頭目托搽．西勇當媒人提親。

根據習俗，從提親、議婚到最後結婚的過程委婉而漫長，有時拖上兩、三年也不奇怪。媒人拜訪女方家時，只說閒來無事，來找老朋友遊玩幾天，等適當的場合再行提婚。女方也不會一下子就答應，總要考慮再三才點頭議婚。

然而數日後托搽．西勇回來，帶著異常歡快的笑容道：「我還以為必須在兩個溪谷之間奔走個五趟才能開始議婚，沒有想到瓦其赫．哈比一下子就答應了。」

雅布．諾明疑惑道：「向來提親都是要考慮很久，瓦其赫．哈比答應得那麼快，該不會是有甚麼不好的事情吧？」

托慈．西勇道：「我起先也覺得奇怪，還偷偷去問從我們部落嫁過去西拉歐卡夫尼的女人，結果她們都說瓦其赫．哈比一家最近都非常順利，很久沒有人因為違反gaya觸怒utux而做牲祭贖罪。甚至連同我們在內，已經有三家人來提親了。」

雅布．諾明道：「三家？有這麼多人提親，為甚麼這麼快就答應我們呢？」

托慈．西勇道：「我也問了瓦其赫這個問題，他說因為吉揚第一次出草就成功馘首，不但非常勇敢，也得到utux的福佑，可見已經繼承了他祖父，也就是偉大勇士諾明．巴可爾的背賀靈，成為了不起的獵人。」

「原來如此，你真是稱職的媒人！」雅布．諾明點點頭，滿意地道，「那麼我們就趕快召集男人們去西拉歐卡夫尼吧！」

雅布．諾明家族按照習俗動員近親，聲勢浩大地到女方家幫忙耕作，他們自備食物，借住在女方親族家中一段時間。當事人吉揚．雅布也不例外，格外賣力地砍伐雜草樹木、整理農地，每天忙得汗流浹背。

同時間，雅布．諾明和托慈．西勇前往瓦其赫．哈比家議婚。雙方在空曠的屋子正中席地而坐，首先彼此吟唱各自的家譜，從移居太魯閣的祖先開始，將六、七代先人的名字、事蹟和通婚狀況盡數唱出，確認雙方不是父系五代或母系三代內的近親，然後協調聘禮。女方當然以多得聘禮為榮，但大河上游各部落普遍並不富裕，一般而言不外乎是一、兩支槍，一頭豬和一到數件珠裙，頂多加上幾件農具。

雅布·諾明爽快地道：「我們很高興能夠娶到莎妲這樣的女兒，我願意提供一支最好的連發槍，一頭最大的肥豬，兩件珠裙和三把鋒利的鐮刀作為聘禮，讓她光榮地嫁到古白楊來。」

他本來以為這個條件已經夠好了，沒想到瓦其赫·哈比卻搖頭道：「太少了！莎妲的織藝是內太魯閣最好的，外太魯閣也不一定有人贏得過她。莎妲應該要有更多聘禮。」

雅布·諾明道：「莎妲是織藝第一的美女，我們吉揚也是最英勇的獵人，莎妲嫁給他並不委屈。我們的聘禮已經很豐厚了。」

托懋·西勇插口道：「你想要甚麼樣的聘禮，不妨說說看？」

「除了連發槍、肥豬和珠裙，還要一百顆子彈和一碗鹽！」瓦其赫·哈比語出驚人。

「真是過分！我從來沒有聽過這種聘禮要求。」雅布·諾明不悅地道，「自從我們的祖先從托魯閣·塔洛灣遷移來到大河，從沒有人要求用鹽當作聘禮！」

瓦其赫·哈比道：「過去沒有槍的時候聘禮也沒有槍啊，為甚麼不可以要鹽。」

雅布·諾明道：「幾年前也就算了，現在一碗鹽可以交換二十幾件珠衣，是非常貴重的東西。」

「古白楊這幾年打獵成果都很豐碩，我上次去拜訪的時候，看到家家戶戶後面堆滿獸皮和獸骨，想換多少鹽都可以。」瓦其赫·哈比依然強硬地道，「這要求並不過分。莎妲的名聲，連托魯閣·塔洛灣和巴托蘭那邊都知道。最近有三家人同時來提親，如果你們不願意提供，也許其他家會願意。」

雅布・諾明勃然大怒，站起身道：「太卑鄙了，答應議婚卻故意提出這樣過分的要求，根本是欺騙我們！」

瓦其赫・哈比不甘示弱，也起身瞪著雅布・諾明：「這是對我們家族嚴重的羞辱，你必須道歉！」

「該道歉的人是你！我們整個共食團來幫忙耕作了好幾天，全都被你騙了！」雅布・諾明氣極了，兩人眼看就要打起來。

托瑟・西勇趕緊排解道：「老友、親戚！我們是在議婚，先坐下！」他拉著兩人坐好，對瓦其赫・哈比道：「別忘了祖訓，貪心是會招致厄運的。」

瓦其赫・哈比別過臉去，不甘願地道：「我可以不要珠裙，但一定要有鹽。」

「不要珠裙？」雅布・諾明十分不以為然，「聘禮沒有珠裙是新娘最恥辱的事情，你怎麼可以這樣對待自己的女兒？」

托瑟・西勇瞧出瓦其赫・哈比神色不太對勁，問道：「你這樣堅持到底是為了甚麼？」

瓦其赫・哈比幾番欲言又止，終於卸下虛張聲勢的態度，沮喪地道：「都是因為我們西拉歐卡夫尼實在太過窮困，連一碗鹽也交換不到，我才只好要求用鹽當作聘禮。」

雅布・諾明詫道：「你們西拉歐卡夫尼和卡拉堡的耕地是整個大河上游最肥沃的，

怎麼會窮困？」

「我們人口不多，部落獵場也小，缺乏子彈之下又更不容易打到漢人喜歡的鹿和雲豹。」瓦其赫．哈比指著灶上的鐵鍋，「你們看，我們連鍋子都已經破損陳舊，也無法交換新的，只能勉強繼續使用。」

雅布．諾明恍然道：「所以你才這麼快答應跟我們議婚。」

瓦其赫．哈比不甘心地道：「以前用一捆鹿皮就能跟外太魯閣人換到好幾斤鹽和用不完的子彈，無論是鐵鍋、獵刀、農具還是槍枝也都換得到。但是最近這幾年所有的東西都變得很難換，一斤鹿茸才能換到一碗鹽，甚至拿再多鹿茸去也換不到，真是可惡。」

雅布．諾明聽到外太魯閣人就有氣：「外太魯閣人跟漢人還有野猴[1]交換東西，看準我們必須依賴他們，長久以來都非常傲慢，忘記他們也是從這裡遷移過去，是我們的親戚。」

「不過他們現在也一樣快要沒有鹽跟子彈了，並不是故意不換給我們。」托愻．西勇道，「聽說這是因為野猴禁止交換，一切都必須瞞著野猴偷偷進行，所以交換變得非

1 野猴：對日本人的蔑稱。由於日方霸道壓迫，加上文化差異，太魯閣人認為日本人就像rungay（猴子）般隨意偷竊、粗魯不文，以此稱之。

常困難。」

瓦其赫・哈比點頭道：「我曾到托魯閣・塔洛灣去找親戚，有很多野猴住在他們部落裡，把槍全都搶走，還不准親戚給我鹽，非常可惡。」

雅布・諾明道：「野猴為甚麼不讓我們交換鹽和物品？我們從來就沒有跟他們接觸過，也沒有任何仇恨啊。」

「這我就不知道了。」瓦其赫・哈比道。

「以前外太魯閣人都會帶東西過來和我們交換，最近很久沒來，我們也快要沒有鹽了。」雅布・諾明想了想道，「好吧，他們不來，我就去一趟。」

瓦其赫・哈比搖頭道：「我不久前剛去過巴支干[2]了，他們沒有東西可以換。」

雅布・諾明道：「那就再往更下游去。」

瓦其赫・哈比悲觀地道：「我也瞞著巴支干人到巴達岡[3]去問過，一樣沒有東西。」

雅布・諾明慨然道：「那我就再往下走，直到有東西可以換為止。」

托愻・西勇詫道：「老友，巴支干人很不喜歡我們繞過他們去更下游交換物品，你會惹上麻煩的。」

「我們已經有很多麻煩了。沒有鹽、彈藥和鐵鍋，沒有鋒利的獵刀和鐮刀，我們該怎麼生活？巴支干的人既然沒有東西可以換，就不能阻止我們到更下游去。」雅布・諾明堅決地道，「我會把鹽帶回來當作聘禮的！」

✦

數日後，吉揚·雅布跟隨父親雅布·諾明，還有托悉·西勇跟烏明·鹿黑，四個人背負著價值最高的鹿茸、豹骨、熊膽和各種動物毛皮往下游出發。

四人離開古白楊後，走到畢祿山東稜盡處的瓦黑爾溪與大河匯流處，渡河經過塔比多（今天祥），再渡過陶賽溪到陀泳社（今綠水一帶）。從這裡開始，大河兩岸山勢靠得極近，高聳的峭壁直切溪底，處處都有裸露崩塌的岩塊，灰濁的溪水鑽過一塊又一塊巍然不動的灰白巨石奔湧而前。

路徑離開溪邊向山腹攀緣而上，從上方繞過近乎垂直的斷崖絕壁。四人身手矯健，輕巧地抓著藤枝或樹幹躍上陡峭的山坡。有時候路徑在茂密的植物叢中隱晦不明，必須一面用獵刀劈砍前進。有些舊路崩塌消失，就得高繞通過。眼前只能看見前人厚結老繭的腳底，回頭則是同伴的頭頂，還有隨著高度漸次開闊的溪底風景。

雅布·諾明讓吉揚領頭以磨練他的本領。他沿路仔細注意希希爾鳥的提示，若有凶兆就毫不猶豫地停下，搭建簡單的小寮休息到隔天，再重新鳥占決定是否出發。即便路

2 巴支干社，今合流東北方數公里的山坡上，為東西往來必經之地。
3 巴達岡社，在今燕子口對岸上方的河階臺地上，為太魯閣峽口到天祥的半途要衝之地。

途順利，只要吉揚・雅布隨時覺得不對，就會道：「我們等一下風。」然後停下腳步，等待風裡捎來utux的話語給予指示。

吉揚・雅布明確地察覺到utux無所不在，提醒、警告、威嚇，或者單純過來默默觀望。他還感應到山林深處無數動物的氣息，甚至是牠們的飢餓與情緒，但由於身處別社的獵場，他們嚴守gaya並不捕獵任何動物，只食用自己攜帶的麻糬和肉乾，頂多採集一些野生的山芋來吃。

通過巴支干地界並涉過茬西溪之後，路徑便直切而下，抵達位在河階臺地上的巴達岡。他們一接近部落，就有數名男人手持刀槍過來察看。

雅布・諾明高聲道：「我們是古白楊人，來這裡交換東西。」

一個巴達岡人道：「我知道你，是雅布嘛。」

雅布・諾明認出這人曾帶物品到古白楊來交易，把手放在對方肩上道：「很久才相見，真是懷念。」

「真的很懷念。」對方抓著雅布・諾明的胳膊輕輕搖晃。

雅布・諾明道：「你們很久沒有來古白楊交換了，所以我們自己過來。」

那人搖頭道：「沒有東西可以換給你們，我們自己也都不夠用了。」

「野猴真的都不跟你們交換了嗎？」雅布・諾明不信。

「連一顆子彈跟一粒鹽都不換。」

「漢人那麼喜歡鹿茸和其他的獵物，還有苧麻之類的植物，他們一定會來交換的啊。」

「野猴不准漢人來，處罰得很嚴厲，很久才有人偷偷進來換一點東西，而且很貴。我們的生活也很艱難啦。」那人見雅布・諾明仍感懷疑，賭咒似地道，「我們頭目這幾天正跟著巴支干頭目瓦旦・科莫去赫赫斯社，請總頭目幫忙想辦法。」

「總頭目？」吉揚・雅布和烏明・鹿黑都不曾聽過這樣的說法，大感奇怪。太魯閣人非常獨立自主，部落頭目除了主持祭祀、排解紛爭之外，和一般人的權利義務並無二致，各社間也都以公議解決問題，並未設有總頭目這樣的職位。

「就是赫赫斯社的頭目哈鹿閣・納威！」巴達岡人見他不解，說明道多年前南澳人大舉前來搶奪獵場，首當其衝的愚屈社無法抵擋，向赫赫斯社求救。哈鹿閣遂號召外太魯閣各社在大河河口北岸的山頂上結盟，一起擊退了南澳人，後來大家就奉他為總頭目，還把會盟的地方叫做哈鹿閣臺（哈鹿閣到過的地方）。

雅布・諾明關心的是交易，詢問道：「你們頭目甚麼時候去赫赫斯的？」

「昨天才走。」

「那應該趕得上。我們也去見哈鹿閣・納威，看看他有甚麼辦法。」雅布・諾明婉謝了巴達岡人招待的邀請，立即啟程前往赫赫斯社。

路徑從這裡下切，到達溪床時，可以看見大斷崖峽谷的入口。儘管古白楊下方的溪谷同樣峭直陡危，吉揚・雅布仍不免驚歎於此處景致的壯闊。只見兩道垂直的巨牆矗然夾峙，壁上布滿凹鑿之痕，彷彿是斧劈而成。絕壁上叢叢塊塊地長滿生命力堅韌的樹木，卻顯然沒有能夠讓人落腳前進的路徑，只有飛燕往來盤旋，啁啾不已。

但若往下游去，溪谷變得較為和緩，路徑沿著溪底前進。吉揚．雅布首次前來，一面四處張望，一面聽父親解釋：這個地方在峽谷之中，聲音迴盪，所以叫做布洛灣（回聲）；這裡的人非常善於咀嚼小米釀酒，所以叫做托莫灣（咀嚼過的小米）；這裡溪流彎曲容易堆積漂流木，所以叫做落支煙（流木）……

赫赫斯社位在大河和砂卡礑溪匯流處東北邊的臺地上，須從落支煙對岸稍往下游處攀登。不過四人抵達落支煙社時，就見到部落裡異乎尋常地聚集了許多人，從衣著裝飾的細微差異可以看出他們來自不同的地方，而且都是頭目或副頭目等級之人。他們都攜帶著大量的鹿茸和皮毛，似乎準備參加一場盛大的交易，臉上混合著激動、期待和沮喪的複雜表情。

部落周圍的警戒者問明四人身分和來意，將他們領到頭目的房子前面。空地上一群人正圍坐著交談，其中一名精瘦而矍鑠的老人聽了通報，立即起身相迎。

「我是哈鹿閣．納威。」老人說著，和四人逐一按肩為禮。

吉揚．雅布暗暗吃驚，他本以為能夠讓外太魯閣諸社共推為總頭目的哈鹿閣．納威必然生得高大威武，沒想到竟是這樣一位年近六十、身材平常的老人。他顴骨稜角分明，不無粗獷之感，但一雙眼皮耷垂半閉，表情柔和，乍看就像尋常的和藹祖父，只有眼中偶然精光閃動時才顯露出過人的氣魄。相較之下，他身旁的女婿——方頭闊耳的副總頭目、古魯社人比沙奧・巴揚，才像是一個真正的勇士。

雅布・諾明道明來意，希望能夠交換物品。哈鹿閣・納威的回覆和一路上反覆聽到的相同：「野猴不允許整個大河流域和外界交易，我們也沒有東西可以和你們交換。」

「我不明白，為甚麼野猴不准交易？平地人明明就很喜歡山上的東西。」雅布・諾明問。

「『Kijun（歸順）』。」哈鹿閣・納威艱難地念出一個奇怪的字眼，「野猴要大河、陶賽溪和木瓜溪流域所有的人都『Kijun（歸順）』他們，才願意恢復交易。」

雅布・諾明等四人大惑不解：「Ki...jun，那是甚麼意思？」

哈鹿閣・納威道：「像是和解，但必須把槍交給野猴，聽從他們的命令。」

「豈有此理，槍是男人的武器，沒有槍就不能狩獵和對抗敵人，怎麼可以交出去。」雅布・諾明益發覺得莫名其妙，「而且我們跟野猴又沒有衝突，幹嘛要和解？」

托懸・西勇也道：「我們太魯閣、巴雷巴奧和道澤三群人不僅互不相關，還彼此敵對。也許巴雷巴奧人和野猴交戰，或者道澤人甚至你們外太魯閣跟野猴有衝突，那也和其他的地方沒有關係啊！」

比沙奧・巴揚道：「野猴分不清楚差別，把全部的人都當成太魯閣人了。」

蓋今日花蓮境內的太魯閣／東賽德克原住民是在三百到一百年前陸續自南投移入。

原居地的賽德克人分為托魯閣（Truku）、德克達雅（Tkdaya）和道澤（Toda）三群。其中最弱勢的托魯閣群東移後分布在整個立霧溪流域，反而變得勢力最大。族人最初落腳的立霧溪中、上游稱內太魯閣（Mkbaraw，以三角錐山西南麓為界）。內太魯閣人後續向東海岸擴展，移往立霧溪下游、三棧溪及和平溪下游，稱為外太魯閣（Mkssiyu）。又有一部分族人移往木瓜溪流域，稱為巴托蘭（Btulan）。但無論內太魯閣、外太魯閣或巴托蘭，多數部落獨立自主，並無跨部落的政治組織。即便後來哈鹿閣·納威被奉為外太魯閣總頭目，也只是攻守同盟領袖，無法干涉各部落的內部事務。

此外，德克達雅群東移後亦稱巴雷巴奧（Balibao），先落腳在木瓜溪，後來在太魯閣人移入競爭下遷往更南邊的支亞干溪與馬太鞍溪。

道澤群東移先住在陶賽溪中游，後被太魯閣人驅趕到上游，部分更與宜蘭南澳地區的泰雅族人混居。

事實上，臺灣總督府對各群分布狀況研究得十分清楚，但為了統治行政方便而霸道地概稱為「太魯閣蕃」。所謂「太魯閣蕃討伐」的目標，即把上述各群視為一體，謀求全部「處分」。但對於其中個別的群體來說，就無法理解自己究竟和日本人有甚麼衝突，必須遭到封鎖乃至攻擊。

因此托愻·西勇道：「把我們跟道澤和巴雷巴奧混為一談，實在太不講道理了。」

比沙奧·巴揚鄙夷地道：「野猴就是這樣。」

哈鹿閣．納威道：「總之我們也很困難，今天各社頭目聚集在這裡就是要去向野猴要求交易。」

雅布．諾明道：「我們也可以一起去嗎？」

比沙奧．巴揚不忿地道：「你們內太魯閣人闖來這裡已經很過分，竟然還敢提出跟野猴直接交易這樣無理的要求。就算野猴同意，那也是我們外太魯閣人交易之後再跟你們換！」

雅布．諾明道：「我們無意冒犯，但實在是無法生活。」

比沙奧．巴揚還要再說，哈鹿閣．納威制止他：「不要緊，這次就讓他們一起走，壯壯聲勢。時間不早，我們這就出發吧。」哈鹿閣．納威起身走出屋外，請各社頭目、副頭目們集合出發。比沙奧．巴揚吩咐族人取出一面白色長方形、中央畫著完美紅色圓形的布塊，用竹竿插著走在隊伍最前方。

吉揚．雅布和烏明．鹿黑沒看過這麼白的布。太魯閣人的白布是用焚燒過的黃麻樹皮灰燼，倒入大鍋中和苧麻絲一起煮沸將之漂白後織成。但無論如何都會有些許天然的淡黃色澤，不像這幾塊布那麼白，令他們大感驚奇。兩人忍不住伸手去摸，其棉絲交織的新鮮觸感也是前所未見。

比沙奧．巴揚在一旁看見，告訴他們這是日本人給的旗子，立在隊伍前面表示並無敵意，以免引來攻擊。

隊伍循著大河往谷口而去。兩岸山頭漸次低緩，並且向後退開，溪床一片平淺。大河在上游不被任何險峻地勢和巨石馴服阻礙，到了這裡卻心甘情願地臣服於灰白細密的礫灘，變得緩緩潺潺。

令吉揚．雅布感到不可思議的是「谷口」的存在。兩側門關一般的山腳之外，竟然不再有山。在他心中，世界是無盡綿延的山脈和溪谷，然而這裡的天空前所未見地遼闊，溪流在礫灘上漫漶成數股水道，通過谷口後肆無忌憚地向左右展開，變成一大片平野。

「那是甚麼？」吉揚．雅布和烏明．鹿黑被眼前另一個新奇的景象所震撼。

「Gsilung（海）。」哈鹿閣．納威明白他們的驚詫，平靜地說出一個陌生的字眼。

「Gsilung？」兩個年輕人無法理解。

「是水，無邊無際的水！」

「那一大片一直跳動的東西是水？」兩人睜大眼睛張望。

「對，而且是鹹的水。」哈鹿閣．納威淡淡地道，「鹽就是從那裡面煮出來的。」

吉揚．雅布目不轉睛地看著廣闊海面上的每一個細節。波光不停翻閃，浪濤起伏湧動，潮水一波接著一波拍打上岸濺起水花，看似無盡重複卻又無一處相同，非常嚇人。他有太多問題要問，卻不知從何問起。因為有一種令他非常介意又捉摸不清的感覺，持續困擾著他。

是風。

越接近海邊，越有一股吹拂不停的風，溼膩、厚重且強勁，吹得人頭髮糾結、嘴角滲出鹹味，不知怎麼十分令人嫌惡。吉揚．雅布走著走著，忽然醒悟到那嫌惡感的由來——風裡沒有一點utux的氣息。那是強大而粗野的風，是沒有靈魂的風。

隊伍沿著海邊浩浩蕩蕩地前進，涉過三棧溪口，逐漸接近遮埔頭（今康樂）。寬廣的加禮宛平原上，遠遠就可以看見地面拉著一道長長的索網。走得稍近便可看清，每隔幾步距離便立著一根柱子，掛著四條平行的金屬線，彷彿想阻礙人們通過。

這次不待詢問，哈鹿閣．納威便提醒雅布．諾明等四人：「這是『通電鐵條網（tsu den tetsu jou mon）』，絕對不要去碰，會被電死的。」

「電？」雅布．諾明等四人不明白。

比沙奧．巴揚解釋：「就像被雷擊一樣。」十三年前，日本官方曾在古魯社設置日語傳習所，後來改為「蕃人公學校」，前後持續五年，因此靠近大河河口的部落族人能說一些簡單的日語，也對外界事物較有認識。

「會遭到雷擊？」雅布．諾明等四人不約而同抬起頭來看看天空，萬里無雲，哪來的雷？吉揚．雅布心下狐疑，心想鐵條間的縫隙這麼大，要穿過去真是輕而易舉，但是真的會有雷嗎？

突然一陣熟悉的「梆梆」聲響起，像是部落裡婦女的織機聲，但急促粗魯，充滿緊張肅殺的氣息。通電鐵條網在海邊的盡頭處建有一間屋舍，乃是北埔隘勇線海岸分遣所，聲音就是從裡面傳出來的。幾個身穿白色制服的日本警察與漢人隘勇倉促奔進半埋在地下的掩體裡，把槍管從槍孔伸出來。比沙奧．巴揚見狀趕緊將那面日本國旗搶了過來，大力揮舞。

這時吉揚．雅布看清楚梆梆聲的來源，那是一個白衣人正用力地敲打一具太魯閣人的織機。用堅實木材挖空而成的織機敲起來清脆響亮，某些日本的隘勇線警備員就拿它當作警報木柝使用，效果遠勝竹節。吉揚．雅布看得血液上湧，怒氣衝頂，日本人怎麼可以拿神聖的織機胡亂敲打？奇怪的是哈鹿閣．納威和外太魯閣人卻全都不以為意，彷彿沒有看見。

位在較內陸的隘勇線監督所傳來相同的梆梆聲響，同樣人影攢動，焦急備戰。這邊分遣所裡的巡查部長走出房子，用生澀的太魯閣語大聲道：「你們要幹甚麼？」

哈鹿閣．納威道：「我們要來交換物品。」

「不行，不行！」那巡查部長見五十多名神情剽悍的太魯閣人不斷逼近，雖有通電鐵條網的保護，仍然緊張地道，「課長早就說得很清楚，不准你們交換，趕快回去！」

比沙奧．巴揚高舉手中的日本國旗，用日語氣勢洶洶地道：「我等沒有鹽和日用品，生活困難。讓我們交換！讓我們見課長！」眾人紛紛跟著高喊：「讓我們交換！讓我們交換！」

「我……等我跟課長說，你們統統不可以動！」巡查部長虛張聲勢地吼叫完，匆匆跑回分遣所裡用卑微的語氣講電話，過了一會兒出來喊道：「課長願意見你們，先在這裡安靜等候！」說罷又躲回屋裡不肯再出來。太魯閣人遂在鐵條網前四散坐下。

吉揚・雅布觀察「日本人」這個陌生部族，覺得他們看來非常平凡，身手笨拙遲鈍，遠遠比不上任何一個太魯閣男人，並沒有甚麼值得畏懼之處。正這樣想時，父親也跟熟識的巴支干頭目瓦旦・科莫說出同樣的感想。

「野猴就跟『木拉塔（村田式步槍[4]）』一樣沒用啦。」瓦旦・科莫不屑地道，「我們太魯閣人就像十五連發的溫徹斯特槍，打得又遠又準，還可以連續射擊。木拉塔只能裝一發，打得也不準！」

雅布・諾明道：「那麼，你們為甚麼要怕野猴？」

「誰怕野猴？」瓦旦・科莫抽抽鼻子道：「野猴戰鬥很弱，不敢到山裡來，但是他們有很多厲害的武器，就像這個通電鐵條網會電死人，所以我們過不去，沒有辦法跟漢人交換東西。」

吉揚・雅布看著在海風中微微晃動的鐵條，問道：「真的這麼厲害？」

4 村田式步槍：泛指日本陸軍軍官村田經芳設計的步槍，有多種型號，性能差異甚大。臺灣原住民取得的多為較早期的村田十八年式，僅能裝填單發子彈。

瓦旦・科莫頓了一會兒，心有餘悸地道：「是真的，我們社裡已經有三個人碰到鐵條被電死，身體都燒焦了。」

比沙奧・巴揚忽然探頭道：「來了！」眾人一齊張望，從南邊花蓮港方向來了一隊警察，其中一人騎著自轉車，發出奇妙的「咯啦咯啦」之聲，動作悠閒而速度迅捷，自然又讓吉揚・雅布等人大感驚奇。

警察隊抵達分遣所，帶頭的警官乃是花蓮港廳警務課長兼蕃務課長雨田勇之進，他同樣穿著普魯士風的立領白色夏季制服，只是帽緣較高，且上面有兩條紅線。雨田勇之進將自轉車交給一個下屬，大踏步走到鐵條網前，用太魯閣語高聲道：「哈鹿閣、比沙奧！你們這麼多人想幹甚麼？」

哈鹿閣・納威隔著鐵條網道：「我們要來交換物品。」

雨田勇之進斥責道：「你們屢次出沒在隘勇線附近逞凶，卻敢來要求交換？」

哈鹿閣・納威道：「我們與日本人本來並無仇怨。十七年前新城的日本人欺負得其黎社的女孩子、七年前欺騙威里社人進入部落領域砍樟樹，族人們非常憤慨，認為日本官員將我們視為敵人，所以才依照習俗出草報復。現在我們不念舊惡，願意和解，希望准許交換物品。」

他提到的是發生在明治二十九年（一八九六）的新城事件和明治三十九年（一九〇六）的威里事件。前者係因為日本陸軍新城分遣隊侵犯得其黎社女子，族人出草將二十三名隊員全數馘首。總督府調派由陸軍各師團編組的混成部隊上山「討伐」，結果戰死三十餘名，失去近百挺村田式步槍，只好倉促撤退。

後者則是因商社賀田組採伐樟腦侵犯獵場，加上工資糾紛，於是族人殺害腦丁，又將趕來調查的花蓮港支廳長大山十郎等多人馘首。當時新總督佐久間左馬太才剛上任三個月，馬上就發生如此震驚全島的「蕃害」，頗令這位有「生蕃剋星」之名的總督難堪，於是協調海軍派出南清艦隊中的浪速及秋津洲兩艘軍艦對外太魯閣沿海各社進行砲擊，同時派出武裝警察隊，聯合五百名阿美族人上山「討伐膺懲」，卻同樣死傷慘重，奈何不了外太魯閣人。

兩年後又發生阿美族人反抗的七腳川事件，日方改採守勢，陸續設置五道隘勇線，從北埔海岸沿著山腳架設鐵條網直到萬榮馬太鞍一帶，完成總長十九里二十町（約七十六點八公里）的封鎖線，配合禁止交易政策，阻斷族人的彈藥和日用品來源。

封鎖三年來，族人生活困頓無已。他們認為自己並非挑釁的一方，而且仇怨過去已久，因此希望彼此和解、重開交易。

然而雨田勇之進語氣嚴峻地拒絕道：「你們自認強大，逞凶滋事，不但毫無恭順之意，還做出種種非法的事情，所以政府才加以封鎖。就算本官將你們的請願上呈總督，一定也不被認可。」他說這段話時，夾雜著「恭順」、「非法」等日語，與外界接觸較久的外太魯閣人尚且一知半解，雅布．諾明等人就不甚明瞭。

哈鹿闍・納威道：「我們的生活已經很困難，沒有鹽更要生病了。」

雨田勇之進從兩道鐵條中間看著太魯閣人，冷冷地道：「你們應該誠心悔改，奉行政府的命令表示恭順，靜待指示。」

「可惡！」比沙奧・巴揚罵道，眾人群情洶洶，紛紛上前指天畫地抗議，但都不敢過於靠近。雨田勇之進依恃鐵條網的保護，雙手抱胸冷笑不語。吉揚・雅布出於好奇逐漸走近鐵條網觀察，這時見雨田勇之進如此傲慢，忍不住罵道：「utux會降災於你，讓你渾身都被草木割傷！」

雨田勇之進瞥了他一眼，用日語罵道：「無智的生蕃！」

吉揚・雅布揮著手正想再罵，手從一根鐵條旁邊掠過，霎時「霹啪」一響，整個身體被遠遠彈開。他只感到周身一陣麻顫，彷彿被巨石壓得窒息，接著便失去知覺。

眾人圍了上來，雅布・諾明連忙拍打他的臉頰直喊：「吉揚，吉揚！」烏明・鹿黑拉著他的手腳檢查，托惡・西勇則不住喃喃地和utux說話，並拔出獵刀作勢要將惡靈驅走。

哈鹿閣・納威看過日本人救治電擊傷患，過來猛力敲搥吉揚・雅布的胸口。吉揚身子一彈甦醒過來，感覺大受驚嚇、難以呼吸，而且心臟亂跳，整個暈頭轉向，懵懂癡楞了好一會兒才漸漸恢復。

雨田勇之進隔著鐵條網譏諷道：「幸好他沒有真的碰到通電鐵條，否則高壓電當場就會將他電死！」族人們聞言大感憤怒，卻被鐵條網的威力所震懾，忌憚地不敢開口。

「我們回去！」哈鹿閣．納威低聲下令，族人們遂闌闌珊珊地舉步而歸。烏明．鹿黑將吉揚．雅布負在背上，默默跟在隊伍後面。

眾人深感挫折，沿途不發一語。直到看見大河，吉揚．雅布才開口道：「我不是一個勇士，不是一個真正的男人。」說罷無法控制地眼淚鼻涕直流。

烏明．鹿黑安慰道：「中了那樣邪惡的法術，誰都會受傷的。」

「我並不擔心受傷，可是……」吉揚．雅布沮喪地道，「我竟然感覺到害怕。就算面對那頭獠牙最長的山豬時我都不曾感覺害怕，可是被雷擊的時候真的非常恐怖。好像死去之後被拋到一個最黑暗的地方，那裡沒有utux，也無法通往祖先們的世界……」

雅布．諾明忽然斥道：「下來，自己走！」

烏明．鹿黑忙道：「吉揚受傷很嚴重，手都被燒灼了。」

「傷得再重也要自己站起來。」雅布．諾明嚴厲地道，「utux是無所不在的，不可質疑祂們的福佑。永遠不要忘記，無論敵人如何凶悍，只要你勇敢地作戰到底，就一定可以通過靈橋，到祖先們那裡去。」

「是。」吉揚．雅布微一掙扎，從烏明．鹿黑背上滑了下來，雖然幾乎摔倒，卻仍勉力站直身子，艱難地邁開步伐。他每踏出一步就用力深吸一口氣，告訴自己要勇敢，不斷對抗著心底揮之不去的恐懼。

回到落支煙社之後，眾人在頭目家門口的空地上聚集。雅布・諾明正想告辭，哈鹿閣・納威卻要他們再多停留一會兒。

幾名赫赫斯青年抬著一口鐵鍋走到中間，所有人眼睛一亮，歡呼道：「鹽！是鹽！」哈鹿閣・納威輕輕抄起一把鹽，任其從指縫流下，讓大家看清楚確實是白花花的鹽巴。眾人歡聲雷動，忍不住手舞足蹈起來。

哈鹿閣・納威道：「雖然不是很多，但應該足夠讓每個部落都分到一些了。」

雅布・諾明詫異地問：「這些鹽是哪裡來的？」

哈鹿閣・納威道：「我們去找野猴說話的時候，比沙奧・巴揚派他們古魯社的人從威里社附近穿過那邊的鐵條網，跟漢人換來這些鹽。」

「穿過鐵條網？」吉揚・雅布好奇地問，「古魯社人不怕打雷的法術嗎？」比沙奧・巴揚得意地道：「只要不碰觸鐵條就不會遭到電擊。我們早就在鐵條網下面挖了一個通道，趁著野猴都在海邊跟我們說話，其他人就從那個通道鑽出去。」

雅布・諾明振奮道：「這樣一來，以後就不怕換不到鹽了。」

「野猴每天檢查鐵條網，這個方法不能經常使用。」哈鹿閣・納威環視眾人，高聲道，「不過我們會再找到別的辦法，換來更多需要的東西！」

瓦其赫·哈比帶著家人來到古白楊，在雅布·諾明帶領下走向吉揚·雅布即將在婚後遷入的新居。

「咦，我記得這間房子是諾明巴其（伯父）的家嘛。」瓦其赫·哈比看著屋子的外觀道。

「沒有錯。本來我們想替吉揚蓋一間新的房子，但是他說住在巴其（祖父）留下來的房子就可以了。」雅布·諾明道。

瓦其赫·哈比點點頭：「吉揚繼承了諾明巴其的背賀靈，住進這間房子是最適合也不過。」

雅布·諾明領著眾人進門走下石階，屋內地上整齊地擺著約定好的聘禮：一把溫徹斯特十五連發槍、兩件珠裙和三把鋒利的鐮刀。然而最顯眼的卻是正中間裝滿了鹽的一個木碗，白花花的鹽彷彿讓整個室內都亮了起來，更令瓦其赫·哈比百感交集。

媒人托慫·西勇道：「你看清楚了，聘禮都在這裡，沒有短缺吧？」

瓦其赫·哈比滿意地道：「聘禮很完整，我們收下了。」

「祝賀婚禮順利進行！」托慫·西勇取過一瓢水坐在石臼上，大聲宣布：「現在兩家已是姻親，今後若有任何爭執與不滿，都要開誠布公溝通。」

「是！」雅布·諾明和瓦其赫·哈比齊聲應道。

托慫·西勇將食指伸進水瓢，瓦其赫·哈比和妻子接著也將食指伸入，最後雅布·

諾明和妻子塔米．尤尼也這麼做。托毖．西勇道：「現在一切手續完成，任何一方都不能反悔！」

男方家隨即宰殺一頭肥豬，端來酒肉宴客，新郎吉揚．雅布這時也才進入屋內向岳父母及新娘的兄弟們敬酒。雙方盡情飲食，唱歌跳舞直到半夜才結束。

兩天後男方前往西拉歐卡夫尼迎娶，女方同樣把嫁妝陳列在自家地上讓對方檢視。嫁妝主要是新娘和女性長輩們所織的布毯，數量並無定規，概由女方決定，男方無可置喙，但關乎女兒在婆家的體面和地位，因此也不會太過寒酸。莎妲．瓦其赫織藝出色，準備的布毯無論花紋或數量都非常令人滿意。

待男方收下嫁妝後，新郎和新娘這才第一次見面。莎妲．瓦其赫穿著親手為吉揚．雅布編織的上衣、袖套和胸兜，一件件從自己身上脫下來替他穿上。吉揚．雅布沉浸在無比的幸福裡，又興奮又緊張。

「你的手怎麼了？」莎妲．瓦其赫幫他套上袖套時，看見他手上被電流燒灼的傷痕，不捨地問。

吉揚．雅布舉起手來端詳，淡淡地道：「上次出獵的時候，晚上不小心被柴火燒到了。」他並非有意說謊，只是默默看著焦褐的皮膚時，自己都覺得到平地去見日本人已經是非常遙遠的事，甚至彷彿不曾發生過。

莎妲．瓦其赫不捨地按住他的手背，低聲誦念祝福之語。吉揚．雅布感覺她的手又溫軟又強健，想起那是已捻過無數苧麻線、推過許多次織杵的一雙手，頓時心中大感安慰。

酒宴通宵達旦，次日一早吉揚．雅布外出聆聽希希爾鳥的叫聲，鳥兒隨著他前進的步伐從右飛到左，又從左飛到右，顯示著吉兆，於是男女雙方便一同帶著新娘返回古白楊。

在新娘贈送公婆和親人們布毯的禮儀之後，另一場歡樂的宴會再次展開。這一對新人獨自回到居處，並肩坐在新郎的竹床上。天色漸漸暗了，屋外傳來兩社族人們融洽的歌舞歡鬧，聲音很近，感覺卻又有些遙遠。

床邊的小窗口吹進一陣晚風，帶著夏日尾聲的餘熱，以及滿山森林撲撲簌簌的聲響。

吉揚．雅布側耳傾聽，驚喜地道：「是巴其（祖父）！他回來祝賀我們！」

莎妲．瓦其赫道：「我聽說他是阿維家族最偉大的勇士。」

「他是整條大河上下最偉大的勇士。」吉揚．雅布想起自己的竹床就架設在祖父從前的床位上，而祖父的身軀就在床下的墓穴裡長眠。

吉揚．雅布看見風在斗室裡繞了一圈，滲入屋舍的每一個縫隙裡。山還是亙古不移的山，溪流還是終年不絕的溪流，外界的紛擾彷彿多年前一場夏日清晨的噩夢，早已消散無蹤。吉揚．雅布抱住妻子，感到無比安心。

第五章　譎雲

「今天的新聞紙呢？」佐久間左馬太晨起梳洗已畢，坐在餐桌前詢問一旁的副官隱明寺敬治。

「啊，飯店還沒有送來。」隱明寺敬治有些緊張地道。

「豈有此理，堂堂神戶東方飯店竟如此疏忽，叫他們送來！」

佐久間左馬太此行從臺北前往東京，向內閣總理大臣爭取延長「五年理蕃計畫」，以及由中央政府預備金撥款補助。先由基隆搭乘輪船到神戶，再改搭火車上京，故而在神戶東方飯店下榻一晚。他在旅程中仍嚴守生活規律，早晨六點起床入風呂仔細洗浴，上過便所後洗手，先搓右手再搓左手，然後用勺舀水，豎直勺柄讓水流下洗淨雙手，所有流程一絲不苟到了潔癖的程度。

他有邊看新聞紙邊吃早餐的習慣，因此一坐上餐桌就索取新聞紙。

「大將先用餐吧。」隱明寺敬治本以為推託之下，老人家或許就忘了，沒想到他固執已極，非拿到新聞紙不肯吃飯。

佐久間左馬太端正地枯坐了五分鐘，再次問起：「還沒送來嗎？」

「應該就快來了。」

佐久間左馬太瞪著隱明寺敬治道：「該不會是新聞紙上寫了甚麼你不想讓我看到的事情吧。」

「不……這個……」隱明寺敬治支支吾吾。

「拿來！」

「是。」隱明寺敬治無奈，只好把藏起來的新聞紙拿給佐久間左馬太。

佐久間戴上老花眼鏡，仔細瀏覽版面，終於看到那則刺眼的標題：

無能總督的上京

「嗯？」他一邊讀著內容一邊誦念出聲。

臺灣總督佐久間左馬太在上京途中於神戶下船，預計停留一日。以一介武夫出任總督，號稱「生蕃剋星」的佐久間氏，在第二次五年理蕃計畫中採取絕對的威壓策，耗費兩千萬元於不事生產之蕃地，妨礙平地政務推展，徒為好大喜功之舉，對我帝國經營臺灣殊為不利，其無能概已為定論。今次佐久間總督甚且意欲提出理蕃計畫之延長案，以及中央政府預備金補助案，若國會未能明智地加以否決，則臺灣局勢將不知伊于胡底。

隱明寺敬治憤然道：「太過分了，總督閣下乃是天皇陛下治理殖民地的代理，堂堂的『副王』！這些新聞記者竟敢這樣放肆。」他早已悶了一肚子氣，這時全都爆發出來，「我一定要去砸了神戶新聞社，叫法院用不敬之罪處罰這些記者！」

「他們說得沒錯啊。」佐久間左馬太摘下老花眼鏡，「我確實是無能總督。」

「閣下……」隱明寺敬治聞言一楞。

「無妨。我是一介武夫沒錯，這點自知之明我還有。」佐久間左馬太平心靜氣地道，「若我強裝有能而阻礙臺灣發展，不如自知無能，放手讓一眾賢明的博士部屬們將臺灣治理好。」

「閣下！」隱明寺敬治聽得這番表白，眼淚幾乎奪眶而出，但身為軍人的自尊逼使他強自按捺住，只能將滿腔情緒轉為悲憤，連珠砲似地罵道：「都是那個大津麟平，竟然趁著上京和政府交涉理蕃方針時，對新聞界演講甚麼『理蕃事業之真相』，大肆詆毀總督府政策，引起內地輿論連番批評。更可惡的是，他竟然在奇那基蕃討伐發動兩週前辭職，意圖擾亂討伐部隊指揮體系，幸虧總督閣下的作戰計畫擬定周全，才沒有讓他奸計得逞！」

大津麟平在當年六月十三日忽然提出辭呈，表示無法贊同勞師動眾的奇那基蕃討伐計畫，更不願意指揮警察部隊作戰，引起府內一大震撼。總督府當然並未因此退讓，隨即宣布由民政長官內田嘉吉兼任蕃務本署長、警視總長龜山理平太兼任蕃務課長，如期在六月二十五日展開討伐行動。

為了顧全官方顏面，總督府對外宣稱大津麟平罹患急病必須回內地休養，內部文書則用了「蕃地事務總長乞骸骨」這樣古雅的用語來粉飾。事實上大津麟平才四十八歲，方當盛年，遠遠談不上甚麼歸葬鄉里，他辭職的真正原因也很快就在街頭巷尾轟傳開來。而最令總督府難堪的是，大津麟平獲得了普遍的同情與支持，離臺時官民各界熱烈前往臺北停車場（火車站）為他送行，甚至有許多人陪著上火車送到基隆港。

但佐久間左馬太倒也頗有雅量，命人記錄大津麟平口述的《理蕃策原議》作為參考，連若干嚴厲的批評之語也都如實收錄。同時仍然肯定他多年勞績，給予優厚的退休待遇。

「大津啊……」佐久間左馬太想起此事，臉上閃過一絲不悅，又隨即抹去，「那個男人為了貫徹他的意志，竟然做到這種程度，也算是條好漢。」

隱明寺敬治卻不以為然：「大將外寬內明，胸襟氣度非屬下能及於萬一。但屬下實在無法原諒那個叛徒！」

佐久間左馬太起身走到窗邊，眺望著平靜亮麗的瀨戶內海，堅定地道：「被批評無能也好，遭到背叛也罷，那些都不重要。只要理蕃事業能夠得到最終的成果，於願足矣！」

✦

佐久間左馬太抵達東京隔天，朝覲過天皇之後便前往內閣總理大臣官邸。

「客套話就不多說了。」總理大臣山本權兵衛方頭闊面，留著奔放的落腮鬍，身穿西裝在洋室接待遠道而來的臺灣總督。他是薩摩閥的領袖，也是海軍大將，長久以來受到把持政府的長州閥和陸軍壓抑，因此語氣冷淡地道：「本年六月，總督閣下親率軍、警五千餘名，討伐奇——」他拿起報告書一瞥，確認那個陌生的名字，「——奇那基蕃，獲得全面勝利，實在是可喜可賀。」

「感謝總理閣下褒獎，這都是皇恩庇佑、臺灣官民上下一心努力所致，本總督不敢居功。」佐久間左馬太一板一眼地道。

「然而！」山本權兵衛不假辭色，「這個奇那基蕃總數只有六百三十餘人，壯丁不過二百人，動員五千軍警以及相同數目之漢人人夫前往討伐，不覺得太小題大作嗎？」

佐久間左馬太不疾不徐地道：「光看數目，確實難免會有這樣的感覺。但臺灣山地崎嶇艱險，非親履其間者不能想像其困難。奇那基蕃周圍也有尚未衷心歸順的雅奧罕蕃、馬里闊丸蕃，甚至宜蘭廳的溪頭蕃也與之互通聲息，不得不從五路夾攻。」

山本權兵衛搖頭道：「軍警戰死五十二名，受傷八十二名，人夫也有一百一十一名傷亡，為了處分區區六百三十餘名生蕃，卻付出了這麼大的代價，實在不成比例。」

「正如方才所說，附近蕃社也群起抵抗，才造成偌大傷亡。若和豐碩的討伐成果相較，我方之損害可謂不多。」佐久間左馬太戴起老花眼鏡閱讀報告書，磕磕絆絆地念道，「本討伐行動中，總共扣押槍械一千六百五十三挺、彈藥一萬六千六百二十發也……」

「報告書我手上也有，不勞總督閣下複述。」山本權兵衛不耐地打斷他，「說實在這點死傷根本不算甚麼，我不至於因此便要與閣下為難。但大張旗鼓討伐蕃地，耗費財力和人力過鉅，並非賢明的做法。」

佐久間左馬太道：「臺灣蕃地年產樟腦五、六百萬斤，販賣所得四百六十餘萬圓。而且根據總督府技師的調查，太魯閣蘊藏著世界罕見的大金礦，開發出來即可償還我帝國全部國債！」

「太魯閣蕃地至今無法進入，技師如何調查？金礦之說恐怕只是信口吹噓！」山本權兵衛不屑地道，「為了這樣虛幻的情報討伐蕃地，甚且妨礙臺灣全體之經營，內閣和國會都不能認可。」

「臺灣政務推展一切正常！」

「這和我聽說的不一樣，臺灣各界對總督閣下的風評頗不以為然，甚至連『荒廢』一語都出來了。」

「荒廢臺灣之說無法接受。」佐久間左馬太堅持道，「理蕃即是經營臺灣！處分奇那基蕃之後，北部山地已徹底平定，對明年討伐太魯閣蕃有戰略上的重要意義。」

「看來總督閣下眼中只有蕃地，對國內和世界局勢的變化都漠不關心啊。」山本權兵衛憂患地道，「日露（俄）戰爭消耗國力甚鉅，即便八年過去也還無法恢復，帝國財政極為嚴峻，人民生活也陷於困苦，各地不時暴動。近來歐洲戰雲密布，日本更隨時都會捲入戰局，然而海軍新設艦隊和陸軍增加兩個師團的計畫都受到限制。這種時候總督閣下卻毫無節制地把錢花在蕃地，並把大批軍警帶到深山與生蕃作戰，不是太奇怪了嗎？」

「我再三說了，理蕃是為了開發皇土，發掘深山中各種價值高昂的礦物，長遠來看對帝國財政大有助益！」佐久間左馬太抗議道。

「為了虛幻中的未來收入，卻對燃眉之急視而不見。」山本權兵衛把報告書往桌上一丟，「單講砂糖吧。內地每年消費五億多斤砂糖，以往必須花費三、四千萬向國外購買，形成大量入超。臺灣在前年生產四億五千萬斤，供應國內八成需求，不僅省下數千萬元國際開支，也挹注了殖民地的經營費用——簡單來說，臺灣總督府歲入一大部分是靠生產砂糖換取內地的資金。但連著兩年颱風侵襲，使砂糖產量驟減到一億斤，總督府卻仍然大舉徵用人夫協助理蕃，不僅沒有協助糖業恢復，還造成阻礙。請問總督閣下明年拿甚麼錢去理蕃？」

佐久間左馬太臉色一沉：「我不明白總理閣下的意思。」

山本權兵衛命令式地道：「中央政府預備金絕無可能動用補助、五年理蕃計畫不可再延長，剩下最後一年的計畫也必須重新檢討，停止大規模討伐！」

「斷然拒絕！」佐久間左馬太動氣道，「本總督最重要的任務唯有理蕃而已。如果中央政府不肯補助，本總督將會截留本應上繳中央的砂糖消費稅，以充實理蕃的必要經費。」

山本權兵衛盯著佐久間左馬太好一會兒，緩緩道：「陸軍好大喜功又武斷跋扈的做法，已經引起全國國民反感。我既然帶著各界的期望主政，就不能讓你們繼續為所欲為。」

佐久間左馬太怒道：「理蕃事業乃先皇陛下親自敕命本總督，是廓清帝國版圖的神聖使命，本總督不惜身命也要加以完成！」

「先皇陛下晚年為糖尿病所苦，無力關切外界變化，否則陛下也會改變成命的。」山本權兵衛身子向後一靠，蹺起腿來，「何況現在已經是大正二年了，世界局勢一日數變，總督閣下也要與時俱進才好。」

「你！」佐久間左馬太氣往上衝，「你這是對先皇陛下大不敬！何況本總督剛才入宮覲見當今聖上，聖上也要本總督完成先皇遺命。」

山本權兵衛質疑道：「聖上真的這麼說？聖上從少年時期就有慢性腦膜炎，根本不過問政事，總督閣下該不會年老胡塗了吧？」

✦

「山本那傢伙竟敢藐視陛下，目無君上，不可忍受！」佐久間左馬太一坐下便氣呼呼地道。

「憤怒乃是大敵，先定下心，喝碗茶吧。」山縣有朋淡然道。

佐久間左馬太離開內閣總理大臣官邸後，便直驅樞密院議長山縣有朋在郊區的宅邸椿山莊。山縣有朋是陸軍創建者，也曾兩次組閣，晚年表面上退居幕後，卻仍實際操縱政局和陸軍。因此在他面前，佐久間左馬太也只能按捺情緒。

山縣有朋在茶席上涮涮涮地點好茶，將茶碗放在元老井上馨面前：「一點粗末茶藝，見笑了。」

井上馨曾經中風導致左臂癱瘓，只能單手將茶碗轉過方向拿起，分三次將茶飲下，然後看著茶碗道：「這茶碗是好東西，但你點的茶還是一樣難喝啊。」

「那可真是抱歉。」山縣有朋又點了一碗茶，放在佐久間左馬太身前。

佐久間左馬太實無心情喝茶，彆扭地將茶碗捧起來轉了半圈，粗魯牛飲一番，放下茶碗時卻大聲讚道：「好！又濃，又熱，又苦！」

井上馨「噗」地大笑：「這是哪門子的稱讚。」

佐久間左馬太道：「濃熱苦，正合我武人之味。」

「被左馬這麼說，還真是令人高興不起來呢。」山縣有朋苦笑著將茶碗取回。

「茶不行，但茶具和庭院風景罕有其比。」井上馨望著這座占地一萬八千坪、沿著東京西北邊目白臺緩坡而建的椿山莊，欣賞地道，「不愧是最有自然趣味的名院，而且確實重現了咱們萩（長州首府）的風景。」

「不錯，故鄉萩的風景，就是我山縣心中的原風景。」山縣有朋志得意滿地點頭。

井上馨感嘆不止：「對我等長州人來說，誰不是如此呢？真是令人懷念啊。」

「萩？」佐久間左馬太看了半天，「原來如此，這麼說起來似乎有那麼幾分……」

「左馬還真是後知後覺。」井上馨道。

山縣有朋道：「左馬後知後覺的還不只這一件。山本權兵衛今天這樣羞辱左馬，他真正的目的，難道還看不出來嗎？」

「真正的目的？」佐久間左馬太疑惑道。

井上馨指著山縣有朋道：「表面上山本打擊的是臺灣總督，其實項莊舞劍，意在他這個陸軍的『大御所（幕後掌權者）』。」

山縣有朋不屑地道：「山本才上臺半年就動作頻頻，廢止軍部大臣現役武官制、極力反對陸軍增設兩個師團，還想削減樞密院的議員席次！總之他跟立憲政友會連成一氣，就是要削弱長州跟陸軍，好擴張海軍。」

佐久間左馬太插口道：「老實說，陸軍、海軍也好，長州、薩摩也罷，政治上的事情我不懂也沒有興趣，我只想完成先皇陛下交付的使命。倘若必須中止理蕃計畫，這個總督再幹下去也沒意思。」

井上馨怒道：「你這時候要是辭職，豈不正好遂了山本的心意？」

佐久間左馬太頑固地道：「山本雖然是總理大臣，論起從軍資歷卻比我小一輩，被他那樣說實在太過恥辱。何況他對先皇陛下不敬，這點我無論如何不能忍受。」

「他就是故意要激你。」山縣有朋道，「山本知道以他的實力動不了臺灣總督，所以才用計策想讓你自己辭職。你要是任性下臺，長州和陸軍的威信更加衰弱，他們後續就能施展更多詭計。」

佐久間左馬太忿然道：「難道我就要這樣平白被他羞辱？」

山縣有朋道：「你得為大局著想。海軍處心積慮想要設立新艦隊，是以米（美）國為假想敵。但日本最大的威脅來自露西亞（俄國），無論是我進出滿蒙，還是將來經營大陸，都還是要靠陸軍作為國防骨幹。這種時候，絕對不能讓海軍那些傢伙得逞。」

「這個我明白。」佐久間左馬太堅持道，「然而理蕃計畫一定要徹底完成。」

「那當然！」山縣有朋十分了解他的脾性，假意附和道，「如此偉業一定要堅持到底。」

佐久間左馬太道：「無奈國會已經否決五年理蕃計畫的延長案，內閣和輿論也都反對繼續討伐，真是令人厭煩。」

「哼哼！」山縣有朋嗤笑道，「海軍不過是趁著輿論批判陸軍而起，他們自己又是甚麼好東西了？世人遲早會知道海軍有多麼腐敗。」

井上馨關切地道：「喔？你有甚麼神智鬼謀？」

山縣有朋道：「海軍採購西洋軍艦，各國造船公司為了推銷，無不使出銀彈攻勢，賄賂金額之大駭人聽聞。只要有一件爆發出來，就可以讓山本倒臺。」

「這些國賊！」佐久間左馬太憤然道，「採購軍艦當然要以性能為考量，戰場上勝敗只在一線之間，收受賄賂購買了較差的軍艦，若因此導致戰事失利，乃萬死莫贖之罪！」

「正是如此！」井上馨看了山縣有朋一眼，「看來你已經掌握了確實的證據？」

「消息是西洋某國政府的有力者所提供，非常可信。證據雖然還沒入手，但不會等太久的。」山縣有朋對佐久間左馬太道，「別管那些政黨的政客和甚麼都不懂的記者，儘管照你原本的計畫去準備！」

「好！」佐久間左馬太重新振奮起來，「你負責掃除國賊，我來討滅生蕃！」

佐久間左馬太先行辭別而出，山縣有朋送到大門口，井上馨則因行動不便留在後院。

井上馨見山縣有朋返回，當頭問道：「西洋某國政府的有力者是指？」

「威廉二世陛下。」山縣有朋輕描淡寫地道。

「獨逸（德國）皇帝？」井上馨大吃一驚。

「不錯，陛下握有該國西門子公司賄賂日本海軍的實據，等時機成熟就會提供給我。」

「這對獨逸來說也是大失面子之事，他為甚麼要提供這種情報？」

山縣有朋得意地道：「因為日本海軍購買了英國的先進戰艦，對獨逸東洋艦隊造成很大的威脅。威廉二世陛下無法容忍這樣的事情，因此願意和我陸軍合作，壓抑海軍的氣焰！」

「哈哈哈，真有你的！」井上馨笑得流出眼淚，「怪不得你剛才不肯明說，左馬要是知道一定暴跳如雷。」

山縣有朋大笑一陣，忽然感嘆道：「話說回來，左馬是我們之中最年輕的，明年也七十歲了，還要親自登上一萬尺的高山和生蕃戰鬥，未免也太勞苦。」

「在我看，理蕃根本是無謂之舉。」井上馨不以為然地道，「砂糖才是臺灣的根本利益，最近臺灣製糖和三井物產那邊不斷來訴苦，囉嗦死了。左馬究竟為甚麼這麼在意那些深山化外的野蕃？」

「一方面是想報答先皇的知遇之恩，同時他看不慣當今人物的作風，老嚷嚷著要在臺灣貫徹維新精神。」山縣有朋嘆道，「左馬秉性剛直，毫無心計，頗有古武士之風，因此受到先皇賞識。他就任面見陛下，上奏時間長達四十分鐘之久，乃是武人空前之優遇。原本內閣和國會都反對好大喜功的理蕃計畫，也是先皇支持，才勉強通過預算。」

「原來如此，簡單來說就是跟不上時代。」井上馨鼻音濃濁地咕噥道。

「我顧慮的是，左馬這樣的維新元勛，又是陸軍輩分僅次於我的人物，萬一在蕃地失腳，將會傷及陸軍顏面。」山縣有朋沉吟道，「只嘆我們長州老輩凋零，兒玉、乃木先後而去，桂自從第三次組閣匆匆倒臺之後也病了。後輩人物資望不足，一時還真沒有能夠頂替臺灣總督的人選。」

「沒奈何，非得讓左馬再撐一陣子。」井上馨道。

「正是如此，他固執著要理蕃，也只好任他去吧。」山縣有朋漫不經心地拿起席上的茶筅一瞧，詫道，「這玩意兒壞了，怪不得我點不出好茶！」說罷奮臂一揚，將茶筅遠遠拋了出去。

✦

「喔！這就是海拔一萬一千二百尺[1]的合歡山頂日出風景！」佐久間左馬太迎著清冷晨風遠眺奇萊連峰上的旭日，歡快地呼喊。

探險隊當天凌晨四點三十分從宿營的根據地出發，摸黑攀行，在六點四十分登上山頂。雖然南國並沒有明顯的秋季，平地九月依然十分炎熱，但高山上畢竟天清氣爽，令人心神舒暢。

「親自登上一萬尺高山的大將，總督閣下乃是古往今來第一人！如此壯舉就連古代的豪傑名將也不曾達到。」陪同前來的龜山理平太阿諛道。

「唔！」佐久間左馬太意氣風發地喊道：「絕景，絕景！」

合歡山頂是一片平臺，東、西坡植被涇渭分明地以稜線為界。面向埔里社的西坡陡峭而下，坡面上覆滿冷杉，和緩的東坡則是箭竹草原，像極了大塊嫩綠的柔毯。

站在山頂四面眺望，近處鮮綠青翠，遠方山脈則帶有墨色，甚至泛著深邃的幽藍。秋日特有的薄雲大片鋪展，邊緣抽出絲絲羽毛，透著背後的湛藍天空，顯得格外高遠遼闊。

不遠處，與主峰齊頭並立的合歡東峰占據不少視野，但仍遮蔽不了後方龐然橫亙的奇萊連峰山體。而合歡與奇萊之間深達一千三百公尺的溪谷，將彼此斷然隔絕，可望而難及。

---

1 合歡山海拔高度：日本殖民時期測定為一萬一千二百尺，即三三九三點九公尺。當代的測量值為三四一六公尺。

野呂寧上前說明道：「總督閣下請看，眼前群峰中央最高處就是奇萊主山，向北依次是三角錐山（奇萊主山北峰）和屏風山，和更北邊的畢祿山隔著溪谷遙相對望。」

佐久間左馬太順著野呂寧所指看去，只見連綿的山體在通過屏風山頂後斜斜降下千餘米，和畢祿山南峰之間形成一個缺口。佐久間左馬太因問：「那個山口是甚麼地方？」

「那就是擢其力溪的最上游。」野呂寧答道，「這屏風山背後就是內太魯閣蕃所在。」

「也就是說，順著溪谷彎過去，山脊後面就是那天涯的神祕國！」佐久間左馬太大感振奮，注目凝望，雖然看不到水流，但可以想見一道溪谷繞著屏風山腳迤邐轉入連峰背後，如一通幽之曲徑。他的心思不斷被勾向那充滿想像的內太魯閣，但目光所及之處尚無一個蕃社，更教人心癢難搔。

野呂寧又道：「該處也是內太魯閣蕃和南投托魯閣群的交界，兩蕃雖是親戚，但曾為爭奪獵場而在那裡大戰。」

「彷彿東軍對西軍嗎？有意思。哪一方獲勝？」

「東軍——內太魯閣蕃勝出。」

「那不就和關原之戰相同了。」佐久間左馬太興味盎然地道，「往後就稱那裡為關原吧。」

野呂寧應道：「謹遵臺命。」

佐久間左馬太目不轉睛地掃視著遠方，一面問道：「進軍路線如何？」

「還沒實際探險之前很難斷言。」隨行的總督府警視永田綱明道，「本次探險分為兩隊，山本警視率領合歡山方面探險隊，將穿過下方的鞍部登上三角錐山測量內太魯閣；江口警視和荻野少將率領的能高山方面探險隊，則會登上能高山和奇萊主山，測量巴托蘭蕃地。」

「很好！」佐久間左馬太俐落地道，「本次探險已有萬全準備，必定成功！」

野呂寧感覺總督的目光瞥向自己，趕緊俯首稱是，心中百感交集。今年三月間他率領的探險隊在距離此處一公里外的營地遭遇暴風雨，造成八十九名隊員死亡的慘劇。剛才上山途中經過營地時，他想起那一夜的冰風冷雨，還有人夫處處倒臥待斃的情景，胸中不禁翻湧著一股強大的自責與悲痛。但營地上的痕跡早已被清除乾淨，只有角落裡不顯眼的酒瓶和帳幕碎片悄悄透露著慘案的痕跡，上天更嘲弄般給了一個大好天氣，微風和煦得令人沉醉。

這次探險因為總督親自參與前半段的合歡山頂視察，規格大幅提高。合歡山方面探險隊由一百四十名警察與一百九十名漢人人夫組成，另外由步兵一個中隊一百三十二人護衛總督安全，加上技師、醫護和陪同的南投廳人員，總數共達四百七十九人；此外，能高山方面探險隊也超過兩百人。

「雖說須等探險完成後才能規畫，不過這進軍路線究竟會從哪裡通過呢？」佐久間左馬太一想到行軍出戰之事，實在迫不及待。

「是。」永田綱明指著前方道，「根據蕃人敘述，從此地通往內太魯閣大體有四條路線，其中適合大部隊行軍的有兩條。一是直接攀越屏風山前往托博闊社，較為迅速。另一條就是繞經擢其力溪谷——也就是關原方面通往西拉歐卡夫尼，路程較遠但更為安全。」

「唔！真是教人等不及啊，恨不得現在就出發攻向對山。」佐久間左馬太心馳神往，揮手一比，大喝道：「來年六月我們就會踏破內太魯閣，徹底蕩平生蕃！」

眾人轟然稱是，笑聲肆無忌憚地擴散在崇山峻嶺之間。

探險隊在山頂充分視察、測量之後，於十一點離開山頂，撤到下方兩公里的「根據地」（在今武嶺下方的寒訓中心）。這是合歡山主峰與東峰間小鞍部下方的一處山坳，便於避風，同時地勢平緩可供數千人紮營和囤積物資，因此被選定為來年大軍集結之所。

佐久間左馬太乘坐一頂特製的轎子，轎身彷彿人力車般附有開閉式的棚頂，前後各有一對轎桿，由四名漢人人夫排成一列肩起，便於通過狹窄的山區道路。當轎子來到根據地周邊時，佐久間左馬太示意下轎，站在稍高處俯瞰全景。

「選擇此處做為根據地的理由是？」佐久間左馬太問。

永田綱明答道：「此處下方兩百米即有溪流，能提供良好的飲用水。鐵杉純林的防風效果極佳，附近又有枯萎的箭竹可當燃料。土地平緩開闊，適於宿營，又在山坳裡可避開敵蕃視線，是最理想的根據地。」其實探險隊記取上次的教訓，詳細詢問過托魯閣人的意見才選擇了這個位置，但永田綱明礙於面子，這一節自然略去不說。

「南投廳將在明年春天雪融之後，開始於此處興建倉庫。」南投廳長石橋亨插口道，「不過從平地輸送物資上山非常困難。部隊由埔里社進軍，所需糧食、彈藥和其他物資都仰賴臺中以北地區供應。二水和埔里社間的輕便鐵路夏季往往被洪水沖壞，並非十分可靠，還是要徵用充足人夫才行。」

「物資上山之後才是決勝的關鍵。」永田綱明扳著指頭道，「假定我們採取擢其力溪谷路線，那麼輸送物資需要七日。亦即臺中到埔里社二日，埔里社至追分二日，追分至西拉歐卡夫尼三日。若更深入進軍，則輸送物資需要九日。以每個人夫運搬白米一斗四升計算，人夫自己每日食用八合，九日間食用七升二合，運搬到先遣部隊時僅剩六升八合而已，只夠九名隊員食用一天。九日間運搬九人份白米，換言之，一名隊員每日的主食需由一名人夫供應；此外每名隊員的副食、彈藥和器材需有一名人夫運搬，開鑿道路及伐木也要一名人夫，也就是說隊員一人必須搭配人夫三人。隊員若有兩千，則需要人夫六千人……」

佐久間左馬太被繞口令般的數字弄得暈頭轉向，不耐地大手一揮：「那就由你們去仔細計算、計畫。」

「是，綜合以上，小官認為隊員人數還是以精簡為宜。」

永田綱明還想再說時，佐久間左馬太眼睛一亮，指著不遠處驚喜地喊道：「喔！那不是十二拇指口徑臼砲嗎，真懷念啊。」

龜山理平太趕緊表功道：「本次總督閣下親自上山，為了萬全起見，所以小官特地準備數門臼砲充實防禦。」

佐久間左馬太快步走上前去，仔細端詳起來：「雖然是非常熟悉的舊式武器，但在戰地前線看到它的身姿，還是格外感動。」

十二拇指口徑臼砲是日本在明治維新初期從荷蘭進口的武器，砲身長度只有二十七公分，口徑卻寬達十二公分，形如搗臼，因而得名。

所謂的「拇指」，原係荷蘭的度量衡單位duim（ドイム），亦即成年男子的拇指寬度，約合二點五七公分。日本在江戶幕府時期透過荷蘭學習西洋學問，因此採用荷蘭制，後來雖與公制接軌，實務上將「一拇」定為一公分，但仍維持「拇指」舊稱好一段時間。

此砲以青銅鑄成，固定在基座上維持四十五度仰角，透過調節火藥量來改變射程，最遠可達七百公尺。可想而知，其精準度和殺傷力都不佳，早已被日本陸軍淘汰。但因為重量只有七十公斤，非常適合山區機動作戰，因此撥了不少給臺灣蕃地警察使用。

佐久間左馬太彷彿他鄉遇故知似地摩挲著一門臼砲：「這傢伙說簡單是簡單，但是十分可靠，在戊辰戰爭[2]時非常活躍哪。」他感慨萬千地道，「沒想到這傢伙也像我一樣，都一把老骨了還持續現役生涯啊。」

眾人一陣哄笑，紛紛獻上諛詞誇讚。後排的青年軍官們則低聲交頭接耳：「戊辰戰爭？那是我出生前十年！」「那一年我老爹才剛出生呢。」「笨蛋，怎麼可能？」「真的，我老爹十六歲生我，我今年二十九……」

佐久間左馬太續道：「這些臼砲原本在明治二十三年（一八九〇）就退役，收藏在倉庫深處，後來被陸軍帶來臺灣平定土匪，又撥給蕃地警察使用。常言道老驥伏櫪志在千里，指的就是本總督和這些臼砲吧。」

「總督閣下說笑了，陳舊的武器固然趕不上時代，但閣下的英武威光卻只有與日俱增，令生蕃小醜聞之喪膽。」龜山理平太對著圍觀軍警，彷彿說相聲般為佐久間的生涯功勳大吹大擂，「總督閣下初次臨陣是著名的蛤御門之變，從維新的黎明期就親身參與。戊辰戰爭時更大展身手，一路直搗會津（今福島一帶）。其後無論平定佐賀之亂、臺灣出兵（牡丹社事件）的石門口之役、西南戰爭的平山口激戰乃至於在日清戰爭（甲午戰爭）攻占威海衛，國內外重大戰事無役不與，屢建奇功。年輕一輩可能不曉得，總

2 戊辰戰爭：慶應四年／明治元年（一八六八）德川幕府雖已宣告將政權奉還朝廷，但仍實質掌握政權，因此以長州、薩摩和土佐為首的西南雄藩組成新政府軍，擊敗擁護幕府勢力，將全國統一在中央政府的治理之下。

督閣下身上的刀瘢連起來共有五尺一寸長！在維新諸將中可稱勇猛第一！」

眾人轟然稱是，佐久間左馬太勾起一生戎馬回憶，也聽得十分陶醉，樂呵呵地道：「維新名將如雲，第一之說萬不敢當，而且那些都是古昔之事啦。」

後方的青年軍官們又竊竊私語起來：「原來總督是這麼老資格的維新功臣？我現在才頭一次聽說。」「呆瓜，你從來不讀書的嗎？」「能夠這麼近距離看著總督閣下，猶如見到一部活生生的維新史啊，真令人感動。」「可是如此戰功彪炳的老將，應該位列廟堂安享尊榮，為甚麼還要到這種地方來與蕃人作戰？」「噓！你找死啊，小聲點……」

「稍微試放一砲如何？」佐久間左馬太興味盎然、語帶雙關地道，「看看這『維新老兵』的身手是否依然健在。」

永田綱明聽出他的弦外之音，不敢大意，喚來最熟練的一組砲手施放。砲手們俐落地操作，選定大約五百米外一棵高聳的鐵杉，用測距望遠鏡測好精確距離，迅速算好火藥量，隨即裝填擊發。

在「轟隆」巨響聲中，砲彈循著一道美麗的拋物線飛行，在鐵杉旁十米外著地爆炸，震得杉林上針葉簌簌墜落，下起一片青色的霧雨，也將那棵鐵杉的樹皮削去一大塊。

「打得好！」龜山理平太首先大力鼓掌，「若有一群蕃人藏身在樹旁，現在已經粉身碎骨了。今日有幸，能夠讓總督閣下檢視我警察部隊操練確實的砲擊技術。」雖然砲彈並未直接命中，但以第一發射擊來說也還算得上準確。在龜山刻意鼓譟之下，眾人當然更是拍手叫好。

石橋亨見佐久間左馬太看得起勁，也湊趣道：「總督閣下，南投廳日前繳獲數挺內太魯閣蕃人的槍枝，是否也趁這個機會試射幾發，了解蕃人的武力？」

「喔？」佐久間左馬太好奇地問，「是怎麼繳獲的？」

石橋亨道：「太魯閣和南投的蕃人是親戚，不時互相往來。我們將前來探親的內太魯閣人所持槍枝扣押起來，前後也有十幾挺。」

「原來如此，拿來看看。」

石橋亨命一名南投廳的警部補呈上一把步槍，佐久間左馬太認真地接過檢視。這把步槍手感甚好，最奇特之處在於扳機護圈後面加了一個握環，是其槓桿式槍機，射手藉由拉下握環來退殼和進彈，與一般旋轉拉回式的槍機不同。

佐久間左馬太看了一會兒，將槍交還給那名警部補：「這不是國產的步槍吧。」

「這是米（美）國的溫徹斯特步槍，特點是可以十五連發。」那名警部補答道。

「十五連發？」佐久間左馬太眉頭一揚，追問道，「有效射程是？」

「依型號不同，大約在五百米前後。」

「五百米啊。」佐久間左馬太指著剛才砲擊的目標道，「那你也對著那棵樹射擊看看。」

「是！」那名警部補得令，隨即從槍身側面一個隱藏式的填彈口填入子彈，每填入一發，護蓋便自行彈回，也是十分特別的設計。他裝填完後大聲報告：「現在開始射擊！」接著舉槍瞄準，扣下扳機。

只聽見「啪喀——」一聲豪邁的巨響在山谷間迴盪良久，雄渾悅耳，比軍警使用的三八式和村田式沉悶的聲音動聽多了，眾人無不暗暗心動，都想打幾發試試。

那警部補帥氣地拉下槍機握環，「喀啦」退出彈殼，再次射擊。「啪喀——啪喀——啪喀——」巨響疊聲迴盪，迅捷連射的十五顆子彈槍槍命中，不斷在遠方的樹幹上噴濺出木屑。不少人為之喝采，但更多人看到太魯閣人竟擁有這樣精良的武器，不禁面面相覷。

「報告！射擊完畢！」那警部補放下步槍，向佐久間左馬太行了一禮。

永田綱明問道：「射擊的感覺如何？」

「是！」那名警部補挺直腰桿回答，「子彈減少時不會改變槍的重心，即便連續射擊也十分平穩準確，光這一點就比警察隊配備的村田式優良。不過十五連發畢竟還是最大的魅力所在，舊型村田式只能裝填一發，就算較新的二十二年式也只能裝填八發。此外，這挺槍保養得當，狀態萬全！」

永田綱明向佐久間左馬太補充解釋：「其他地方的蕃人都習於將槍管切短，以便攜帶在山林中活動。但太魯閣蕃人不同，他們非常愛惜槍枝，保持完整並且製作專用的鹿皮套善加保護，因此太魯閣蕃人的射擊能力也格外出色。」

龜山理平太發現佐久間左馬太臉色鐵青，趕緊故意貶低原住民的能力：「無論如何，蕃人就算有如此先進的武器，也絕不能和我們接受新式訓練的警察部隊相比。」

沒想到那名警部補毫無心計，耿直地道：「太魯閣蕃人的射擊能力甚為高明，即便七、八百米外也能夠準確命中，不遜於最好的警察！」

佐久間左馬太臉色大變：「蕃人有很多這樣的步槍嗎？他們是如何取得的？」

永田綱明據實道：「太魯閣蕃人使用的槍枝非常多樣，從舊式的火繩槍、毛瑟槍，到較新的村田式、雷明頓和施耐德不等，推估全體共有二千六百五十九挺，彈藥近十七萬發。其中溫徹斯特步槍是明治三十七年（一九〇四）之後，由花蓮港廳的賀田組賣給蕃人的，據信不下五百挺。」

「哼，挺得意的嘛。就是過去實行了錯誤的懷柔策，毫不限制對蕃人的物資交易，才造成今日理蕃事業如此艱難。」佐久間左馬太看著那棵傷痕纍纍的鐵杉，厲聲道：「蕃人擁有比警察隊還先進的槍枝，我等不可大意，必須動用大軍，以威力強大的火砲和機關槍加以壓制。終究要讓生蕃人臣服於我帝國皇威！」

⌘

秋去冬來，大正三年（一九一四）開春之後，全臺灣為「太魯閣蕃討伐」所做的各種動員準備便緊鑼密鼓地展開。

三月初的某一天，彰化鹿港天后宮廟前的空地上，幾個保正在警察監督下召集保甲居民，大聲宣布：「今年為著去打太魯閣的青番，要搬運米糧跟軍用物資，需要徵召很多人夫，跟舊年出役情形不同，大家一定要注意！凡是二十歲以上、五十歲以下身體強壯的人，都有出役的義務！」

「嗐？又要出役？不多久以前才出役過，現在又來。這次是要叫誰去？」一名鄉親不滿地道。

「拈鬮決定。」領頭的保正道。

「拈鬮決定誰去？」鄉親問。

「不，是拈鬮決定出役的順序，這次每一個人都有可能輪到。」保正道。

鄉親們聞言一陣譁然，一人道：「阿娘喂，恁爸上個月去南投的深山開路，差一點寒死！中晝時日頭照在頭殼頂，卻一點都不暖。若是起風罩霧，那就整個冷吱吱，穿再多衣衫也沒用。」

另一人道：「就是啊，日本人叫咱們在山上沒人行過的地方開路，邊上就是極深的山崁，一個不仔細跋落去，連身屍都尋不著。」

保正無奈地道：「這是官廳的規定，你們跟我講也沒用。」

眾人紛紛搥胸頓足地道：「咱們賺食人日子已經夠難過了，若是我被叫去出役，家人都要餓死了。」「我老爸破病得很嚴重，我不照顧他不行！」「聽說舊年有人被徵召去深山頂，寒死百來人呢，咱臺灣人性命就這樣不值錢？」「若是寒死或跋死怎麼辦？我不去，不去，不去啦！」「不去，不去啦！」

「混帳東西！」在場監督的日本人巡查高聲斥罵，眾人只好安靜下來。

保正鄭重地道：「官廳有規定，沒去的人，或者有事推遲，要繳十圓到五十圓做公積金……」

眾人聞言又是一陣鼓譟：「甚麼？要罰那麼重！」「我做牛做馬一個月最多也才賺八圓。」「公學校先生的薪水也才十幾圓，十圓就夠我們全家吃飽了，哪繳得起啊。」

那名日本巡查毫不客氣地將當先抗議者一拳打倒在地，對眾人怒目而視。大家紛紛後退幾步，不敢再出聲。

保正續道：「難聽話先講在頭前，出役的人若是做到一半逃走，將處罰一百圓以下的過怠金！而且一人逃走，甲內各家家長都要連坐處罰！」

眾人紛紛倒吸一口冷氣，儘管內心有再多憤怒也無法表現出來，只好垂頭喪氣地各自散去。

✦

正如山縣有朋所預告，由海軍（薩摩閥）主導的內閣果然遭遇了巨大的麻煩，大正三年（一九一四）一月間，爆發了海軍官員收受獨逸（德國）西門子公司和英國威克斯公司數十萬圓鉅款，以爭取日本軍艦訂購案的醜聞。

正值山本權兵衛內閣提出各種增稅案之際，西門子事件立即引起全國譁然。當時日本國內媒體方如雨後春筍般蓬勃發展，更增強了消息的傳播和社會批判力道。因此當國會否決對內閣彈劾案，憤怒的民眾甚至包圍國會議事堂，並衝入其中和警方發生衝突。內閣起初還試圖遮掩、撇清，但隨著弊案內容逐漸明朗，到了三月間，山本內閣已在輿論抨擊下搖搖欲墜，垮臺只是遲早的事。相對地，長州閥和陸軍重掌政權指日可待。

對佐久間左馬太來說，這等於替他掃除了來自國內的障礙。雖然「五年理蕃計畫」已在國會決議不得延長，但至少能夠放手進行「太魯閣蕃討伐」，完成理蕃事業的最後一項工作。

但在這個時候，臺灣總督府卻不得不如臨大敵地接待一位意料之外的訪客。

三月十七日，臺北停車場（火車站）前人山人海，全臺北稍微有點頭面的官員、仕紳和商賈都到得齊全，從外地趕來的也不在少數，更擠滿了許多純粹看熱鬧的人們。

從基隆開來的特別列車一停妥，佐久間左馬太便親自率領總督府文武官員到月臺上迎接。車門開處，只見兩綹自由不羈的銀白長鬚飄了出來，人們一看就知道這位老紳士必是傳奇的板垣退助伯爵無疑了。

「歡迎！」佐久間左馬太行了一記軍禮，上前道，「伯爵閣下遠涉波濤，旅途勞頓辛苦了。」

「勞煩諸位大駕相迎，實在令人不安。」板垣退助拄著拐杖步下月臺，伸手和佐久間左馬太一握，親切地道，「久違了。」

「能夠在臺灣見到板垣伯，真是奇妙的因緣。」佐久間左馬太報以緊緊一握。

板垣退助雖然貴為伯爵，卻以庶民作風著稱，毫無架子地與前排諸人一一握手，也認真地與後方的每個人視線相接，揮手致意。他是維新元老，在戊辰戰爭中指揮官軍以寡擊眾打贏東北地方的舊幕府軍，為國家統一立下大功。後來從政大力推行自由民權運動和議會設置運動，並站在民主平等立場兩度推辭伯爵勛位，到了第三次授勛時為避免對天皇不敬才勉強接受，為日本上下所崇拜。

也因此，在場的下級官員和仕紳們無不熱烈歡呼，爭相目睹他的風采。但民政長官內田嘉吉以下的高官們卻知道他此行的目的在提倡「尊重本島人、廣舉同化」，恐怕將會對施政造成阻礙，因此大多只禮貌性地應對，暗中充滿戒心。

龜山理平太看著板垣退助的背影，低聲道：「哼，專門和政府唱反調的伯爵要來臺灣興風作浪了嗎？」

「維新元老的威望，不能不敷衍。」內田嘉吉淡淡地道，「這不過是老人家一時興起，湊湊熱鬧罷了，怕的是周圍的人瞎起鬨，跟著抨擊總督府的政策。只要把旁人整治好，伯爵一個人也起不了甚麼作用。」

板垣退助隨即前往下榻的鐵道飯店。從臺北停車場到飯店不過短短兩百米的距離，板垣退助乘坐的馬車卻被夾道歡迎的民眾和達官貴客的人力車阻擋得寸步難行，拖了許久才抵達。

兩天後，在鐵道飯店舉行了官民合同歡迎會，共有五百多人參加，盛況空前。唱過國歌〈君之代〉後，板垣退助上臺發表演說。他雖已高齡七十七歲，拄著拐杖，但一開口仍是昔年大演說家風範，指天畫地激動人心。

他提到米（美）國正有排斥非白人的風潮，從人種問題和外交情勢看，亞洲人都必須團結起來防堵西方勢力：

日本人作為亞細亞的一分子，非與支那（中國）人提攜共同抵禦白人不可。我臺灣與支那僅一衣帶水，本島人（臺灣人）又屬支那民族，適於與其親善融和。故在台的內地人（日本人）實應當尊重人種、充分保護本島人生命與財產，不可有征服者之姿態。同時，也期盼本島人以敬重父兄般對待內地人。

余此次之行，乃視察臺灣之治績，仔細調查土人與內地人之關係，以促成充分同化為目標。切望諸君共同努力於發展南方，以資建設良好的殖民地！

此言一出，滿場喝采，臺灣人仕紳們尤其感動得熱淚盈眶。儘管板垣退助仍然站在日本殖民者的立場發言，但這番話卻已是難得尊重臺灣人的議論。臺灣被日本統治將近二十年，眾人長久忍受著總督府官員的蠻橫傲慢，即便再有名望的仕紳都不免於被地方上小小巡查羞辱，因此對板垣退助之語無不充滿複雜的感動之情。

⌘

當天晚上，佐久間左馬太在總督官邸設宴為他接風。原本雙方陪席諸人各懷鬼胎，以為這定是一場如鴻門宴般劍拔弩張的聚會，沒想到兩位老伯爵只敘舊誼，絕口不提政見，場面異常平和。

「板垣伯的酒量還是像以前一樣好啊！」佐久間左馬太舉杯敬道。

「在『一升大將』面前，區區酒量算得了甚麼呢？」板垣退助風趣地回答。

「您就別再挖苦我啦，哈哈！」佐久間左馬太笑道。

酒過數巡，號稱善飲的佐久間左馬太已是滿臉通紅，更加來勁地不住勸酒，而板垣退助也爽快地酒到杯乾。佐久間左馬太平日極為嚴肅，兼以地位崇高，部屬們偶爾與之同席都如坐針氈。難得有板垣退助這樣身分對等的勛爵在座，而且溫煦親切令人如沐春風，不僅佐久間左馬太放懷暢飲，眾人也都漸漸脫略形跡起來。

「中村啊中村……」佐久間左馬太喝到酣處，忽然沒來由地喃喃呼喊。

「中村？」眾人面面相覷，不知他在說誰。板垣退助卻立時跟著感嘆道：「中村如果還在，一定可以做出一番事業，確實令人惋惜啊。」

龜山理平太問道：「敢問這個中村指的是哪一位？」

「中村半次郎！」板垣退助道。

「原來如此，就是後來改名為桐野利秋的那個薩摩人嘛。」龜山理平太阿諛道，「總督閣下當年在西南戰爭平山口一役擊敗桐野利秋率領的薩摩軍，使反賊一蹶不振，立下不世大功……」

「胡說！」佐久間左馬太忽然暴喝道，「中村才不是反賊，他是我見過最有古武士之風的男人！」

龜山理平太馬屁拍在馬腿上，臉色稍稍一變，遂即恢復如常，甚且假意熱烈地追問：「喔？這話怎麼說？」

佐久間左馬太仰頭「嘓啅」喝乾一杯，慨然道：「他既武勇剛強，又學問教養過人，再怎麼樣的猛將站在他面前也都只能抬頭仰望。」

板垣退助頻頻點頭：「半次郎磊落宏闊、志氣憤發，對人披肝瀝膽，是個好漢。」

佐久間左馬太細數道：「戊辰戰爭時，薩長土三藩組成官軍討伐幕府，南洲翁（西鄉隆盛）任東征大總督府下參謀指揮全軍，板垣伯率領土佐軍，中村是薩摩軍一番小隊隊長，我則是長州軍干城隊的補助長官。後來一路打到會津，我在板垣伯指揮下轉戰鵬倉、二本松和若松城，當時就對您的智略敬佩不已。」

「大家都是為國效力，若沒有總督閣下單刀入陣衝殺之勇，怎能擊敗舊幕府軍？」

板垣退助豪邁地道。

佐久間左馬太徹底沉湎於往事：「我自以為勇猛無懼，但幾次和中村並肩作戰，看到他在彈雨中神色自如、恍若在自家後院閒步的冷靜模樣，才知道自己還差得遠了。這些雖然已經是將近五十年前的往事，卻彷彿昨天才剛發生似的。」他說著說著，忽然高聲唱起當時的軍歌來：

親王啊親王，您坐騎前方，啪啦啪啦作響的是甚麼？哆叩咚呀咧，咚呀咧吶！
那個是朝敵，去征伐他吧。沒見到錦之御旗在此嗎？哆叩咚呀咧，咚呀咧吶！

板垣退助叩著桌面打起節拍，一起加入唱道：

面對一天萬乘的至尊帝王，賊徒們竟然敢操戈相向。哆叩咚呀咧，咚呀咧吶！
別射得偏了，別射得偏了，咚咚連發殺敵吧薩長土。哆叩咚呀咧，咚呀咧吶！

「哈哈哈！」佐久間左馬太和板垣退助相視大笑，眾人也都一片拍手叫好。

板垣退助舉杯道：「南洲翁、半次郎……今日與總督閣下歡宴，想起許多風流人物，真足為之痛飲。」

「這麼說起來，薩摩以前也有很多像樣角色啊。」佐久間左馬太頓了一頓，激憤地道，「不，應該說時代不同了，從前的志士都是滿腔熱血、一心想著為大君效命，哪像現在政府官員盡皆腐敗！」

他這一罵，在場眾人都像是遭到指責，不免暗自慚愧，但也有人在心裡咒罵不已。

板垣退助則掀動兩部招牌長鬚笑道：「世風日下，說得一點沒錯。」

佐久間左馬太看著板垣退助道：「伯爵閣下不貪戀權力和錢財，至今兩袖清風，而仍四處為國事奔走，所以我格外敬重您。」

「這乃是分所當為。」

「不過閣下提倡的甚麼自由民權，我實在不以為然。」

「哈哈哈！」板垣退助大笑起來，「真是快人快語！」

佐久間左馬太不解地問：「以伯爵的智略和功績，在官軍裡的地位僅次於南洲翁，比山縣有朋都高，當年為甚麼沒有留下來創建陸軍？」

「國家依靠武力統一，卻不能光憑武力治理。」板垣退助侃侃而談，「我國採用的立憲君主制，是最理想美好的制度，但必須要有議會來保障人民的自由、平和與幸福。我年輕時從軍倒幕，中年致力於建立議會制度，晚年的宿願則是推動自由民權思想，讓每個人都能發揮天賦的能力，使國家無限進步發展。」

佐久間左馬太不以為然地道：「您難道也忘記了勤王維新的初衷？我們抱著決死殉公的精神，犧牲許多同志推翻幕府，對抗虎視眈眈的西洋諸國，不就是為了輔佐聖上，富強國家？伯一再強調自由民權，卻將聖上的君權置於何處？」

板垣退助道：「萬世一系的帝室是民族的大宗家、國家之樞軸。而一君之下萬民平等，立憲政體便是人民自由權利之確保，兩者相輔為國家隆盛的要素。過度高唱君權，卻只會讓少數人藉機把持政權，人民在專制之下陷於卑屈無力，反而不利國家。」

「哼。」佐久間左馬太反感地道，「自由民權聽來美妙，卻恐怕不切實際。」

「總督閣下在臺灣這八年間，國內風氣已經大不相同，各種思想進步，傳統舊俗也在改變。」板垣退助篤定地道，「閣下不能再固守過去的想法。」

佐久間左馬太變色道：「這些想法在國內宣傳也就罷了，拿到殖民地只會妨害施政，徒然擾亂民心。要知道本島人背後是同族的四億支那人，絕不能讓民心動搖。」

「正因為如此，更應該讓三百萬島民渾然歸一，成為帝國忠良之臣民。要知天不在人上造人，不在人種上造人種，保持平等生存是人類的原則。倘若愚民以逞，強藉法律壓迫只會貽誤統治大計！何況臺灣的治績，是向世界昭示著帝國殖民政策之成敗，也決定日支兩民族的離合，要慎之又慎！」板垣退助雄辯滔滔，毫不保留地批評。

「閣下都是被那些政治掮客所蒙騙了，才對臺灣有這些誤解。所謂臺灣同化的論調，只不過是有心人士想利用伯的威望來打擊當局罷了。」佐久間左馬太難掩怒氣，「十數年來，臺灣的匪賊在總督府威壓之下歸於鎮靜，良民無所憂懼，殖產興業之事也開始勃興。這就是良好殖民政策的成果！」

板垣退助看著佐久間左馬太，冷靜地道：「臺灣總督府始政以來殺戮數萬本島人和蕃人。只得其地，不得其民，終非國家之福。武斷統治定然難以持續！」

佐久間左馬太拙於言辯，只能瞪著板垣退助，固執地喊道：「總督一職乃是聖上之代理，無論如何我都會秉持勤王奉公的初心開拓這塊皇土，廣布皇威之御恩惠於寸土之上！」他激動地一揮手臂，不慎掃翻桌上一只德利（酒壺），那德利咕嚕咕嚕滾出桌緣，「鏘」一聲在地上打得粉碎。一場宴會就這樣不歡而散。

第六章　野火

秋天狩獵季結束，舉行過今年最後一個祭典之後，族人們準備迎接冬天。雖然沒有農事和出獵，但人們也沒閒著，在這段時間修補房屋、整理農具和武器，並編織藤籃等生活用品。

這天，赫赫斯社頭目，也是外太魯閣總頭目哈鹿閣・納威正在砍伐木材，準備作為修繕住處之用。鄰社得卡倫頭目烏明・歐卡忽然跑來，難掩喜色地道：「我兒子昨天去巴托蘭想要交易，雖然沒有換成，但是被帶到北埔去見野猴（日本人）。野猴說他們考慮答應讓我們交換物品，甚至就在我們社裡設置交換所。」

「有這樣好的事？」哈鹿閣・納威並不顯得興奮，「四年前野猴毫無理由的說封鎖就封鎖，無論我們怎麼要求都不肯同意交換，現在突然這麼說，應該有甚麼原因吧。」

烏明・歐卡道：「野猴說，他們要開闢一條從新城沿著海岸到愚屈社（今和中）的道路，所以想來赫赫斯，從山上看清楚哪裡可以開路。如果我們答應的話，這次就會先送一些火柴和鹽。」赫赫斯社位在大河（擢其力溪）北岸最後一個山頭的河階臺地上，從該處展望，海岸形勢一目了然，確實是理想的觀測位置。

「野猴就像蛇一樣陰險，來赫赫斯也許有別的目的。」哈鹿閣．納威立直身子，眺望著溪谷群山，「野猴曾兩度派出數百人攻打我們，但是對地形陌生，在山林裡的活動又笨拙，被我們取得三十幾個首級，只好哭喪著逃走。這次他們表面上說要看海岸，說不定卻是要觀察山裡的情形。」

烏明．歐卡恍然：「對啊，我怎麼沒有想到？」

「真是為難啊，這四年來大家生活都很困難，如果我們拒絕野猴的要求，不知道又要繼續被封鎖多久。」哈鹿閣．納威沉吟道，「沒有辦法，就讓野猴來赫赫斯吧。我們多召集一點人手，緊緊盯著野猴的舉動，避免他們趁機在部落裡作怪，或者往山裡面看。」

數日後，哈鹿閣．納威會同他的女婿——以古魯社頭目出任外太魯閣副總頭目的比沙奧．巴揚，率領上百名壯丁，到遮埔頭（今康樂）的隘勇線海岸分遣所迎接日本探險隊。

花蓮港廳警務課兼蕃務課長雨田勇之進首先出來接待，族人平日看慣他頤指氣使的模樣，今日他卻對這些探險隊員畢恭畢敬，顯見來者地位崇高。果然雨田勇之進鄭重地向眾人介紹，探險隊長是總督府警視永田綱明，隊員則有測量技師野呂寧、技手財津久平和其他幾名警視、步兵大尉等級的大人物，必須恭敬對待。

族人們好奇地端詳探險隊，見他們分別穿著軍、警和文官制服，外面罩著同款式長風衣，頭戴斗笠，打著綁腿，腳上卻穿漢人的草鞋，連平日慣穿黑皮靴的雨田勇之進也是如此。

哈鹿閣．納威摘下菸斗，用生澀的日語道：「你好。」沒想到永田綱明和野呂寧都按著他的上臂用流利的太魯閣語道：「Embiyax su hug?（你好嗎？）」野呂寧還特地致意：「很久以前就聽說你是外太魯閣最英勇的勇士，十分敬仰。」

哈鹿閣．納威道：「這次依照要求領你們到赫赫斯社，只能觀察海岸地形，切不可趁機在途中停留，窺看本社和山谷裡的形勢。」

野呂寧道：「我們只是為了開闢道路上山觀察，沒有別的意圖，不必擔心。」

哈鹿閣．納威道：「部落和獵場向來不許外人進入，這次讓你們上山，是因為雨田課長答應恢復貿易，你們一定要信守承諾。」

「等任務完成之後，我們就會向總督閣下呈請認可。」野呂寧理所當然地說罷，雙手一拍，爽朗地道：「時間寶貴，我們走吧！」

探險隊隨即出發，二十八名隊員在百餘名族人陪同下向北前進。哈鹿閣．納威手持一把子彈上膛的溫徹斯特步槍領路，族人們也都拿著各式步槍或獵刀，四散在探險隊外圍緊密監視日本人的一舉一動。

一行人沿著海岸步行，依次通過威里、九宛和古魯等社下方。涉過三棧溪後進入長滿茅叢與樹林的大河河口沖積平原，走了一里半（五點九公里）才到大河畔。

溪面寬三十間（約五十五公尺），水深及胸，灰白混濁而湍急。野呂寧和永田綱明觀察一番後，決定脫下衣服由族人扶持渡過，貴重的測量器材則由四名測夫頂在頭上涉水，並各由兩個族人援護。

日本人脫下上衣，一絲不苟地摺疊整齊收入背包，小心翼翼探腳入水，又緊緊抓著族人涉溪，花了一個小時才全數抵達對岸。哈鹿閣．納威淡漠地抽著菸觀看，早早就過溪的族人們久候無聊，也不免閒言取笑日本人笨拙。

渡溪之後，眾人穿過北岸沖積平原，來到一座山腳下。一道五十尺（十五公尺）高的斷崖從眼前展開，崖壁直通海邊，並且不時有石塊崩落。野呂寧等人正疑惑著此處根本無路可走，哈鹿閣．納威已踩著一道雨水沖出的乾澗長驅而上，五百公尺後便進入森林中的坡地。

原本這天預計要到位在河階臺地上的赫赫斯社，但日本人攀登陡坡的速度緩慢，還不時有人摔倒、滑落，傍晚時才抵達臺地下方的一處分社，只好在此停留一晚。從此處已可略見大河河谷的樣貌，野呂寧、財津久平和永田綱明等人難掩興奮地對著內山指指點點，甚至忍不住取出地圖比對，哈鹿閣．納威都冷冷看在眼底。

隔天早上，探險隊整裝完畢，準備出發時，族人們卻都蹲踞在四處不肯移動。野呂寧遂對哈鹿閣・納威命道：「走吧，快領我們到你的本宅。」

哈鹿閣・納威咂吧咂吧抽著菸，淡淡地道：「後面的路況比昨天更為艱難，日本人無法通過那樣的峻坡險路。」

「剩下距離不遠，再怎麼艱難我們也會爬上去。」野呂寧道。

哈鹿閣・納威搖頭不語。永田綱明斥道：「都已經到這裡，怎麼忽然反悔了？快點上路！」

哈鹿閣・納威指著海那一頭道：「若要觀察海岸，從這裡就可以看得很清楚。」

野呂寧好言道：「這裡仍有很多看不到的死角，在貴宅才能測量預定路線的地形。」

「你們根本不關心海岸，一路上都在觀察內山。」哈鹿閣・納威率直地點破，「我不能再領你們上去。」

「哈，哈！」野呂寧乾笑兩聲，辯解道，「你誤會了，這是因為內山景色實在太美，我們未曾見過，所以忍不住欣賞起來。等爬到可以一覽海岸全景的地方，我們就會專心測量。」

永田綱明見哈鹿閣・納威仍然半信半疑，刻意板起面孔道：「難道你們不想恢復交易，取得鹽和其他用品嗎？」

「帶你們到上面，就一定可以恢復交易嗎？」

「那當然，總督府不會永遠封鎖蕃地的。」永田綱明含糊其詞，沒說出口的是——等你們歸順，自然會恢復交易。

哈鹿閣・納威盯著永田綱明看了一會兒，這才起身吆喝族人們上路。

隊伍通過在大理岩崖壁和陡坡上的貧瘠耕地，穿過森林和嶙峋山徑，花了兩個半小時走完一里半（五點九公里）的山路，終於在上午十點十五分抵達赫赫斯社。這裡是當年外太魯閣諸社會盟，共推哈鹿閣・納威為總頭目以對抗南澳人之地，因此又被族人們稱為「哈鹿閣臺」（哈鹿閣到過的地方）。

「喔！」野呂寧停下腳步喘氣拭汗，抬頭時見前方正對著擢其力溪谷，兩岸蔥鬱山稜交錯疊嶂，溪流時隱時現。探險隊員們也都在此叉腰遠眺，頓時忘卻攀登的疲累。

憑此一望，不僅盡覽擢其力溪下游全貌，連花蓮港平原也歷歷在目，遠方更可看到北合歡山及畢祿山。隊伍稍事休息，各自取出乾糧充飢之後，野呂寧便指揮測夫將測量工具搬到八百公尺外的高地上組裝起來。

半個月前，總督府同時派出兩支探險隊，其中一支登上能高山和奇萊主峰測量巴托蘭地區，野呂寧參加的合歡山方面探險隊則在陪同總督登上合歡主峰視察後，前往三角錐山（奇萊主山北峰）測量內太魯閣地區。兩支探險隊都繪製了地形原圖。

野呂寧等人從南投返回臺北後，僅僅停留五天便又趕往花蓮港。這段期間蕃務本署調查課的人員徹夜將地形原圖抄繪為符合製版標準的清繪原圖，讓野呂寧攜帶前來。

測夫們立好三腳架，安裝上測板，直接貼上清繪原圖，再用方框羅針對齊經緯線以校準方位。由於清繪原圖上已有地形細節，不必從頭繪製，只需比對現場觀測結果加以修正即可。

野呂寧參照地圖，舉起望遠鏡觀看：「我可以看見古白楊社後方的稜線！如此大致明瞭內太魯閣群的分布狀態了。」

「只可惜奇萊主山方面被太魯閣大山遮蔽住了。」財津久平轉身四處張望，「不過東北方海岸可以看到愚屈社頭目烏明・奧卡所在的部落。」

野呂寧放下望遠鏡，快然道：「真是好景色！溪谷中午後經常會有雲霧湧現，不知又是怎樣一番情境呢。」

「身處蕃社險境，虧你還能如此浪漫。」財津久平意氣風發地道，「雖然我們都經歷過許多危險，不過此回深入赫赫斯社進行測量，應該是最大膽的一次吧，連我都對自己感到欽佩！」

「正所謂不入虎穴，焉得虎子。」

「可不是。」

「話說回來，這麼美的地方，漢字卻寫成『擢其力山』，實在太不解風情了。」野呂寧撫著下頷，忽然喜道，「對了，改稱『立霧山』如何？發音同樣是タッキリ（takiri），漢字閱讀起來美多了。」

「立霧山！挺不錯的嘛。」財津久平和測夫們異口同聲地道。

「那就直接寫在地圖上吧！」野呂寧歡快地道。

「是！」測夫隨即動手。

「說不定將來擢其力溪也會改稱『立霧溪』呢。」財津久平道，「你為臺灣山地命名之處還真多，之前的合歡山也是。」

野呂寧不無得意地笑道：「測繪皇土，將帝國版圖上的空白地帶填滿乃是測繪者的職責。至於有這麼點小小的特權，能替前人未到的山頭命名，或者將原始粗俗的地名改得雅馴，算是對我等勞苦測量的一點獎勵吧。」

「正是如此！」財津久平看著圖紙，滿足地道，「如此一來，我們就從東西兩方面測量過內外太魯閣，地圖的精確性也獲得確認，下一步就是由軍警納入管領了！」

「你們在做甚麼？」哈鹿閣．納威威嚴的聲音忽然從背後傳來，眾人專注於測量，渾然不知他的到來，全都嚇了一跳。回頭時，哈鹿閣．納威和二十幾個壯丁圍成半圈，個個肩扛步槍或者手按刀柄，充滿敵意地看著他們。

哈鹿閣．納威指著溪谷道：「你們說要上山觀察海岸路線，但是卻一直測量這個方向，目的何在？」

「仔細觀察海岸之後，發現原定路線斷崖甚多難以開鑿，因此測量砂卡礑溪方面有無適合開鑿的路線。」野呂寧故作鎮定地看著哈鹿閣．納威，刻意問道，「你知道這個方面有適合開鑿的路線嗎？可否引導我們從砂卡礑溪前往愚屈社？」

「這個方面沒有適於開鑿的路線。」哈鹿閣．納威表情嚴厲地看著野呂寧，「而且我們和愚屈社不睦已久，無法領你們去！」

「既然如此，那我們就停止測量吧。」野呂寧爽快地道。

其實測量比對工作已經完成，財津久平心照不宣地和他互看一眼，吆喝道：「好了，都收拾起來！」測夫們也都趕緊拆卸器具，裝入袋中收好。

在哈鹿閣．納威監視下，野呂寧等人迅速走下高地，本以為已經敷衍過去，脫離了緊張局面，沒想到部落裡又是另外一番光景。

原來赫赫斯人按照習俗，取出原本只在祭典飲用的小米酒招待客人以示隆重。比沙奧．巴揚和一群青年壯丁趁機狂飲，藉著酒意激昂地指責日本人，話語越來越尖銳。日本探險隊深入敵營，人數又處於絕對劣勢，因此雖然個個怒火中燒，也只能默默吞忍。

哈鹿閣．納威冷眼旁觀，並不出面阻止，藉此觀察日本人的反應。日本人彼此告誡冷靜，並且不可多飲，保持清醒。永田綱明等警官暗中將步槍上膛，表面上卻又故作輕鬆。身段較軟的則出面陪笑臉，極力勸解。

如此分秒難捱地直至入夜，比沙奧．巴揚已近爛醉，情緒激昂地怒罵道：「你們這群闖進我們領域觀察地形的騙子！utux厭惡說謊的人，你們回去之後全身都會長滿水泡！」

隨行的陸軍大尉參加過幾次攻打原住民的戰役，充滿勝利者的傲慢，無法忍受如此屈辱，起身喝道：「無禮的東西，不懂得尊敬帝國軍人和警察官吏嗎？」

他沒有想到的是，本地情勢與其他山區不同。十八年來外太魯閣人兩次與日本衝突都占在上風，而過去四年的封鎖又已使族人的不滿到達頂點，比沙奧．巴揚原本就是刻意挑釁，這時抓住機會拔出刀來指著那名大尉，怒罵道：「現在就來戰鬥！」

日本警察們反射性地拿起步槍，但重重圍住他們的族人更加俐落地舉起武器，情勢一觸即發。

「哈哈哈！」永田綱明忽然大笑著走向比沙奧．巴揚，舉起木頭酒杯道，「不善待客人、喝了酒就打架是違反祖訓的呦。」他畢竟與原住民交手多年，經驗豐富，大著膽子邀請比沙奧．巴揚共飲以示並無惡意，並且回頭虛按幾下，命道：「把槍放下！」日本警察們心知一旦火拚起來必無倖理，還是讓場面冷卻下來為妙，於是紛紛放下步槍。

「你喝太多酒了。」哈鹿閣．納威這時才過來擋在比沙奧．巴揚身前。比沙奧卻仍耀武揚威地喊道：「等著看吧，我已經派人去新城放火，等花蓮港的野猴看見來救你們，我們就可以一網打盡！」

眾人轉頭看向山下，果見黑暗中幾處火光閃動，濃煙竄升，不禁臉上變色。火勢迅速蔓延，逐漸連成一小片火海，將整個新城原野和附近山頭照耀得亮如白晝。火焰沖天而起，從花蓮港都能看得見，事態甚為嚴重。

比沙奧・巴揚得意洋洋地道：「放火的人是天快黑時才出發的，現在就到了，你們這些野猴能在黑暗的險峻山路上走得這麼快嗎？」

日本人知道他所言非虛，不由得面面相覷，無以為應。

哈鹿閣・納威對得卡倫社頭目烏明・歐卡吩咐道：「你下山去叫大家把火撲滅，各自回部落休息，不要鬧事。」比沙奧・巴揚正想抗議，哈鹿閣・納威低吼道：「不要亂來！」同時將手一揮，烏明・歐卡便帶了幾個子弟風也似地去了。

「哼！」比沙奧・巴揚不滿地瞪了日本人一眼。

「沒事了，大家到旁邊去休息。」哈鹿閣・納威示意族人們放下武器退開，對比沙奧・巴揚道：「跟我來。」

翁婿兩人離開部落走入森林，才走出不遠，比沙奧・巴揚便忍不住叫道：「巴其（岳父），這些野猴根本就不是為了觀察海岸，沿途一直盯著內山，從來沒有看向海邊一眼。他們是在欺騙我們！」

「我也看到了，野猴確實非常狡猾。」哈鹿閣・納威走出一段距離，確認日本人不會聽見，才又道，「等天一亮就叫他們下山。」

「他們已經看得夠多了。」比沙奧・巴揚十分激憤，「不如趁著今晚全部殺掉！」

「不要急躁！」哈鹿閣・納威緩緩說道，「我們既然答應接待，這趟行程裡他們就是客人。殺死朋友會觸怒utux的。」

比沙奧．巴揚道：「他們是狡猾的蛇，鑽到屋裡來偷吃小雞，不是朋友。」

哈鹿閣．納威道：「殺死這二十八個野猴很容易，但是一旦和野猴宣戰，就會引來更多報復。」

「哈！看看這些頑劣的猴子過溪和上坡的樣子，他們都沒有蛋，不是男人！」比沙奧．巴揚不屑地道：「我們已經打贏過野猴兩次，再打幾次也一樣。」

哈鹿閣．納威戒慎地道：「十八年前和八年前我們雖然都獲勝，但是你也見識過砲彈的威力，野猴的大船從海上發射砲彈，竟然能夠讓山上的部落爆炸起火，絕對不能小看他們。」

「砲彈看起來厲害，也不過打死幾隻豬跟狗罷了，沒甚麼了不起。」

「你忘記當時女人和孩子們害怕得躲到山洞裡哭，耕地上的作物被打壞，還有幾間屋子也被擊中燒了起來？」

比沙奧．巴揚固執道：「我們後來把屋子蓋在背海的地方，野猴的砲彈就打不到啦。」

「野猴不用砲彈也可以帶給我們痛苦。他們用通電鐵條網困住我們，讓我們得不到鹽、彈藥、鍋子和火柴，比砲彈還可怕。」哈鹿閣．納威堅忍地道，「殺人容易，但是殺了這些野猴，就不可能恢復交易了。」

「我們一路殺出去，把那些分遣所都燒掉，以後直接跟平地人交易！」比沙奧．巴揚仍不服氣。

「你也知道這是辦不到的。」哈鹿閣・納威道，「就算你可以不吃鹽，難道你的家人也不吃嗎？」

「可惡……」比沙奧・巴揚口頭上不肯承認，但對此也心知肚明。他滿腔怒氣無處宣洩，拔刀對著黑暗中的樹叢亂砍一通，用力過猛，登時讓刀刃崩斷了一角。

第二天一早，探險隊在比沙奧・巴揚引導下離開赫赫斯，下山涉溪後登上南岸的山頭，沿著山腹經古魯社和九宛社返回遮埔頭的海岸分遣所。鄰近部落壯丁聽聞昨晚的騷動，紛紛前來察看，最後竟有三百人隨行。

探險隊員們通過暫時停止送電的鐵條網，返回隘勇線另一頭。最後一個通過的永田綱明回頭用日語向比沙奧・巴揚道：「這次感謝汝等協助完成任務。」

「交易！我們要交易！」比沙奧・巴揚喊道。

「物品交換一事需經總督同意才能實行。」永田綱明示意分遣所的警察開始送電，鐵條網頓時啪滋作響，發出不祥的輕微噪音。永田綱明道：「等本官返回臺北之後，會向總督閣下呈請認可，請耐心等候。」

「可惡！」比沙奧・巴揚憤憤地咒罵。

✦

經過了一個格外寒冷的冬天，夏天終於到了，即便是深山之中也變得炎熱起來。除了無數蟲鳥之外，各種蟬兒也加入爭鳴的行列，鎮日裡夏夏夏——、更更更——、英英英——響個不停，讓原本就無比喧鬧的山中更顯聒噪。

正是農忙時節，族人在這期間不出獵、不辦嫁娶，也難得出外拜訪，只在田地裡辛勤耕作、除草。然而這天古白楊卻來了兩位意外的女性訪客，她們是住在托魯閣．塔洛灣（南投祖居地）的親戚，更引人注意的是，其中一位拉娃．古拉斯還懷有身孕。

兩人是雅布．諾明的外甥女，也就是吉揚．雅布的表姊。她們已有許多年不曾到古白楊來走動，但雅布．諾明偶爾會到托魯閣．塔洛灣去探親，因此還不算太陌生。

然而兩人一到古白楊就四處東張西望，形跡詭異。進屋簡單寒暄幾句之後，拉娃．古拉斯當即問吉揚．雅布：「古白楊現在有幾戶、多少人？」

吉揚．雅布不疑有他，老實地答道：「十五戶，六十八個人。」

「其中有多少男人、多少女人，又有多少壯丁呢？」

「男人、女人剛好各一半，都是三十四人。壯丁二十三個。」

「社裡有幾把槍，都是甚麼樣的槍？」

「等等！」雅布．諾明從旁打斷，質疑道：「妳是替野猴來打聽消息的吧，聽說他們在塔洛灣那邊做了很多準備，想要來攻擊我們。」

拉娃．古拉斯毫不隱諱地承認：「沒有錯，我們兩人都嫁給日本警察，所以幫忙打聽。女人替丈夫做事是天經地義的事。」

「我記得妳當初嫁給野猴並非出於自願。」雅布．諾明問道。

「那時警察大人將我的塔瑪（父親）古拉斯．巴沙歐監禁起來，還威脅要殺掉他，我只好同意出嫁。」拉娃．古拉斯平靜地道。

吉揚．雅布道：「野猴這麼可惡，逼迫妳嫁給他，妳卻還甘心替他做事。」他看著自己同樣懷有身孕的妻子莎妲．瓦其赫，越想越覺不可思議，「妳肚子裡懷著胎兒，這麼辛苦前來是為了甚麼？」

拉娃．古拉斯肅容道：「日本人非常強大，我們不得不歸順。我也要奉勸你們，為了保護族人安全，不要反抗日本人。」

雅布．諾明不悅地道：「祖訓命我們用生命守衛部落的領地，不容許外敵侵略。塔洛灣的親戚自己忘記祖訓，還要叫我們也跟著違反，真是豈有此理！」

拉娃．古拉斯道：「我塔瑪是著名的勇士，大家都很尊敬的。但是日本人幾年前帶他到內地『觀光旅行』之後，他就打消任何反抗的念頭了。日本土地非常廣大，人比蜜蜂還多，殺也殺不完。而且他們的『工場』日夜不停製造各種武器，能控制像山一樣的大船在海上航行，還能飛到天上……」

吉揚．雅布搖頭道：「我不相信，怎麼可能有飛到天上的法術？」

「那些不是法術，是『kagaku（科學）』！」拉娃．古拉斯賣弄著丈夫反覆灌輸的詞彙，看著吉揚．雅布手上電擊灼傷的痕跡，道：「你一定見識過日本人的『kagaku』吧，他們還有許多『kagaku』，將來你就會一一看到的。」

吉揚．雅布頓時語塞。這段時間以來，他一直刻意遺忘碰觸通電鐵條網受傷之事，告訴自己那只是一場噩夢，但心底始終埋藏著揮之不去的陰影。這時被拉娃．古拉斯一說，一股強烈的厭惡感又從胃裡翻湧出來。

拉娃．古拉斯續道：「除了我塔瑪，南投地區最有威望的十幾位勇士都一起去了日本，無論是泰雅馬烈巴社的道雷．亞猶茲，白狗社的泰木．阿拉依，還是賽德克馬赫坡社的莫那．魯道，回來之後都說抵抗日本人是不可能的。」

雅布．諾明也知道她所言非虛，但越聽越惱，斥道：「妳現在到底是賽德克還是日本？」

「我當然是賽德克。」拉娃．古拉斯淺淺揚起嘴角，但卻沒有半點笑意。吉揚．雅布這才察覺到她的表情始終非常剛硬緊繃。拉娃．古拉斯續道：「歸順日本人有很多好處，像我現在學會日語，也學了不少『文明』的生活方式，可以幫助改善族人的生活，不必再過著從前那樣辛苦的日子。」

雅布．諾明不忿地道：「我們一直依照祖訓生活，不需要改變。」

「你不用槍嗎？不用鍋子嗎？還有刀、鋤頭和火柴？」拉娃．古拉斯質問道，「這些都是祖先沒有的東西，可是有了槍，打獵就變得容易了。有了鍋子，煮飯和處理苧麻就變簡單了。日本人有更多便利的物品，將來都會提供給我們使用。」

雅布．諾明反駁道：「野猴說歸順就是把槍交給他們，但槍是打獵和出草的武器，是男人最重要的東西，怎麼能交出去？」

「日本人把槍收走，只是為了避免大家繼續互相出草馘首。狩獵的時候還是可以借用槍枝。」拉娃．古拉斯解釋。

雅布．諾明完全無法接受：「他們到底想要做甚麼？妳說他們的土地很大，又為甚麼要來搶奪我們的部落獵場？」

「日本人並不要獵場，大家仍然可以在本來的部落生活。」拉娃．古拉斯仍固執地試圖說服吉揚一家，「日本人只是要讓族人『文明開化』，不再野蠻地互相出草殺害，可以過和平的日子，也改善生活。」她一急起來，話裡夾雜了許多日語，卻讓吉揚等人益發難以理解。

「野猴非常狡猾，不可以相信。」吉揚．雅布雖然只見過一次日本人，並無真正來往的經驗，但不知怎麼就是有這樣的感覺。

「你到現在還是每天晚上都坐著睡覺，隨時防備敵對部落來馘首吧？」拉娃．古拉斯看著吉揚．雅布，殷切中帶著一點嚴厲地道：「你知道躺下來睡覺有多舒服嗎？歸順日本的話，你就可以安安穩穩躺著睡覺，也不必擔心妻子和她肚子裡孩子的安全了。」

吉揚．雅布昂然道：「只要我們人人謹守 gaya，規規矩矩地過日子，就能得到 utux

福佑，不會有任何人被殺。」

「沒錯！」雅布．諾明嚴正地道，「反過來說，若有敵人入侵而不起身迎擊，將會徹底激怒utux，招來更大的災禍，死後也無法渡過靈橋到祖先們那裡去。妳走吧，告訴野猴，我們會好好守護自己的部落！」

⌘

日本人從春天開始，沿著海岸興建一道長達五里（十九點六公里）的新隘勇線。從既有的北埔隘勇監督所為起點，越過三棧溪，直到大河（擢其力溪）口的新城為止，將族人完全阻絕在山中。這條隘勇線不僅架有通電鐵條網，同時鋪設輕便鐵道以便在「太魯閣蕃討伐」發動時輸送人員和物資。輕便鐵道兩側挖掘三尺深的壕溝，溝外另建三尺高的胸牆，一旦交戰，警備員隨處都有充足的掩蔽。

花蓮港廳知道此舉必將挑起族人不滿的情緒，因此動用大批漢人人夫加緊趕工，嚴令在兩個月內完成。進入夏天之後，各項工程逐漸收尾，三百零四名警備員陸續進駐沿途的兩個隘勇監督所和三十個分遣所。任誰都看得出來，日本人進攻太魯閣已是迫在眉睫。

哈鹿閣．納威從赫赫斯社前往古魯社，觀察隘勇線工事的最新情形。古魯社位在大河河口南岸新城山山腰的河階臺地上，臨崖下望，廣闊的太平洋及河口沖積扇就在眼前展開。

社裡近日十分熱鬧，情緒不斷升高的族人們從各社前來，攜帶獵刀、矛頭或箭簇請定居社內三十年的漢人鐵匠張媽古修整磨礪，準備隨時應戰。

張媽古用一枚八年前日本軍艦砲擊後留下的十五公分口徑啞彈當作鐵砧，又用鋼質絕佳的砲彈碎片打造獵刀，故而鋒銳異常，深受族人喜愛。他的屋子裡日夜不停地傳出「叮！叮！」打鐵聲，而圍在屋外等候的族人們不斷談論著日本人的動態，群情激憤。

這天因為哈鹿閣．納威前來，各社頭目們更是齊聚陪同，浩浩蕩蕩地到山崖邊觀望。

比沙奧．巴揚死死盯著海岸上醜陋的鐵網和長牆，眼神像是要燃燒起來：「假裝為野猴當密探的人回來說，鐵條網快要開始送電了。野猴會在夏天最熱的時候攻進大河，毀滅所有的部落。我們一定要在鐵條網送電之前攻過去，殺光那些分遣所裡的野猴。」

哈鹿閣．納威看著揮汗工作的數百名漢人人夫，深沉地道：「野猴能命令這麼多平地人為他們工作，背後一定有很大的力量。現在住進分遣所的野猴只是其中一小部分而已，殺了他們也沒有甚麼用。」

比沙奧．巴揚急切地道：「巴其（岳父）！我們已經從春天等到現在，任由野猴把通電鐵條網拉到新城，掐住我們的脖子，等到通電之後就沒有機會了！」

眾人紛紛附和：「比沙奧說得對！」「我們要殺出去！」

比沙奧・巴揚道：「我已經想好策略，以三、四個人一隊，假裝販賣桂竹筍和鹿肉，在晚上穿過鐵條網，同時攻擊所有的監督所和分遣所，讓他們不能彼此支援。」

「真是聰明的辦法，我們落支煙參加！」「欣里干也參加！」「還有玻士岸！」一時各社熱烈響應。

比沙奧・巴揚振奮地道：「好！那麼我古魯社負責攻打監督所，搶奪他們的槍和子彈……」

「聽我一言。」哈鹿閣・納威一開口，所有人隨即安靜下來，「我也想要攻打野猴，因此請求utux賜與夢兆，然而這幾天不斷得到同樣的夢境——野猴的大船從海上發射砲彈，擊中部落，每一間房子都能熊燃燒起來，匯聚成一股巨大的火焰，直通到天上。」他十分慎重地道，「這是凶兆，utux並不同意我們出擊！」

落支煙社頭目莫那・塔巴斯道：「我們還沒有做出草的祭儀，utux未曾得到祭品，當然不肯福佑。我們應該先祭祀過後，再來看夢境的指示。」

「夢兆就是夢兆，不可忽視。」哈鹿閣・納威十分堅持，「我們的部落和獵場在山林裡，如果野猴來侵犯當然要應戰。但我們並不習慣平地的地形，野猴又有通電鐵條網和其他厲害的武器，在平地跟他們作戰沒有勝算。」

「當年率領我們殺入新城，將二十三個野猴馘首的哈鹿閣・納威到哪裡去了？」莫那・塔巴斯激昂地道，「十八年前新城的野猴欺負得其黎社的女孩子，你帶領大家下山殺光他們。日本派了更多人上山想要報復，反而被我們砍下三十幾個頭；八年前野猴上山砍樟樹，我們同樣出草割下三十六個人頭，其中還包括官吏頭目『支廳長』。無論在山上還是平地，我們都比那些頑劣的猴子強！」

哈鹿閣．納威冷靜地道：「要比作戰，我們確實比野猴強。但他們用通電鐵條網封鎖之後，我們非常缺乏彈藥，不能貿然出擊。」

莫那．塔巴斯道：「就是因為通電鐵條網這麼可怕，這次架到新城之後更會把我們完全困住，連偷偷潛進去與漢人交易的機會都沒有了。所以我們一定要先出草阻止！」

哈鹿閣．納威搖頭道：「十八年前野猴還很少，但是現在整個花蓮港都是野猴，光在隘勇線上就有好幾百個，很難進攻。」

莫那．塔巴斯尖銳地批評：「這樣畏懼戰鬥，實在不是英勇的哈鹿閣．納威的作風！」

哈鹿閣．納威怒道：「我絕不畏懼，我說過只要野猴一入山就殺光他們，只是不要去平地作戰而已。」

莫那．塔巴斯道：「不然這樣，大家各自回去準備出戰，看每個部落頭目的夢占結果，決定哪些部落出戰，哪些部落留守。」

得卡倫社頭目烏明．歐卡反對道：「那怎麼行，哈鹿閣．納威是總頭目，大家要遵照他的夢占和決定。」

「對，聽哈鹿閣的！」隨即有人附和。

「敵人即將入侵，立刻攻擊才是符合祖訓的做法！」比沙奧．巴揚反駁。

「打出去，打出去！」「我贊成莫那的想法，各社頭目自己用夢占決定吧！」各社頭目議論紛紛，畢竟求戰者眾。

烏明．歐卡強調：「當年強大的南澳人入侵，多虧有哈鹿閣帶領我們一起作戰才能順利擊退對方，難道大家都忘記了嗎？」

「那是從前，現在哈鹿閣．納威已經不能再領導我們了！」莫那．塔巴斯語出驚人，「各部落的祖先原本都是獨自生活，從來就沒有甚麼總頭目。三十年前哈鹿閣確實非常智慧而勇敢，所以我們奉他為第一個總頭目，但現在他的肝和膽不見了，只是一個畏縮的老人，應該由別人來當總頭目！」

「胡說！哈鹿閣．納威現在更有智慧，沒有人能像他一樣和 utux 溝通！」烏明．歐卡怒斥。

莫那．塔巴斯毫不理會，逕自道：「比沙奧．巴揚正當壯年，我推舉他接替總頭目！」

「對！」「贊成！」「你像臭鼬亂說話，總頭目只有哈鹿閣！」「你才是滿嘴爛泥巴，講的都是髒東西！」「算了算了，不要有總頭目，大家像以前那樣各自作戰吧。」頭目們吵成一團，益發分歧。比沙奧．巴揚雖然一直默不作聲，但臉上表情躍躍欲試。

「我並不一定要當總頭目，大家願意聽從的人才有資格當總頭目。」哈鹿閣・納威嚴正地道，「但是個別部落的人數太少，大家一定要聯合起來才能打贏野猴。總頭目也必須為所有的部落著想，要是到平地作戰犧牲慘重，敵人入山的時候反而沒有力量阻擋。留在山上，才能給敵人最大的傷害。」

烏明・歐卡讚道：「這就是總頭目的智慧！」

莫那・塔巴斯卻道：「我們彈藥快用盡了，不到平地搶一些回來，待在山上也很難打仗。」眾人聞言，又是一陣七嘴八舌，無法取得一致的意見。

「你們真的那麼遲鈍嗎？」哈鹿閣・納威看著比沙奧・巴揚和莫那・塔巴斯，「野猴早就知道你們的計畫，設下陷阱等著捕捉！」

「甚麼，野猴怎麼會知道？」眾人聞言譁然，比沙奧・巴揚怒道，「是誰去通風報信的？」

「只需要一小撮鹽或一盒火柴，就會有很多人願意把你的計畫告訴野猴。」哈鹿閣・納威眼光掃過全場，有些人便不由自主低下頭去。

比沙奧・巴揚不屑地道：「哼！野猴男人就像『木拉塔（村田槍）』一樣沒用，就算他們預先知道也不怎麼樣。」

「好獵人會設下陷阱耐心等待獵物上鉤，自己闖進敵人的陷阱裡面是最愚蠢的。」哈鹿閣・納威嚴厲地道，「就算要作戰，也要先看清楚敵人。這幾年野猴故意只跟巴托蘭人交易，透過他們打聽山上的消息，但巴托蘭人也反過來知道不少野猴的事，我都從他們那裡聽說了——野猴這次將會用六千人來攻打我們，而我們有多少人能夠作戰呢？」

「六千？」眾人不僅對這個龐大的數字懵然難以想像，也從來不曾計算過太魯閣自身的人口，一時盡皆啞口。

哈鹿閣．納威續道：「我們大河下游所有部落的壯丁加起來是六百人，加上大清水溪和三棧溪也只有一千人；野猴幫我們調查過了，整個大太魯閣，包括外社、內社、巴托蘭，甚至把道澤和巴雷巴奧都算進去，共有九十七社一千六百戶，男女老幼九千人，其中能夠作戰的壯丁只有三千人！」

族人們有些震動了，紛紛倒抽一口涼氣，沒有想到彼此的人數如此懸殊。

莫那．塔巴斯仍然嘴硬：「一個賽德克可以抵過好幾個野猴，三千個賽德克對六千個野猴綽綽有餘。」

「道澤和巴雷巴奧是敵人，會跟我們一起作戰嗎？下游各社只有六百個壯丁，能打得贏幾千個有大砲的野猴嗎？」哈鹿閣．納威展現出壓服眾人的總頭目氣魄，「祖先艱辛開闢的領域當然要保衛到底，但是作戰需要智慧。貿然到山下去送死的不是勇士，我們要像前兩次一樣，在山上給敵人迎頭痛擊！」

第七章　炎陽

瘴氣蒸成萬峰赤，懸崖灑遍猩血色。深箐萬古無人行，只今道路開荊棘。

路在千山萬山中，鑿深無底涵虛空。藤蘿尚帶洪荒氣，礮火橫施開鑿工。

開鑿未已驅人上，征夫前泣後夫望。手足作車尻作輪，獰雨盲風催轉餉。

熱氣爍人成乳飴，冷氣中人成僵尸，毒溼漬人為腐脾，天驚地塌雷霆起，復有破石墮空糜軀肌。

昔日中華全盛時，討蕃役人人不知。黃金布地士爭赴，豈似今日驅人供熊羆。

兵卒三千夫十萬，中央南北搜羅遍。弱者輸貲壯輸身，迭番踐更急於電。

聞道溪中產水晶，復企山中生金英。可憐膏血換空地，一寸茸茸原野萬骨撐。

長林一過無日曖，危峰再去有冰塊。五月穿裘困雪山，萬夫痛涕至天晦。

問渠于此何不逃，渠言無處匿蓬蒿。商鞅保甲誅連坐，惠卿手實吹毫毛。

嗚呼！閭閻何事求安堵，此間法比連環弩。吉網羅鉗匪所思，虎苛蛇斂不堪覩。
相逢盡覺無人形，山頭日作青燐青。莫怨災星散平地，試看礮雨穿林冥。

——洪棄生〈役夫行〉

大正三年（一九一四）五月十五日，臺灣總督佐久間左馬太進駐埔里社，正式揭開「太魯閣蕃討伐」序幕。

為了攻打總人口九千人，能戰壯丁三千人的大太魯閣地區原住民，總督使出獅子搏兔之力，分由東西兩路夾擊。西路南投方面由總督親率陸軍，從臺灣南北兩個守備隊調動近半兵力，加上砲兵和機關槍隊共三千一百零八人，從霧社翻越中央山脈攻入內太魯閣和巴托蘭。

東路花蓮港方面由兼任蕃務本署長的民政長官內田嘉吉指揮，從臺中和花蓮港以北各廳抽調兩千名警察和一千名隘勇組成「討伐警察部隊」，同樣配備砲隊和機槍，共計三千一百二十七人，攻打擢其力溪下游及木瓜溪下游。

為了運補糧食彈藥和修築道路，總督府大規模徵用漢人人夫，由警察本署保安課向全臺灣各州廳分派保甲出役。南投方面使用的人夫徵募自新竹、臺中、南投、嘉義和臺南，共計六千八百名；花蓮港方面則徵募自臺北、桃園、宜蘭、花蓮、臺東和阿緱，共計六千一百名。然而實際開戰後的運補長度和困難度超乎預期，加上傷病死亡和逃逸不斷，只好陸續補充，最多曾調派一萬七千六百人上山。

同時間，在平地更有數萬人夫從事修築輕便鐵路、道路、倉庫，以及搬運糧食彈藥等工作，承擔過重的勞役，苦不堪言。

✦

「喂，楢崎太郎，開門！」臺南新報社的某間宿舍外頭傳來一陣呼喊，叫門者見屋內沒有反應，改口喚道：「大作家楢崎冬花，起床了！」

楢崎冬花翻身醒來，看見陽光已經曬在枕頭上，睡眼惺忪地起身開門。

來訪的友人道：「你還在睡啊，今天開始不是要隨軍採訪，跟第二守備隊搭同一班火車出發，東西都收拾好了嗎？」

「昨晚同事們幫我餞別，毫無口德地說甚麼硝煙彈雨之下不知我還有無明日，不如今朝有酒今朝醉，硬是呵——喝了通宵。」楢崎冬花邊打著呵欠，含混不清地道。

「真有那麼凶險？」

「去年五千軍警討伐大嵙崁奇那基蕃，傷亡一百三十四名，人夫也傷亡百餘名，不可等閒視之。」楢崎冬花搔搔頭，滿不在乎地道，「不過我才沒那麼容易死呢。」

「這倒是，你一向以強運著稱。」友人環顧室內，意外地發現他已經把行囊打包好放在牆邊了，稱讚道：「喝得爛醉還這麼有條有理，真有你的。」

「出門喝酒前就先把一切準備好了。你看，綁腿、水筒、牙籤、牙刷……還有這個。」楢崎冬花叼了根菸，從行囊邊抽出一雙草鞋穿在腳上，在玄關前的踏板上用力蹬了幾下，故作抱怨的語氣炫耀道：「這臺灣草鞋怎麼也穿不慣。」

「為甚麼要穿草鞋？」

「荒山上又沒有路，穿皮鞋根本寸步難行，全得靠這玩意兒。」

「軍隊也穿嗎？」友人稀奇地道。

「那當然，連總督閣下都穿呢！」楢崎冬花將水筒斜背在左肩，行囊斜背在右肩，兩條皮帶在胸前打了個叉，再取過斗笠戴上，精神抖擻地出門。

友人送他到臺南停車場（火車站），他爽快地揮揮手便頭也不回地衝上月臺。裡面早已人山人海，到處都是正在和親友作別的出征將士，一片依依離情。也有少壯士官拍著腰間的日本刀大笑道：「一向都是蕃人出草馘首，這次看我砍幾個蕃人的首級回來！」

楢崎冬花尋著第二守備隊司令官荻野末吉少將，上前大聲道：「打擾了！我是《臺南新報》記者楢崎太郎，這次獲准隨軍採訪，請多指教！」

「是冬花先生嘛，上次來營裡打過招呼的，我後來在貴報上拜讀過大作隨筆。」荻野末吉理個大平頭，上髭花白濃密，爽朗地道：「本以為作家定然十分文弱，看來本人倒頗有元氣，隨軍進入蕃地也沒有問題。」

「將軍過獎，在下雖是徵兵檢查丙種不合格的尫弱之軀，但這次一定努力堅持，不給大家添麻煩。」楢崎冬花誇張地行了一記軍禮，洪聲道，「能夠親睹諸位將校健鬥的英姿，真是不勝喜悅。」

說話間，旁邊一人捧著一台柯達布朗尼手提寫真器（箱型相機）過來拍照，楢崎冬花認出是臺南下田寫真館的館主下田正，歡然道：「下田君！這次也是你隨軍拍攝？」

「有楢崎在，一路上就不寂寞了。」下田正笑道。

「真不愧是第二守備隊的御用寫真師，凡有出征一定隨軍拍攝。太好了，這下不懂的地方就有人問了。」楢崎冬花興奮地道。

這時開車鈴聲響起，站內的離別氣氛凝重起來，還在月臺上的人趕緊匆匆上車。楢崎冬花隨著第二守備隊搭乘火車從臺南前往二八水（彰化二水），換乘臺灣製糖的輕鐵到濁仔（南投名間濁仔埔）改搭手押臺車，在傍晚抵達集集。隔天繼續坐臺車沿著濁水溪畔的山腳棧道抵達埔里社。

埔里社已是人馬雜沓，家家戶戶懸掛著翻飛的日章旗，僅有的四間旅館掛上「討伐軍司令部」和「聯隊本部」的招牌。各部隊頻繁來去，漢人人夫們群聚在埔里社支廳前的攤販區，整天叫罵似地大聲咆哮。

次日楢崎冬花與下田正結伴出發，從這裡開始只能靠步行前進，經眉溪、霧社到追分（今翠峰）約四十一公里的山路，需時一天。從霧社上攀途中回頭一看，眉溪鐵線橋已在遙遠的腳下，數以百計的人夫們像剛孵化的蜘蛛般渺小，而他們背負的物資猶如四散在溪床上的石塊。

越往上走路況越差，開路作業隊必須掘起樹根、打碎岩角，乃至用炸藥爆破岩塊，不斷發出震動群山的巨響。

從追分到合歡山根據地僅十六公里，但海拔高度從兩千四百公尺上升到三千三百公尺，空氣稀薄，令人呼吸困難。一身輕裝的荻野末吉少將尚且必須撿拾一根竹竿當作手杖，而用扁擔挑著近三十公斤重的人夫們更是個個青筋暴露、氣喘如牛。

「喔，是稀有的高嶺菫。」楢崎冬花正艱難地埋頭行進時，道旁一片黃色小花引起他的注意，抬頭一看，才發現漫山遍野都開著花朵。粉紅色的杜鵑雖然花期將盡，仍然東一簇、西一簇地鋪展在嫩綠的箭竹草原上。角落裡還有黃色、紫色和白色的各種小花，處處充滿驚喜。

「哇！沒想到這高山上簡直像皇室御苑一樣，有這麼多石楠花，還有珍貴的深山龍膽！」楢崎冬花一面讚歎，一面賣弄知識。

「那不是石楠花，是森氏杜鵑啦。」下田正糾正他。

「軍隊的人龍同樣壯觀。」楢崎冬花眺望起四周情景，「三千名軍人加上六千八百個人夫，總數萬人的大軍在這羊腸小徑上蜿蜒數里，前隊抵達根據地時，後面的人還不到半途吧。」

下田正捧起布朗尼手提寫真器，俯身對著觀景窗拍了幾張照片，笑道：「這些人夫遠看也很像扛著食物回巢的蟻群呢。」

說話間，不斷有人夫從旁邊踏著踉蹌的腳步經過，每個人的眼神都十分空洞，而表情近乎悲憤。偶爾有人將扁擔卸下休息，被高山上的寒風一吹，立時渾身打顫，按著腦袋頭痛難當。

栖崎冬花隨口道：「人夫先生好辛苦呢。」

下田正低聲道：「他們昨晚在追分露宿雨中，不但沒晚飯吃，今天也沒有早飯，必須把背上的米運到合歡山根據地才能進食，全都累壞了。」

「這樣啊？」栖崎冬花詫道，「你怎麼知道。」

「早上出發前，我去人夫聚集的地方晃晃，聽見他們怨聲載道。」下田正放下寫真器點起一根菸，「聽說過嗎？蕃務本署原來估計物資輸送到前線要九日，每個隊員需要一名人夫運送糧食，加上伐木開路和搬運彈藥，總共需要隊員三倍的人夫才夠。但這次三千軍隊上山，卻只有六千人夫隨行，也就是說每名人夫的負擔都加重一半。」

「那也莫可奈何。」栖崎冬花故作見識廣博地道，「一名人夫日給八十錢，東西兩路一萬三千人就是九千六百圓，一個月下來費用高達二十八萬八千圓，無法再增加人力了。」

下田正道：「你還沒算平地的人夫，全部加起來至少有五萬人呢。這次總督府把工資減少為六十錢，即便如此，五萬人一個月也要九十萬元……」

「啊——」前方傳來一陣驚呼，一名人夫不慎摔下陡坡，擔運的兩個醬油樽在花叢間的石塊上撞得粉碎，一時油汁橫流、醬香四溢。其他人夫還不及卸下行李搭救，負責押運的軍官已經衝下去一陣拳打腳踢，怒斥道：「混帳東西！你知道這些東西運到這裡要花多少費用嗎？你得回臺中再挑兩樽上來，不得領取工資！」

在山道上圍觀的人夫們憤怒不已，紛紛咒罵道：「幹恁娘，咱臺灣人的性命還不如一甕豆油就對了。」「沒得吃又沒所在得睏，寒得欲死，使牛犁田也不是這樣。」「頭前已經摔死好幾個了，後面路更加歹行，恁爸才不要上去送死！」說著就有人將物資往路邊一拋逃下山去。

押運官兵見狀上前喝斥，甚至持棍笞撻，反而激起更多人夫不滿，現場竟有半數跟著逃走。押運官兵人手有限，無力阻止逃亡潮，只能厲聲警告：「你們逃不了的，保甲都有名冊，到時候逃走者都會罰課『逃走者過怠金』，最低十圓，最高三十圓！付得起就跑吧！」那軍官叫喊一陣，立時因為缺氧而變得上氣不接下氣。多數人想起嚴峻的罰則，只能含忍地繼續上路。事後統計，光這一天就有數百名人夫逃走。

下田正按了幾下快門，自嘲道：「拍這幾張寫真，回去也不能用，只有挨罵的分。」

楢崎冬花卻見獵心喜地道：「沒想到能目睹如此場面，只要措詞恰當，倒是能彰顯討伐戰爭的艱難呢。」

兩人繞過散落一地的物資繼續上路，傍晚時在雨中抵達位於合歡山主峰和東峰間的根據地。先到的部隊已在營地挖掘散兵壕、下溪提水，又忙著砍伐樹木做為營柱，整好地後支起帳幕，搭起兩百多頂白色的各式帳棚。當中最顯眼的是一頂——或說是一棟用木結構搭建主體、雙斜面屋頂上鋪設兩層帆布以防水防寒的大帳，顯然便是總督使用的軍司令部了。

入夜之後，山上氣溫驟降到只有四度左右，就算穿上再多衣服還是叫人冷得受不了，士兵們領了晚餐都躲回帳棚裡食用。楢崎冬花扒了一口很快就冷掉的白飯，抱怨道：「米心沒熟，好硬！」

下田正道：「山上氣壓不足，飯煮不熟也是理所當然。」

「走了兩天山路，菜色卻這麼單調。好想吃點甘味啊，不管是冰砂糖還是甘納豆甚麼都好。」楢崎冬花賴皮地道，「我要寫進今天的〈從軍記〉裡，等後天在新聞紙上發表之後，看親友們會不會幫我寄一點來。」

「喂，這不是公器私用嗎？」下田正笑道。

「只要有得吃，管他的！」楢崎冬花用薄毛毯包著身子，仍抵不住持續滲入的冷氣，微微顫抖地道，「現在八點鐘。若在臺北或臺南，正是男男女女穿著浴衣，在華燈下的亭仔腳漫步乘涼的時候吧。誰能想得到盛夏時節，高山上卻如此寒冷，營帳外不只一片黑暗，而且萬分寂靜，連風和溪流的聲音都聽不到⋯⋯」

「砰——」忽地一聲槍響打破寂靜，楢崎冬花頓時全身寒毛直豎，一股麻意直衝腦門。他和下田正互看一眼，同時丟下飯碗衝出帳外。四周黑暗不見一物，只聽得各帳騷動，窸窸窣窣掀幕觀望，帳內燈火跟著閃動而出。這時東峰頂上的步哨「砰、砰、砰——」連開三槍，長長的餘音被黑暗吞噬之後，又陷入更深的靜默。

「各部隊未得命令不可擅動！不可露出火光！」一名軍官的聲音迴盪在根據地上，各帳拉緊帳幕，再次恢復完全的黑暗。

不多時，一名哨兵從山上奔下，報告道：「步哨線前方五百米，有數名敵蕃點著火把前來偵查，我等開槍警告後已經退去。」

「不可輕敵！」那名軍官的命令道，「請近藤隊長補派幾名蕃人隊到附近搜索，確定敵蕃行蹤！」

「是！」一人在黑暗中答應，隨即用流利的賽德克語指揮一群托魯閣人出發。原來日軍為了進入陌生山地作戰，徵調南投地區托魯閣原住民組成「別働隊（分遣隊）」擔任嚮導，由號稱「生蕃」的當地駐警近藤勝三郎巡查隊長率領，一般又逕稱「蕃人隊」。托魯閣人乃是太魯閣人的本源親戚，但曾為爭奪獵場反目，在日人控制下又無自主權，只能同意配合。

不久後幾點火光亮起，托魯閣人用松柴點成火把，迅速地離開根據地前去巡邏。在閃動的微光中，楢崎冬花瞥見堆積如山的物資旁有一片黑壓壓的影子不住晃動，彷彿掩襲而來的敵人，霎時嚇了一大跳。但他隨即醒悟那是沒有帳棚可住的人夫們，在不到五度的低溫中蹲踞挨擠著打顫。他們棲宿的簡陋草屋，要等第一批物資盡數運到之後才由他們自己動手搭建。

楢崎冬花忽然感覺寒意迫人，一轉身鑽進帳棚，隨即取出紙筆將今日的見聞書寫下來。

✦

經過四天整理，合歡山根據地已成為容納萬人的軍營，佐久間左馬太也在五月二十六日進駐。隨著「總督閣下御到著——」的傳呼聲，在場軍人迅速列隊，人夫們也都肅立，迎接總督那頂特製的黑色四抬轎子進入根據地。

「很久沒有看到這麼像樣的陣地了呢。」佐久間左馬太精神奕奕地下轎，右手拄著梓木拐杖，左手提著一個歌劇院小提包，稍事休息後便在荻野末吉少將和其他參謀幕僚陪同下登上合歡東峰，觀察地形並召開軍事會議。

荻野末吉指著對面的奇萊連峰道：「我第二守備隊的先頭部隊已經出發。深水少佐的第三大隊直接穿過底下的大鞍部，從屏風山南側直攻內太魯閣蓄托博闊社；岸和田少佐的第二大隊從北邊翻過畢祿山，攻略拉比特溪流域。」他轉而指向南邊遠處補充道，「第一守備隊平岡少將麾下，鈴木大佐的第一聯隊攀越奇萊主山南峰，攻向木瓜溪最上游的巴托蘭蕃西卡亨社。我軍主力急遽踏過中央山脈，數路合圍，要讓敵蕃措手不及，並且無路可逃。」

「唔！」佐久間左馬太門志高昂地道，「軍司令部要盡速推進，前往關原！」

荻野末吉暗暗一驚，眾人事前私下討論，認為總督已屆古稀之齡，都盼他待在合歡山上「遙指」就好，不宜深入前線。於是他委婉勸道：「小官的第二守備隊司令部將會在後天開拔前往托博闊，平岡少將的第一守備隊司令部則在博阿倫社（今廬山部落），總督閣下若在合歡山根據地指揮，較可兼顧兩面……」

「不必！」佐久間左馬太毫無商量的餘地，「巴托蘭那邊隨平岡去打，本總督只管足不停步踏破內太魯閣。軍司令部後天同時開拔！」

「是！」荻野末吉見他已下達命令，也只好抖擻地答應，心中盤算著該多留兩個中隊在司令部附近保護總督安全。

一行人離開山頂下到根據地時，佐久間左馬太忽問左右：「對了，給蕃人的〈招降諭告書〉送出沒有？」

參謀長木下宇三郎少將答道：「還沒有。」

「那怎麼行？」佐久間左馬太停下腳步，斥責道，「我軍是堂堂日本帝國的軍隊和警察，怎可不宣而戰、不給蕃人歸順的機會？」

「是！小官這就派蕃人隊送去。」木下宇三郎當即喚來別働隊長近藤勝三郎，交給他一封書信，命托魯閣人帶去托博闊社宣讀。

佐久間左馬太心血來潮，命道：「不如就在這裡宣讀一遍，讓大家都聽聽。」

荻野末吉聞言，趕緊召集全軍集合。木下宇三郎則將招降書交給一名年輕的參謀，讓他大聲朗讀：

此次，余親率大軍四方進討，乃因爾等在日本帝國領土內，不遵奉日本國皇帝陛下之命令，故欲使爾等歸順也。即使爾等殊死抗拒，也難敵日本驍勇大軍，其理昭然。希迅速繳出全部槍械彈藥，表現歸順之誠。若有膽敢抵抗者，大軍將長驅直至，覆滅其全社……若幡然反省投降，將來之安寧幸福，與一般良民相同。上述為叡聖仁慈之日本國皇帝陛下命令，而為本總督所拜承。爾等應恪謹體會此旨，絕不可有所疑懼，誠心誠意表現歸順之意為要。

這篇招降書文辭古雅，那參謀讀來慷慨激昂。雖然不少人在肚子裡暗暗質疑：「蕃人能夠理解這樣的內容嗎？」但不少士兵是第一次親眼見到總督本人，宣讀招降書也頗有誓師的意味，依然使士氣為之一振。

「把轎子抬過來。」佐久間左馬太等轎子抬到，忽然下令：「燒掉！」

軍官們聞言面面相覷，一時都沒有動作。佐久間左馬太厲聲道：「豈有坐轎臨陣的將領？從此地起，本總督將親自步行指揮，誓必討平太魯閣，穿越蕃地從花蓮港凱旋而歸！」

一把火點下，黑色的轎子旋即燃燒起來，全軍大感振奮，無不攘臂歡呼，迫不及待地想要殺奔敵人而去。

⌘

五月二十八日，軍司令部開拔移動到擢其力溪最上游的關原，第二守備隊司令部則下切大鞍部，攀越屏風山與三角錐山（奇萊主山北峰）間的隘口前往托博闊。

楢崎冬花與下田正隨著第二守備隊前進，在托魯閣人引路下，攀援樹根，迴繞岩角，從倒伏的巨木下方鑽行，或從難以落腳的大崩壁通過。有時候他們得爬上完全垂直的岩面，或者在激湍上踩著臨時劈倒的樹幹而行，不僅溼滑狹窄，而且雙手毫無扶持憑藉。行程備極勞瘁，崢嶸的景色卻也令人讚歎無已。

通過最艱辛的路段時，只能全心全神看著每一個踏點和攀扶之處，一步一步緩緩前進，腦中再無雜念，彷彿進入苦行禪境。偶有路途緩和之處，楢崎冬花便在心裡打起腹稿：萬岳默然，白雲不動，風死而萬籟寂。唯有遠近怪鳥啼鳴，打破一切高山之沉默。中央山脈，可稱天下險……

三十一日，司令部進入托博闊社。托博闊在太魯閣語中意指「初到之處」，大約在十八世紀中，南投托魯閣人翻越中央山脈尋求新的生存空間，在這裡建立了第一個部落。對日本人而言，這裡就是從花蓮港方向看來的內太魯閣最深處。

預期將會遭遇伏擊抵抗，加上初次踏入「文明人未到之地」的興奮感，每個人都神經緊繃地弓著腰前進，沒想到一走進部落時，卻見三天前抵達的前鋒中隊隊員們無比輕鬆地晃來晃去，沒半點緊張氣息。

「甚麼嘛，連個蕃人的影子都沒有。」楢崎冬花失望間，忽然聞到一股濃重的穢臭，發現不遠處一間家屋旁立著一座首架。他既好奇又有些畏懼，鼓起勇氣過去觀看。只見三層木架上整齊地擺放著二十二個髑髏，多數都已化為枯骨，但中央一枚剛獵來不久的首級依然面目俱全，膚色青蒼，半睜半瞑的眼中似乎還映著某種景象，讓楢崎冬花打從內心深處感到一股戰慄。

「喔，是首架！」一群官兵興奮地圍了過來，對下田正喊道：「寫真館的先生，幫我們拍張寫真吧！」

「沒問題！」下田正爽快地答應。兩個軍官搬來石塊坐在首架前面，士兵們則在首架後方站成一排，各自望向鏡頭外的遠方。下田正俯身端詳著觀景窗，待眾人擺好姿勢，便按下快門：「拍——囉——好了！」

「太好了，真是珍貴的紀念。等凱旋之後，我們再登門到貴寫真館跟您購買！」官兵們興高采烈地道謝，又高聲對著架上的髑髏們品頭論足起來。

楢崎冬花看著這一派歡樂景象，仍有些提心吊膽地道：「蕃情這麼平靜，該不會是陷阱，等著司令部抵達才要發動總攻？」

「呆瓜，蕃人哪有這樣的智慧。」下田正探頭進一間房子看了看道：「蕃人顯然是忽然察覺大軍來攻才倉促逃走的。你看織機上還掛著織到一半的蕃布，田裡也有被拋下的鍬。」

「說得沒錯，蕃人連豢養的豬和雞也沒帶走，任由牠們到處亂跑。」楢崎冬花舔了舔嘴唇，「上山超過十天了，這些雞豬看起來格外美味。」

「傳令！」一名士兵邊走邊喊道，「荻野司令官下令，帝國陸軍與民秋毫無犯，在無徵發令之前，不可加一指於蕃人之物！」

「正所謂王師不事劫掠嗎？」楢崎冬花遺憾地道。

「紀律為上啊。」下田正淡然道。

左近忽然「轟！」地一陣火焰直沖天際，同時發出「嗶嗶剝剝」的木頭燒裂聲。兩人回頭一看，士兵們奉了命令，將部落裡的幾間房屋燒毀。下田正捧起手提寫真器拍照，指揮燒屋的少尉剛好雙手叉腰看向鏡頭，下田正趁機按下快門。

楢崎冬花也叉起腰觀看：「燒起這麼高的濃煙，無論蕃人躲在山中何處，都會看到吧。」

那少尉道：「蕃人愚昧無智，人生只以馘首為目的，對彼等來說方圓十里深山就是絕對的天地。如此貧弱的頭腦無從理解討伐的意義，大概以為我軍是來狩獵或大舉馘首的吧。燒掉幾間蕃屋才能讓蕃人知道我軍討伐的決心！」

楢崎冬花二人看了一陣，濃濁的白煙一團團愈發激烈地翻滾開來，蒸騰飛起的焦屑到處飄散，四周又熱又嗆，二人只好離開。

到了晚間放飯的時候，楢崎冬花領了便當到司令部的帳棚打算和軍官們邊吃邊聊，一打開便當卻忍不住「咦！」地一聲，驚訝地發現白飯和鹽鮭的分量都只有一半，看向其他人時，只見從荻野少將以下，所有人的便當也都只有半分。

荻野末吉笑道：「楢崎君沒聽到『食事半減』的命令嗎？」

「不……這個……」楢崎冬花連走了兩天山路，看完士兵燒房子之後，便找個安穩所在脫下吃滿泥巴的草鞋倒頭大睡，直到開飯才醒來，當然不曾聽見後來的命令。

荻野末吉道：「攀越屏風山這條路的路況太過艱險，輸送力減半。人夫擔送米從二斗減成一斗，三貫六百目（十三點五公斤）的味噌樽一人也只能挑一個，其他副食品就更不用說了。何況短短十天之內，人夫傷病者大量增加，一時也無法補充。」

「真是可惜啊。」楢崎冬花率直地道，「蕃社裡養著五十幾頭豬、數百隻雞，田裡還有許多芋頭和番薯。士兵們都是食量大的壯漢，讓他們眼巴巴瞪著豈不更加痛苦？」眾人登時哄堂大笑。

第三大隊大隊長深水武平次少佐也道：「秋毫無犯的命令一下，士兵們的食慾似乎更加旺盛呢。」眾人又是一陣大笑。

荻野末吉笑了一會兒，正容道：「蕃人也是帝國臣民，既然一時無法向他們購買，也只能忍耐。」

「真是令人敬佩。」楢崎冬花當即取出筆記本把荻野末吉的話寫下來。

荻野末吉深沉地道：「我等固然糧食不足，卻不致斷炊。匆匆逃入山中的蕃人才真是窘迫，要不了多久，他們在飢餓面前自然只能屈從了。」

諷刺的是，第三天早上楢崎冬花將稱頌軍紀的一篇從征記交給郵務士送走後，荻野末吉便下達了徵發令。由於短期內無法改善輸送能量，食事半減又使士氣急遽下降，因此司令部迅速改變立場。

士兵們得令，歡呼著搶拿木鍬和藤籃衝進耕地掘出芋頭和番薯，即使沒有工具的人也跟著徒手挖掘。獵豬行動同時展開，眾人繞著家屋四周追趕豬隻，或者到麻田、森林裡去找尋逃逸的禽畜，好事者尚且用原住民遺留的長矛射豬當作遊戲。比較老成的則搬出原住民的木杵和搗臼，將糧倉裡的小米舂搗來食用。

然而就在士兵們大啖熱騰騰的豬肉燉芋頭之際，一隊傷患被後送到司令部的衛生隊療養。他們分別被子彈貫穿身體不同部位，傷重者只能躺在擔架上，繃帶滲出的血汙已然變黑。其中也有不少遭遇攻擊或摔落懸崖受傷的漢人人夫。

楢崎冬花見一名傷兵手腕和胸口都纏著繃帶，上前問道：「你受了兩處傷，一定經歷了一場激戰吧？」

「倒楣透頂。」那人沒好氣道，「才剛交火就被擊中。一發彈丸打穿我的手腕之後，竟然又打穿身體從背後射出。」

「那真是運氣不佳……」楢崎冬花不知該怎麼安慰對方。

等那傷兵遠去，下田正卻道：「被彈丸貫穿身體而不死，應該說是運氣很好吧。」

儘管昨日開始就已不斷傳來前方各路接戰、傷亡的訊息，但實際看到傷兵的慘狀，才令人真切感受到戰爭的殘酷，營地裡氣氛也為之一凝。

這兩天，北路畢祿山支隊與兩百名敵人遭遇，在四十米的近距離彼此開火，殺傷對方數十名，死傷四名；南路巴托蘭方面在沙卡亨社交戰，死傷十一名；此外通過電話和無線電通訊得知，花蓮港方面的警察部隊也已經與古魯社交火，並占領十二間房屋。

最激烈的戰事發生在正面前線，深水少佐第三大隊轄下第十一中隊的兩個小隊（共一百五十人）進攻西拉歐卡夫尼社，雖然拂曉攻擊順利擊退九十多名族人進占部落，但午後更多族人從山上逆襲而來，奉命固守部落上方的室島小隊首當其衝，小隊長室島一二少尉胸部中彈當場陣亡，成為第一個戰死的軍官。此役日軍死傷十名，同時估計敵人死傷四十名以上。

攻下西拉歐卡夫尼後，日軍便控制了托博闊溪和擢其力溪交匯的魯比合流點，得以自路況較佳的關原方面運送物資，因此暫停攻勢，將部隊主力投入道路修築作業。數日間局面復歸平靜，司令部附近不聞一聲槍響。日軍最大的困擾是劇烈的日夜溫差、多變的天候、時斷時續的補給，以及來勢凶猛的瘧疾。

直到六月十四日，正面的第三大隊才發起一波較大的攻勢，向古白楊社進擊。

⧓

「古白楊社乃是內太魯閣一大部落，位在畢祿山東稜的尾段，是通往塔比多（今天祥）途中的要地。攻占該社之後，即可與北路的畢祿山支隊會師，係戰略上之要地。」在卡拉堡社的第二守備隊司令部帳棚內，第三大隊長深水武平次少佐指著地圖向眾人解說，「地形方面，古白楊是內太魯閣地區少有的大塊河階地，空間開闊，利於施展火力。」

「敵情如何？」荻野末吉問。

深水武平次道：「根據我方蕃人隊的報告，古白楊社只有十五戶六十八人，壯丁二十三名。但該社是鄰近親族諸社的中心，蕃人勢必集結抵抗，預期將遭遇百名以上敵蕃。」

荻野末吉明快地下令：「本次攻擊，預料敵蕃將頑強反抗，加上地形適當，因此將首次動用機關槍和砲兵。主攻隊為深水少佐指揮的第三大隊第九、第十一中隊，加上兩個機關槍小隊共四挺，並調撥聯隊長所屬基隆臼砲中隊的九糎（公分）臼砲一門支援。

各隊在十三日晚間七點出發，到古白楊社前方八百米的稜線上構築陣地，於拂曉展開攻擊，分左、中、右三路包圍攻擊。以上！」

「了解！」眾軍官齊聲回答。

「行動！」

第三大隊七點從西拉歐卡夫尼出發之後，位在卡拉堡的第二聯隊本部也準備在凌晨四點出發督戰。

這次記者和寫真師也獲邀前去觀戰，栖崎冬花情緒異常興奮：「從征恰好滿一個月，別說一次也不曾站在前線，更因蕃人逃入深山，連個影子都沒看過。如今總算可以親歷實戰了。」

下田正隨軍多次，早已見過各種緊張場面，老練地勸道：「多少睡一下吧，在戰場上可是要十分專注的。」

「好，好。」栖崎冬花躺在鋪位上試著假寐，但夜風不斷將沙塵從帳棚的天幕空隙吹進來，刷刺著裸露的皮膚，腰上背上更有跳蚤到處蠢動。一閉上眼睛，彷彿就看見凶惡的「生蕃」從天幕縫隙向內窺伺，好像第一天抵達部落時看到那枚新鮮首級的目光一般，令人不寒而慄。

帳棚內同宿的士兵們全都鼾息雷鳴，這讓栖崎冬花更加難以入眠，不斷輾轉反側。如此不知挨了多久，最後索性起身出帳，看看手錶已經三點半。

薄薄的月光照得四面山色朦朧，黝黑的山谷裡傳來擢其力溪淙淙水聲，凌晨寒氣中一團營火顯得格外溫暖。聯隊本部軍官們都圍在火邊取暖，等待出發。炊事兵送上熱騰騰的白飯，眾人一邊吹開蒸氣一邊狼吞虎嚥，食畢隨即穿戴上綁腿和草鞋，自動整好隊。聯隊長阿久津秀夫輕聲命道：「出發。」眾人便邁開大步前進。

一行人在幽暗的小徑上默默走著，踩過掩隱在繁茂灌木下的山澗和種滿番薯的斜坡耕地，除了溪水奔流和夜鳥啼鳴，只有草鞋在地面上踏出散亂的沙沙聲。專注行走了一段時間之後，偶然抬頭一看，東方天空已隱約透露出破曉曙光。

「看來還沒開始攻擊。」一名軍官道。

「是啊，一點砲聲或槍聲都沒有。」另一名軍官道。

一名少佐特地緩下腳步，等楢崎冬花走到身邊時，親切地提醒：「就算是七、八百米的距離，蕃公的彈丸也會打過來，自己多加注意！」

「七、八百……」楢崎冬花詫道，「我聽士兵們說，步槍的有效射程是五百米。」

「蕃人的射擊技術非常精良，總之小心為上。」

隊伍穿過一片森林，陡坡盡處就是第三大隊露營的稜線。隔著一道向山腹凹入的小溪谷，對面畢祿東稜山腰、直線距離八百米的大塊平地上，古白楊社赫然在焉。

第九中隊的士兵已用石頭疊了一道圓弧形的短牆做為掩堡，砲陣地則設在稜線上方百米的視野良好處。此次砲兵動用的是九糎臼砲，這是和骨董般的十二拇指口徑臼砲完全不同等級的武器，實際上類似迫擊砲，砲身長八十五公分，能以齒輪調整射角，射程超過四千公尺，精準度和殺傷力都大為提升，在日露（俄）戰爭中有十分活躍的表現。

大隊長深水武平次用望遠鏡觀測古白楊社，一面低聲向聯隊長阿久津秀夫報告：「敵人已經察覺我軍到來，躲在中間小鞍部和蓄社左方高地的岩石後面。」眾人凝神觀察，在漸亮的晨曦中，光憑肉眼也能隱約看到敵人的動靜。

時過六點，天已大亮，指揮官卻始終按兵不動。楢崎冬花為避免干擾作戰，退到後方的芒草叢下等候。他一面想著「差不多了吧，差不多了吧」，亢奮了一整夜的身體卻在滿山鳥語和舒爽晨風中悄然鬆懈，竟不知不覺打起盹來。

「發射！」砲兵小隊長乍然嘶吼，臼砲發出「碰磅！」巨響擊發，五秒後在八百米外的部落左方轟然爆炸，驚醒了整座溪谷，數百隻鳥兒嘩啦啦從四面八方的森林中倉皇飛起，群山跟著迴響不已。

「啪、啪、啪……啪、啪……」從小鞍部、岩影和部落房舍旁響起幾聲遙遠而混濁的槍響。接著又陷入了氣氛詭譎的全然安靜，長達兩、三分鐘之久。

「砰砰砰！」一片槍聲響起，趴在掩堡短牆上的日軍發動三波全線齊射。同時間一面正方形紅色中隊旗突然在部落右方高高豎起，乃是第十一中隊迂迴到後方展開奇襲。族人似乎有些慌了手腳，部落裡人影往來奔馳，騷動不已。只見紅色的中隊旗在樹影間緩緩推進，距離部落越來越近。

臼砲一發又一發地擊向族人聚集的左方高地，炸得煙塵四起，發出震動天地的巨大爆破聲響。許多人影從隱蔽處跌出，也有身軀或肢體被拋入空中。

「曳火彈（空炸散彈）——提高四度——」砲兵小隊小隊長一邊觀測一邊下令。

「曳火彈——提高四度——」砲手複述命令，隨即將砲彈擊出。

「碰磅！」

曳火彈在部落上空炸開，數十枚鉛製霰彈如驟雨般在方圓十數米內迸射開來。許多族人在前一波砲擊中被迫離開隱蔽處，這時暴露在開闊地上，又被霰彈刈倒一片。

「那就是蕃人啊？」楢崎冬花喃喃自語。遠方微小的人影如慌亂的蟻群亂竄，低沉的爆炸聲總在火光閃動後兩秒傳來，夾雜著族人急切的呼喊，和眼中看到的影像具有時間落差，讓一切顯得有些不真實。

隨著衝鋒令下，第十一中隊百餘名士兵跟著中隊旗殺進部落。但左方高地看不見的角落裡忽然傳來一陣槍響，逼得士兵們急忙就地尋找掩蔽。這時雙方在十餘米內短兵相接，無法發砲援護。然而經過先前的猛烈砲擊，剩餘的伏擊人數並不多，當第二次衝鋒令下，中隊旗便順利推進到部落左方。族人們彼此呼嘯著翻山遁走，然而左翼的機關槍小隊早已在退路上等候多時，當頭狙擊，又打倒了幾個。

第十一小隊追擊而去，部落裡瞬間變得一片安靜。楢崎冬花看看腕錶，剛過八點十分，整場戰鬥還不到兩個小時。

聯隊本部跟著第九中隊上前察看，部落裡到處血跡斑斑，猶如修羅道場。梢崎冬花不由得用力嚥了一下口水，腳步跟著放慢下來。死傷的族人已被抬到一處，其中一名死者兩眼圓睜，彷彿仍不甘心地看著虛空。傷者們痛苦萎靡，毫無半分想像中的剽悍之氣。

「回報戰果和傷亡人數！」深水武平次命道。

「是！」一名少尉大聲答道，「接戰敵蕃總數約七十名，戰死七，負傷十一；我軍士兵戰死二名，負傷二名！」

「打得好。」阿久津秀夫簡短地道。

「是！」深水武平次挺直腰桿答道，「這都是司令官和聯隊長部署周全，小官不過加以執行而已。」

阿久津秀夫點點頭：「根據過去的經驗，對應蕃人之抵抗，最具效果的是攻其側背。今日再次驗證了這一點。」

在一旁的少尉請示道：「這些蕃人應該怎麼處置？」

阿久津秀夫瞥了一眼，淡淡地道：「傷者帶回司令部的衛生隊治療，讓蕃人知道我軍的仁慈，手術時也要拍幾張寫真做為宣傳。傷勢過重無法治療的則就地處分，趕緊焚化以免爆發疫疾！」

✦

當陸軍從合歡山方面進軍的同時，由三千一百二十七名警察和隘勇組成的十二支警察部隊也在花蓮港集結，分三路發動攻擊。花蓮港街頭官民、各校學生和愛國婦人會成員排在路旁揮舞國旗歡送，上萬名警察、隘勇和人夫分成四列絡繹不絕地通過，場面十分盛大。

去年此時，前蕃務總長大津麟平無預警辭職，警視總長龜山理平太滿心以為自己將會接替大津的職務。當時臺灣實行警察政治，以警察掌管地方行政事務，蕃務總長和警視總長影響力相當巨大，一旦由龜山獨攬，便有可能進一步掌握政務實權。

沒想到總督布達人事命令，卻是讓民政長官內田嘉吉兼任蕃務總長，而龜山只兼任了蕃務署蕃務課長一職。如此安排，乃是內田嘉吉與「在來派（本土派）」警官們彼此默契運作下的結果，一方面避免龜山威脅內田，二來也安撫在來派對龜山等「移入官吏（外地空降派）」的不滿情緒——儘管內田本人也是移入官吏，眾人對龜山的反感畢竟更多一些。

這次「太魯閣討伐」由內田嘉吉出任警察部隊總指揮官，但他必須留在臺北的總督府處理政務，因此實際上由副指揮官龜山理平太代理。

在第一線指揮部隊的是總督府警視永田綱明，他是在來派最資深的高階警官，又有豐富的「蕃地」實務經驗，因此擔任最重要的擢其力方面討伐隊長，率領八支部隊攻略擢其力溪下游和三棧溪流域；另一名警視松山隆治則出任巴托蘭方面討伐隊長，率領四支部隊攻略木瓜溪。

五月三十日，永田隊在新城集結已畢，迫不及待準備出發，但卻一直等不到龜山理平太的命令。龜山雖在前一天抵達北埔主持總司令部的掛牌儀式，但隨後又坐著臺車匆匆趕回花蓮港去了。

「龜山這個混帳！」永田綱明毫不掩飾地罵道，「這傢伙一點實戰的計策都沒有，只會每天去花蓮港的銷金窩尋紫訪紅，徹宵痛飲馬食，不僅耽誤正事，還濫費國帑！」

副長雨田勇之進警部道：「龜山真有這麼大膽，他就不怕貽誤戰機，遭到總指揮官責備？」

「他就敢！」永田綱明不忿地道，「這一年來，他經常和內田唱反調，跋扈專斷，內田又採取嫌遠主義處處容讓，大家都說一個總督府卻有兩個民政長官。」

隔天早上，龜山理平太在高階警官們大陣仗簇擁下，前來北埔的總司令部召開作戰會議。

「全軍在露營地固守，隨時待命出擊。」龜山理平太宿醉未醒，酒意濃重地逕下結論，「以上，解散！」

「請問副指揮官。」永田綱明不滿地道，「所有部隊都已準備妥當，為甚麼不立刻出擊？」

龜山理平太理所當然地道：「南投方面的陸軍是總督閣下親自指揮，警察部隊怎麼能跟他搶『一番槍』？」

前線警官們聞言盡皆啞口，永田綱明氣憤地道：「又不是戰國時代！我等乃是帝國陸軍和警察，怎麼還有這種陳腐的思想？」

「長點心眼吧。」龜山理平太翻著白眼瞪道，「總督閣下以七十高齡親征蕃地，如此興味盎然，難道看不出來嗎？可不能掃他的興啊。」

「話雖如此……」永田綱明聽得一肚子火，卻不知該如何反駁。

「鈴……鈴……」隔壁的通信所傳來電話鈴聲，不久後指揮官幕僚山本新太郎警視從接線員手中接過報告，當即向眾人宣布：「合歡山根據地傳來情報，陸軍三路都已和敵蕃交火，第二聯隊本部進入托博闊社，軍司令部也推進到關原。」

「好！」龜山理平太雙手在大腿上一拍，起身端正地戴上帽子，令道：「所有部隊出擊！具體的行動計畫就由永田和松山兩位討伐隊長擬定！」說罷便揚長而去，留下滿屋錯愕的警官。

當天晚上十一點，警察部隊同時在擢其力溪、三棧溪和木瓜溪展開行動。永田綱明親自指揮五個部隊，向擢其力溪口南岸新城山上的古魯社進攻，分頭包抄部落前後、上方高地和新城山頂。行前，他特別交代各部隊隊長：「古魯社頭目比沙奧．巴揚是凶悍的危險人物，一定要小心在意。」

有馬源太郎警部率領的部隊在前往部落後方耕地時，族人開槍襲擊，並且從懸崖上投下巨石，有馬部隊被迫改道迂迴。

攻向高地的柏尾久吉部隊，在目的地前三百米處遭遇激烈抵抗，左右兩面獵犬狂吼、槍聲不絕，族人們更鼓譟著包抄過來。柏尾腹背受敵，連忙架起三八式重機槍，凡有可疑動靜就不管三七二十一先掃射一番，如此在夜色中暫時穩住陣腳，趕緊派出傳令兵到部隊後方的電話班，向討伐隊本部請求砲擊支援。

「柏尾部隊遭到敵蓄包圍，請求砲擊座標圖上チ之二六及ヘ之二七地域！」

「……チ之二六及ヘ之二七地域，要求確認……」

「確認！」

「……要求確認該地域沒有我方部隊……」

「確認！」

「……了解……」

討伐隊本部立刻下令位於海岸平原的保卡分遣所砲陣地進行砲擊，雖然目標在山背後，但靠著精確的地圖資料輔助，砲兵很快計算出曲射角度，讓砲彈以拋物線越過山頭落在敵地。

「碰磅！碰磅！碰磅——」一連串猛烈爆炸震撼夜空，黑暗中聽得敵人大起騷動、驚慌失措，也無法再繼續向部隊攻擊。

「去死吧！」「砲兵萬歲！」警察隊員們歡聲四起。

柏尾久吉興奮地讚歎：「幸虧開戰前夕《應急版五萬分一蕃地地形圖》及時印製完成，砲兵才能在黑夜中準確射擊，完全澆熄蕃人的氣焰！野呂技師的功勞不下一支千人部隊！」

柏尾清點人數，只有一名巡查中彈受傷。他耐心等候到早上七點半才下令突擊，族人不支，只能往山背溪谷退去。五支警察部隊順利會師，將古魯社十二間家屋全數占領。

隔天數十名族人從部落上方的竹林攻來，警察部隊利用連夜蓋好的掩堡防禦，又從高地以機關槍掃射，當場擊斃數人。稍晚族人又從森林潛近，經過一番砲擊後即行退去。

永田綱明見族人反覆來襲，下令將古魯社所有房屋盡數燒毀，然後向擢其力溪上游推進。

另外兩路警察部隊的攻勢相當順利，三棧溪流域只遭遇微弱抵抗，當砲隊進駐中央高地向各社示威性地開砲之後，族人們便紛紛繳槍出降。

木瓜溪流域巴托蘭人的反擊較為激烈，總頭目卡拉烏·瓦旦號召上百名壯丁誓死抵抗，主動攻向松山隆治警視指揮的警察部隊。然而在第一場戰鬥中，卡拉烏·瓦旦便不幸被子彈射穿咽喉附近，跌落懸崖時又折斷左腕，一度命危。族人們見總頭目身受重傷，一哄而散，松山隊遂得以長驅而入。

六月十二日，攻擊發起後不到兩週，松山隊就已經抵達木瓜溪上游的斯卡亨社與陸軍第一守備隊會師，取得對巴托蘭全區的控制。第一守備隊遂得以北上支援第二守備隊，加強對內太魯閣地區的打擊。

六月十八日，永田隊本部推進到擢其力溪與砂卡礑溪合流處上方的落支煙臺地，命砲隊將克魯伯式七糎半山野兼用砲兩門，七糎山砲、輕野砲及九糎臼砲各一門，還有三八式重機槍一挺推進到隊本部旁，構築落支煙砲臺。

二十日，砲隊向擢其力溪北岸各社展開砲擊，尤其是對戰士聚集的砂卡礑社和布洛灣社各打了近三十發砲彈，隔天再發六十一砲。砲臺和此二社直線距離大約四公里，但砲擊準確，將多間房舍炸得稀爛，族人大感震駭，狼狽地逃入森林之中。

此後警察部隊的挺進就無甚阻礙，循溪上溯，一路占領阿育、托莫灣和布洛灣等社都沒有遭遇抵抗，也陸續有部落頭目前來繳槍求和。

✦

「好熱啊。」楢崎冬花扯著領口不住搧風。

「軍司令部都已經從卡拉堡搬到西拉歐卡夫尼溪底了，還嫌熱？」下田正仔細地保養著手提寫真器，頭也不抬一下。

楢崎冬花眼睛眉毛全都皺成一團：「還是熱啊，你沒看到輪休的士兵都躲在岩蔭底下午睡，或者到支流的小溪裡入浴去了。」

「你也可以去洗啊。」

「上午就洗過了，現在又已經滿身汗。」楢崎冬花抱怨連連，「熱就算了，真是無聊。前線只有零星戰鬥，後方的軍隊全都投入道路修築，我們在這裡沒事可做，連一點菸草也沒得抽。」

下田正把一根竹菸斗丟過去：「這是蕃人的菸草，湊合著抽吧。」

「嗯咳，嗯咳！」楢崎冬花用火柴點著一吸，登時咳嗽連連，「好嗆……這……這是甚麼鬼東西！」

「噗哈！」下田正惡作劇得逞似地一笑，「蕃人的菸草是直接掛在屋簷下日曬製成，很夠勁吧。」

「好野蠻的味道。」楢崎冬花勉強又吸了一口，嫌惡地還給下田正，「真想吸到文明世界的『真正菸草』啊。聽說花蓮港那邊警察部隊已經收到五次慰問袋了，我們這邊卻連一次也沒有。」

下田正道：「輸送隊光是要維持糧食供應就已經很吃力了，當然沒有餘裕運送那種東西。」

就在所有人都已經放棄獲得慰問袋的念頭之後，當天黃昏時分，慰問袋終於隨著郵便物一起送到了。慰問袋是由社會各界提供的勞軍物品，用規格一致的粗棉布袋子包裝，隨機分配給前線官兵。大家一聽說慰問袋和郵便物送到，紛紛奔回自己的營帳領取，正在吃飯的人放下碗筷，連病患也從衛生隊的病榻上起身，詢問有沒有自己的書信。

沉悶已久的營地瞬間充滿歡笑。收到家書或明信片的連忙鑽進自己的鋪位點起蠟燭閱讀，其他人則把慰問袋裡的物品倒出來，看彼此得到甚麼東西。

「牙籤！」一名士兵歡呼起來，「得救了，我的最後一根牙籤都反覆用到磨鈍折斷，牙縫卡了好幾天真不舒服，這下終於可以剔個乾淨。」

「這一袋裡面是硬的東西——鉛筆！」那名士兵寶貝兮兮地聞起筆身的木頭香味。

楢崎冬花拿到自己的慰問袋，上面寫著由大稻埕保甲團提供，打開一看，裡面有手帕、鑷子、一小罐魚罐頭和一冊薄薄的繪本。

「是菸草啊！」下田正打開袋子，開懷地取出一包紙菸。

「跟你換！」楢崎冬花不假思索地道。

「才不要！」下田正把紙菸揣進懷裡，轉頭跟一名拿到肥皂的士兵道，「我用半包菸草跟你換半塊肥皂。」

「好啊好啊。」那士兵喜道。

「還有沒有人拿到菸草，願意跟我換手帕或繪本？」楢崎冬花絕望地呼號著，卻沒有人理他。

「哇，好娟秀的字跡啊。」下田正湊到一名中尉旁，他拿到的是一本女子手抄的和歌短冊，下田正趁機開起玩笑：「我記得中尉還是獨身吧，真是謎樣的緣起啊，快看看是哪裡寄來的。」

「別挖苦我了。」那留著兩撇翹鬍子的中尉竟有些臉紅，「對方不過是一片慰問軍隊的純潔心思，哪裡有甚麼緣不緣的。」

「那我用菸草跟你換。」下田正故意鬧他。

「這個嘛……」中尉實在有點捨不得。

楢崎冬花在一旁搶著道：「我這手帕也是女孩子寄來的，跟我換啦！」

「這麼老派的花樣一定是歐巴桑寄的，我才不要。」

「可惡！」楢崎冬花認真生起氣來，「等我下山一定要買一大堆菸草來抽個夠，還要去料亭吃壽司！」

「幼稚的傢伙！」下田正取笑著，一邊把整包紙菸丟在鋪位中間，「想抽的人自己拿一些去吧。」楢崎冬花歡天喜地抓了幾根，眾人也紛紛把能分享的東西拿出來，彼此取用。

各帳棚裡笑鬧不斷，不覺外頭天色已然擦黑。佐久間左馬太剛剛在作業隊特別打造的風呂（澡盆）泡過熱水浴，向軍司令部的營帳走去。

「大家在喧鬧甚麼？」佐久間左馬太問。

副官隱明寺敬治大尉道：「士兵們收到慰問袋，非常開心。」

「是嗎？」佐久間左馬太漠然走回帳邊。

隨著先頭部隊進軍順利，軍司令部也從關原、魯比合流點和卡拉堡社一路推進到西拉歐卡夫尼社下方的溪底。此處為他搭建的營帳雖比不上合歡山根據地那棟來得寬敞舒適，但也是用木結構建成，屋頂鋪設雙層帆布和茅草，外圍還用石塊疊了一圈低矮的掩體以利防禦。

幾個參謀早已在帳外等候召開軍事會議，見佐久間左馬太過來，紛紛立正迎接。佐久間左馬太在帳內的一張椅子上坐下，參謀長木下宇三郎少將和第二守備隊司令荻野末吉少將跟著就座，三人膝蓋頂著一張當作茶几的木箱，狹小的帳內便已滿了，其他將校只能立在帳外。

「我軍各路前進都十分順利。」荻野末吉報告道，「深水少佐的第三大隊已經攻占陶賽溪下游的西寶社，山田少佐的第一大隊也已占領畢祿東稜尾端的饅頭山，此處控扼諸溪匯流的塔比多（今天祥），從山頂又可以砲擊內外諸社，乃是內外太魯閣間的心臟地帶。小官明天會將第二守備隊司令部推進到饅頭山，加速討伐進度。」

「唔！」佐久間左馬太微微點頭。

木下宇三郎道：「巴托蘭地區平定後，平岡少將的第一守備隊向北翻越太魯閣大山，已經抵達內太魯閣，即將前往瓦黑爾溪流域，在第二守備隊左翼進行掃蕩。」

「唔！」

木下宇三郎續道：「擢其力方面的警察部隊已推進到布洛灣社以西，今天早上先頭部隊已用望遠鏡看見軍隊的帳棚天幕。不出數日，軍、警兩部便可會師。」

「似乎有些太過順利。」佐久間左馬太沉吟道，「雖然本地蕃人作戰甚為勇猛，但不似大嵙崁一帶雅奧罕蕃或奇那基蕃那樣懂得彼此聯絡、分進合擊，至今尚未有規模較大的激戰，蕃人會不會暗中有甚麼計畫呢？」

荻野末吉道：「確實大嵙崁蕃人在與我軍交戰多年之下，學會了一些基本的戰術。而內太魯閣蕃因為與世隔絕，只憑本能行動，其唯一的戰法是在我軍背後線上出沒狙擊，偶爾以稍大兵力襲來，雖也造成不少傷亡、妨礙糧食彈藥輸送，但都無法在正面與我軍現代化的戰術和強大火力對抗。」

木下宇三郎補充道：「根據被捕擄的蕃人供述，內太魯閣各社都是以家族為中心分散抵抗，不像外太魯閣或巴托蘭至少還奉有總頭目，維持著鬆散的攻守同盟。因此內蕃才如此容易被我軍各個擊破。」

佐久間左馬太道：「然而我軍始終未曾捕捉到敵蕃主力，只占領了一些空蕩的蕃社而已，蕃人都躲到哪裡去了呢？」

木下宇三郎道：「每個蕃社都有自己的避難所，老弱婦孺也不可能逃得太遠，在缺乏糧食的情況下，應該很快就會出來投降……」

「不可輕忽！」佐久間左馬太斥道，「一定要找到敵蕃主力，加以蕩平！」

荻野末吉瞥見小几上壓著幾張新聞紙，自從軍隊上山以來，各報每天都以大塊版面追蹤戰情，並刊出記者的從軍記等隨筆特稿，甚至已經打出預售《大正三年討伐軍隊紀念寫真帖》和《討蕃警察隊紀念寫真帖》的廣告，保證每本收錄二百張以上寫真，並附註詳細說明云云，整個臺灣都對這次「討伐」投以極大矚目。

他頓時明白總督的心意，此番動員大量軍警人夫大張旗鼓上山，倘若不打幾場惡戰殲滅頑強抵抗的敵人，難免又會讓抨擊理蕃政策者找到話柄，說討伐行動根本是小題大作。於是荻野末吉道：「有情報顯示，在軍警東西兩面夾擊之下，內、外諸社壯丁有可能聚集在陶賽溪下游左岸的馬黑洋社一帶，準備伺機反擊。」

「剛才為何不早說？」佐久間左馬太不悅地道。

「因為情報未明，尚待確認，因此不敢任意報告……」荻野末吉假意惶恐地道。

「哼。」佐久間左馬太眼中放光，「不必費事確認，我料蕃人定然聚集在該處無疑。即刻擬定『太魯閣主力蕃大討伐』軍警聯合攻擊計畫，三日之內，發動軍警夾擊會師！」

「是！」眾人齊聲答應。

「還有一件事，是關於後續的討伐和經費問題。」木下宇三郎憂慮地道，「平定內、外太魯閣後，還有道澤蕃和宜蘭廳南澳蕃需要討伐，預計至少要兩個月時間。目前全島徵用五萬人夫，每人每日工資六十錢，一個月就要九十萬圓。但是今年度的討伐預算總共只有三百八十萬，就算全部拿來支付人夫給料，最多四個月便用光了。」

「嗯？」

「太魯閣蕃既然是全島最凶惡的未歸順蕃，也是五年理蕃計畫的最終目標，小官建議在這次『太魯閣主力蕃大討伐』成功後即行凱旋。至於道澤蕃和南澳蕃，就交給花蓮港廳和宜蘭廳『操縱』即可……」

「不行！」佐久間左馬太怒道，「理蕃事業費時多年、投注無數人命和金錢，好不容易就要獲得最後的成功，若在這個緊要關頭上放棄，豈不功虧一簣，本總督也將會被後世萬代所恥笑！」

木下宇三郎為難地道：「然而經費不足的話……」

「叫內田嘉吉拿我的印章去跟銀行借錢！」佐久間左馬太激動地喊道，「打到底，打到最後一個蕃人歸順為止！」

⌘

為了即將展開的「太魯閣主力蕃大討伐」軍警總攻擊計畫，佐久間左馬太在六月二十五日下令務必在兩天內將軍司令部和中繼倉庫向前推進到古白楊社下方的蘇瓦沙合流點，以便指揮支援饅頭山上的第二守備隊司令部。

隔天，佐久間左馬太如同往常一般早起，從七點半開始到處視察。他經常親自伐木或除草開路，即便遇到比人還高的茅叢或者深及腿股的溪流都毫不猶豫地跋涉而過，一點也看不出來是已滿七十高齡的老人。

早上九點左右，總督一行循著新開闢的軍用道路來到西拉歐卡夫尼社東北方的一處斷崖。只見在高達四十餘米的崖壁中段，有一條用炸藥和鐵器鑿出的臨時便道，狹窄處甚至僅有一個腳掌寬，路況十分艱險。

副官隱明寺敬治勸阻道：「這段道路尚未開闢完成，請大將暫且先回營地吧。」

佐久間左馬太指著清晰的路徑道：「明明就已經開好了啊。」

「路徑看似明顯，其實路基還很不穩定。」陪同視察的總督專屬警視宇野英種解釋，「一般來說，這樣的斷崖道路需要好幾天才能開鑿到適合部隊和人夫通過的寬度，但因為嚴令限期開通，只能先開出勉強能通過的小徑，很多地方僅容單腳踩踏，待稍後再陸續鑿寬。」

隱明寺敬治補充道：「而且這是道路隊的石工昨天才用火藥炸開的，恐怕岩石還未穩定，不宜通行。」

「豈有此理！」佐久間左馬太固執地道，「戰機瞬息萬變，軍隊行動怎能被這等小小障礙所阻？前進！這是命令！」在他的堅持之下，眾人只好無奈地奉命。一半護衛士兵先通過斷崖到前方哨望，接著按宇野英種、隱明寺敬治、佐久間左馬太和一名警部補的順序踏上小徑，另外一半護衛士兵則留在原地警戒。

這條路徑光用看的就已經很艱險，實際踏上之後更讓人感到心驚膽跳，下方臨著二十米高的懸崖，踏腳處不但狹小，而且處處鬆動，有時一踩下去就整塊崩落，險象環生。眾人像螃蟹般匍匐在山壁上，一邊摸索著攀附點和落腳點，緩慢地橫向攀行。

佐久間左馬太逐漸感到全身肌肉緊繃，手腳甚至開始有些顫抖，但他依然無畏地前進，絲毫沒有放棄折返的念頭。他探出右手抓住一塊岩角，移動重心時察覺那塊岩角並不牢固，於是打算稍稍後退，重新換一個攀附點。

「啪！」

就在他正要改換姿勢的瞬間，背後遠處傳來一聲遙遠而混濁的槍響，一秒之後，上方一公尺處「喀！」地被勁道已衰的子彈擊中，發出微小而清脆的聲響。

敵人狙擊！佐久間左馬太心念電閃，從聲音和子彈的時間差算來，槍口距離至少有一千米之遠。如此遠距卻依然幾乎擊中，開槍者的射擊技術著實可畏。佐久間左馬太彷彿聽見對方拉動槍機的聲音，這其實不可能，但他卻真真切切聽見了。這時幕僚們也已察覺敵襲，高聲喝斥指揮，護衛士兵們也舉槍搜索敵蹤，準備射擊。

「我絕不會輸給蕃人！」佐久間左馬太激起無窮鬥志，打算用最快的速度通過斷崖。他猛然向前攀去，卻忘了岩角鬆動的事，右手使勁一扳，岩角應聲崩裂，瞬時間整個人失去重心，在眾人驚呼聲中往懸崖下方急墜而去。

第八章　暴風

莎妲．瓦其赫自從月事沒來，便每個月在床邊打一個繩結，打到三個結之後肚子慢慢隆起，逐漸感覺到懷孕的喜悅。這段期間她每天照常耕種、織布和煮食，不知不覺中，今天她已經打上第九個結，隨時準備臨盆。

依照習俗，莎妲．瓦其赫必須去找生育眾多子女而且每次都順利安產的長輩借用腰布，藉以分享對方的好運。她的婆婆塔米．尤尼就是一位這樣有福之人，不假外求。

塔米．尤尼拿腰布到吉揚．雅布和莎妲．瓦其赫的房子裡來時，慎重告誡道：「絕對不可以忘記，生產是不潔淨的事，一定要謹守gaya，以免招來災禍。」

雖然這對年輕的夫妻已經聽過不只一次，但他們還是恭敬地答應：「是，布布（母親）。」

「不可在野外生產，一定得要待在屋裡。如果讓嬰兒的汙血冒犯了utux，將會招來暴風雨。」塔米．尤尼嚴肅地強調，「臨盆時在場的人都會沾染穢氣，直到嬰兒臍帶脫落之前都不能離開房屋。這段期間吉揚不可以去打獵，莎妲生產之後一個月才能涉溪、過橋或者離開部落。切記，切記！」

「是，布布。」莎妲．瓦其赫抱歉地道，「還有一個多月就要舉行重要的收穫祭，我卻在這個時候臨盆，不能到耕地去幫忙，真是對不起。」

「千萬不能去啊，會影響收穫的。好好待在家裡就是妳該做的本分。」塔米．尤尼轉頭對吉揚．雅布道，「到時候別忘了殺豬分給莎妲的兄弟，作為他們被不淨之事沾染的補償……」

這時屋外忽然騷動起來，獵犬由遠而近地不住狂吠。吉揚．雅布覺得不對勁，趕緊衝出屋子張望，竟是岳父瓦其赫．哈比和鄰近部落的頭目們飛奔而來。吉揚．雅布連忙上前喚道：「巴其（岳父）！」

雅布．諾明也已從耕地奔回，問道：「發生甚麼事？」

「野猴來了！」瓦其赫．哈比急急喊道，「野猴來攻擊我們了！」

「野猴前去西拉歐卡夫尼出草？」

「不，他們是來攻擊整個大河上游的所有部落，托博闊社已經遭到占據。」卡拉堡社的頭目巴圖．哈比道，「野猴放火焚燒托博闊的房子，黑煙直沖天際，連我們卡拉堡都能看見。」

「他們果然來了。」雅布・諾明凝重地道，「兩個月前曾經有托魯閣・塔洛灣的親戚來訪，想說服我們歸順野猴，把重要的步槍交出去。」

瓦其赫・哈比道：「野猴幾天前派人到托博闊，又講了一次同樣的話，不久就攻打過來。」

吉揚・雅布不滿地道：「野猴這樣隨意挑起大戰爭，不怕觸怒他們的utux嗎？」

「他們這麼做一定會招致災禍。但無論如何，我們都要保衛祖先留傳的部落和獵場。」雅布・諾明冷靜地問：「他們總共有多少人？」

「數不出的多。」瓦其赫・哈比道：「托博闊人之前去卡里亞諾明（奇萊山北峰東稜）放陷阱，看到溪谷對面的布勞山（合歡山）上很多野猴在砍樹。走過去察看，野猴卻無緣無故對他們開了三槍，只好趕快離開。他們說從來沒看過那麼多人，簡直跟螞蟻窩一樣。」

吉揚・雅布插口道：「野猴作戰並不英勇，只有通電鐵條網和從海上發射的砲彈令人畏懼，這兩樣東西他們都無法帶上山，無論來再多人我們都不怕。」

瓦其赫・哈比道：「你不曾前去托魯閣・塔洛灣（祖社）看過，野猴不只是人多，又跟蛇一樣的惡毒陰險，所以整個托魯閣・塔洛灣、道澤・塔洛灣和德克達雅・塔洛灣（霧社），甚至沙拉冒、馬烈巴和白狗都被迫歸順。我們不可輕敵。」

巴圖・哈比也道：「不僅很多平地人幫野猴挑運東西，連托魯閣・塔洛灣的人也幫野猴帶路。」

雅布．諾明沉吟道：「如果是這樣的話，我看家族內的各部落不能分開抵抗，要暫時結合成一個大獵團。」

瓦其赫．哈比道：「正是如此，我們巴達侯家族也一致希望和阿維家族組成獵團共同作戰。巴達侯家族願意奉你為總頭目！」

雅布．諾明詫然道：「從各家族祖先遷移到此地落腳以來，都不曾設有總頭目啊。」蓋阿維家族分布在畢祿山東稜，巴達侯家族則分布在魯翁溪和大河之間的畢祿山東南稜，彼此鄰近友好、時相通婚，但各大家族間從來都是分別緊守家園，從未結成攻守同盟。因此瓦其赫．哈比的提議令雅布．諾明感到吃驚，但巴達侯家族各社頭目表情堅定，顯然已有共識。

瓦其赫．哈比道：「外太魯閣各社奉哈鹿閣．納威為總頭目以擊退南澳人，巴托蘭也奉卡拉烏．瓦旦為總頭目對抗七腳川人。面對來勢洶洶的敵人，我們也必須有一個總頭目。」

雅布．諾明道：「這是很重大的事情，必須召集我們阿維家族各社頭目一起討論。」

他立刻派人通知巴多諾夫、魯翁和玻卡巴拉西等七個親族部落，頭目們在最快的時間內趕來，了解情況後一致推舉雅布．諾明為總頭目。眾人當即殺了一頭豬共食，沾水立誓：

我們從此一起共食、共獵，一起抵抗敵人侵凌。只要有一個成員違反gaya，utux就會降災給所有人。我們每個人都會嚴守gaya，為保衛祖先的土地而奮戰。

眾人同時殺雞，將雞的若干部位埋在總頭目家後的地底以供奉utux，並沾著酒水灑向地上祈求：

Utux啊，我們子孫秉持祖訓，供奉酒饌祭祀，請你們開心地接受。我們把雞血塗在刀上，請福佑我們擊退來犯的敵人，賜給我們首級。我們作戰時會充滿靈力，敵人的子彈和刀無法碰到我們，即使陷入敵陣之中，也不會受到任何傷害！

當族人們準備出征時，吉揚．雅布卻因為妻子即將臨盆，依照gaya不能打獵或出草以免帶給獵團厄運。他看著和自己從小一起學習打獵、在同一天初次馘首的烏明．鹿黑跳起氣勢雄壯的戰舞，心中覺得萬分失落，卻也無可奈何。

祭祀結束時，女人們早已做好麻糬讓大家攜帶食用，每個戰士家中也重新生起灶火，由家人仔細看顧，祈求戰士的靈力不滅。雅布．諾明命各社以一半壯丁留守，另一半壯丁前往卡拉堡和西拉歐卡夫尼抵抗日軍。

隊伍離開後部落頓時安靜許多。由於獵團出草，所有人都停止一切活動，原本每天夜裡家家戶戶迴盪的「梆、梆」織機砧杵捶打聲也聽不見了。

吉揚・雅布除了照顧妻子，也不時走出屋外向西拉歐卡夫尼方向張望。雖然隔著幾道稜線無法直接眺見，但他可以感覺到寧靜的山谷間充滿著騷動，utux們也焦躁不安。他滿心都是祖父留給他的那把十五連發步槍，恨不得立刻一把抓著奔向卡拉堡，但卻礙於gaya連碰都不能碰。

「我美麗的故鄉正在交戰嗎？」莎妲・瓦其赫走到他身旁。

「是的，我感受到痛苦和怨恨的氣息，這不是一場依循祖訓的規矩戰爭。」吉揚・雅布道。

兩人心中閃過一絲憂慮，但是對作戰和捕獵成果感到擔心乃是一大禁忌，因為不相信utux的福佑將會招來厄運。因此吉揚・雅布撇下擔憂，堅定地道：「放心吧，從來沒有外族能夠闖進祖先的土地，這次也是一樣。」

隔天傍晚時天氣驟變，東邊天空依然晴朗，西邊高山上卻籠罩著濃密的烏雲。入夜之後風雨轉強，即便已經將大門緊緊關好，溼冷的風還是從牆壁縫隙直灌進來，吹得灶火飄搖不已。雖然這間屋子無人出草，吉揚・雅布還是不斷往灶裡丟入多油脂的桃木，又用石頭和木塊把四周圍起來，小心翼翼地守著象徵出征運勢的灶火。

然而大雨浸透屋頂，不住滴水，打得柴火上滋滋冒煙，忽然又有一陣怪風吹來將灶火搧滅。夫婦兩人大驚，手忙腳亂地搶救，吉揚・雅布取出僅剩的珍藏火柴，毫不猶豫地劃開火苗點上，又想辦法把一件鹿皮張掛在爐灶上方防水，好不容易穩住火頭。兩人面面相覷，心中覺得不祥，但都不敢開口說破。

第三天晚上，雅布．諾明和族人們在雨中陰沉地返回，每個人都沾滿泥漬和血汙，更有不少人受了傷。他們悄悄回到各自家門口，把身上所有武器、物品和衣服都脫下，裸著身體默默進屋。家人們一句話也不能問，但都明白作戰失敗了，而且有人陣亡。

吉揚的大哥巴拉斯和另外幾名戰士並未歸來，他們的屋中傳出壓抑的嗚咽，雖然聲音低微，卻使整個部落染上一股濃重的哀戚。

破曉時，雅布．諾明帶著幾名壯丁到部落後方的山上宰殺一頭豬，將肉切成小塊，一面呼喊獵團各部落的名稱，一面把豬肉拋棄在山野。身為總頭目，雅布．諾明必須為戰爭失利負責，以此向各社賠罪。

天色大亮之後，獵團其他部落的戰士們紛紛進入古白楊。他們前晚在附近森林裡搭建簡陋的獵寮將就一夜，這時重新聚在一起商討接下來的抵抗大計。

「野猴追過來了嗎？」雅布．諾明問。

瓦其赫．哈比道：「他們停在西拉歐卡夫尼，還沒有動靜。」

吉揚．雅布關切地問：「究竟發生了甚麼事？」

烏明．鹿黑憤然道：「野猴有一種能夠連續射擊的槍，噠噠噠不間斷地把子彈打過來，讓人無從躲避，真是不公道！」

魯翁社頭目托悉．西勇餘悸猶存地道：「我們的人非常勇敢，不斷上前攻擊，但是才一衝出去就被打倒。我從來沒有見過這麼可怕的武器。」

瓦其赫．哈比無比悲憤：「卡拉堡社頭目，我的哥哥巴圖也戰死了。可惡的是，野猴不僅占據我們的部落，還放火燒毀房屋——那底下可是祖先埋骨的地方啊，野猴連我們祖先的靈魂都不肯放過，竟用烈火折磨他們。這樣的殘暴，根本不是人的行徑，是野獸！」眾人聞言同聲一哭，捶胸頓足誓必報復。

三天前，近百名戰士在卡拉堡社集結，這是三百年來少有的大聚會與大出草，所有人的情緒都十分高亢。深夜時，他們察覺日軍接近，並在步槍有效射程外用石頭搭建短牆，於是主動上前攻擊。沒想到黑暗中忽然一點焰光連閃，噠噠噠噠繁密的槍聲大作，衝鋒的族人倒下一排，眾人根本還搞不清楚發生甚麼事就已經死傷慘重，只好退回部落。

天色大亮之後，日軍對部落展開猛烈射擊。卡拉堡位在一大片平坦的河階臺地上，毫無遮掩，日軍的重機槍子彈輕易地就射穿用竹片和茅草夾綑而成的屋舍牆壁。族人完全無法防守，遂倉促撤到地形較為崎嶇的西拉歐卡夫尼社。

有了前一天的經驗，族人們不敢主動搶攻，但也沒有把握能夠固守。雅布．諾明提出大膽的計畫，先假意抵抗一陣之後放棄部落撤往山上的高地，再趁日軍分散開來防禦時回頭襲擊。這個方法果然奏效，族人如山洪暴發般俯衝著攻向一處剛蓋好的掩體，殺得日軍措手不及，一個個倒在族人神準的槍法之下，陣地裡的「頭目」也當場遭到射殺——日後族人將會知道這名「頭目」是室島一二少尉，而這座小山也被日本的總督改名為室島山以茲紀念。

然而當族人們進一步想奪回部落時，卻再次遭到彈雨無情的屠戮。這次大家才看清楚那不住噴火的怪物是兩挺安裝在三腳架上的大槍，只要射手扣著扳機就會連續不斷地打出子彈。兩挺機槍左右交叉射擊布成一面火網，讓人根本無法靠近。

此役雖然造成十名日軍傷亡，但族人在兩天之內傷亡多達三十名，是前所未聞的駭人損失。

瓦其赫．哈比餘悸猶存地環顧古白楊，凝重地道：「這裡和卡拉堡很相似，都是平坦的地形，野猴的大槍很容易射擊。」

雅布．諾明畢竟熟悉環境，指著部落左上方的一片岩石道：「那兩挺大槍雖然可怕，但是很重，並不能夠隨意提著奔跑。我們躲在岩石下面，等待野猴攻過來的時機加以狙擊，總之不要距離大槍的槍口太近。」

瓦其赫．哈比道：「這個方法很好，我可以另外帶一群人，從小鞍部下面攻擊。」

「好！」雅布．諾明對站在外圍的本社族親們道：「野猴的大槍可以射穿房屋，因此所有的老人、女人和小孩都必須先行離開。」

此言一出，部落裡頓時一片悲泣哀嚎，許多人堅持要留下來。一個老人憂心忡忡地道：「還有一個多月就要收穫了，離開部落的話錯過重要的收穫祭怎麼辦？」

「如果部落被敵人奪走，哪裡還會有甚麼收穫？」雅布．諾明厲聲道，「對方雖然只是一群拙劣的猴子，但他們的槍能夠射出暴雨一樣的子彈，手段又非常的殘暴。無法作戰的人留在部落裡，只會讓戰士們分心。走！所有的人都必須走！」

「古白楊是我們唯一的家，離開部落，我們又要去哪裡？」他的妻子塔米．尤尼悲傷地問。

「往南走，到巴托蘭去！那裡有哈隆．魯欣和很多親戚，暫時投靠他們。走不動的人就先在大河對岸的避難所躲藏。」雅布．諾明看向吉揚．雅布，命道：「你既然不能參加獵團，那就負責帶領大家，一定要讓所有人都平安抵達巴托蘭。」

吉揚．雅布叫道：「莎妲即將臨盆，這個時候離開部落太危險了。要是她在半路上生產，也會觸怒utux的！」

雅布．諾明嚴厲地道：「不能作戰的人都必須走。莎妲非常強壯，又是瓦其赫頭目的女兒，她一定辦得到！」

吉揚．雅布正想辯解，瓦其赫．哈比拉住他手臂低聲道：「帶著莎妲去吧，讓她順利生下我的孫子。以後你們也要再生很多小孩，讓古白楊和西拉歐卡夫尼的子孫繁衍不絕。」他虎目含淚，訣別似地看向自己的女兒。莎妲．瓦其赫同樣紅了眼眶，卻不敢道別或說出任何帶有不吉利暗示的話語，只能萬分不捨地看著父親。

雅布・諾明按住吉揚・雅布的肩膀道：「我會帶一隊人去襲擊卡拉堡，好拖延敵人前來的腳步。你要把握時間，趕緊帶大家離開。」吉揚・雅布看著長輩們悲壯託付的神情，重重點了點頭，毅然轉身招呼眾人收拾隨身物品，準備離開。

襲擊隊頗有斬獲，他們避開日軍架設在陣地的機槍，從外圍伏擊巡邏的小隊，雖然每次殺傷的敵人不多，累積起來卻也頗為可觀。可惜族人們並不知道，日軍正因為運補困難不得不原地停留等待作業隊施工，否則也許能夠創造更大的戰果。

幾天後，日軍的補給道路從大河源頭沿著溪谷修築推進，逐漸接上前線部隊。但這時又吹起兩天大風雨，使所有人都躲在營地動彈不得。

這場風雨給了族人更多時間撤離，但相對也增加了行動的困難。即便是身手最矯健的壯丁，尚且不免被暴雨過後的山澗激流所阻，或者被泥濘的地面折騰得狼狽不堪，何況這一群老弱婦孺背著裝滿衣物和糧食的藤籃，在最陡峭艱險的赫庫朗山（太魯閣大山）悽悽惶惶地逃難。莎妲・瓦其赫挺著肚子行走，處境比其他人更加艱難，但她默默咬牙前進，一心想著不要帶給大家麻煩。

行進間，隊伍又一次遇上水瀑沖激的溪澗，正好附近有一棵枯木，吉揚・雅布和幾個少年合力將之砍倒，讓樹幹傾斜地跨越對岸，眾人便依次踩著溼滑的樹幹走過。當莎妲・瓦其赫快要通過時，疲憊已久的雙腿忽然一軟，整個人摔到溪澗旁的陡坡上。吉揚・雅布大吃一驚，溜下陡坡緊緊抱住妻子，在眾人幫忙下把莎妲・瓦其赫拉了上去。

莎妲・瓦其赫捧著下腹痛苦不堪，塔米・尤尼驚呼：「胎水已經流出，妳要生產了。」

「不……」莎妲・瓦其赫勉力開口，「不能在野外生產，會冒犯utux，招致暴風雨的……」

一個老人道：「祖先留下來的避難所就在附近，那是一個大山洞，只要搭建一面簡單的牆，現成就是遮風避雨的獵寮，應該可以算是室內吧。」

塔米・尤尼道：「那也沒有辦法，只能這麼做了。」

吉揚・雅布忙道：「好，我們趕快過去。」說話間，他忽然感覺前方森林中有些不對勁，倏然起身奔出察看。這時眾人也聽見一陣獵犬的狺吠，少年們緊張地把步槍從肩上取下，年老的男人們也握緊刀柄準備廝殺。

幾隻全身溼濡的獵犬從林間鑽了出來，站在高處對眾人狂吠不止，接著一個粗獷的黑影乍然現身。

「你是吉揚吧。」那人喚道。

吉揚・雅布看了半天才恍然認出：「哈隆巴其（伯父）！」

此人正是從斯其里楊移居到巴托蘭的堂叔哈隆・魯欣，也就是雅布・諾明吩咐族人前去投靠的對象，沒想到卻在這裡相遇。只是他不復從前的剽悍神情，一下子沒能認出來。

吉揚．雅布迎上前去，按著對方上臂道：「真是懷念，一年以上不曾見面了……咦，巴其受傷了嗎？」他詫異地發現哈隆．魯欣身上有好幾處傷口。

哈隆．魯欣向後一招，一群斯其里楊人緩緩走了出來，個個表情灰暗，有如喪家之犬。哈隆．魯欣黯然道：「我們的部落遭到野猴攻擊，雖然犧牲了不少族人，還是無法守住家園。」

「甚麼！」吉揚．雅布和族人們聞言大驚，「野猴也去攻打巴托蘭？托博闊和西拉歐卡夫尼都已經陷落了，我的塔瑪（父親）正在古白楊和野猴作戰，命老弱婦孺前去巴托蘭投靠你們，沒想到……」

「啊——」後方忽然傳來莎妲．瓦其赫的哀呼，吉揚．雅布趕緊飛奔回去，看見妻子的腰布下襬都溼透了。

塔米．尤尼道：「她剛剛摔下山澗，聽到狗叫又以為敵人來襲而遭受驚嚇，恐怕要生產了。」

吉揚．雅布焦急地道：「莎妲，妳能不能撐到避難所？」

莎妲．瓦其赫滿頭都是汗水，雨珠也不停打在她的臉上。她掙扎著想說「好」，但陣痛激烈襲來，頓時臉色刷白，只能一聲大似一聲地哀嚎。

塔米．尤尼道：「她已經無法再等下去了，只能在這裡把孩子生下來。」

「可是萬一觸怒了utux怎麼辦？」吉揚．雅布有些不知所措。

「孩子的時間已經到來。」塔米．尤尼果斷地對四周的女人們道，「拿出妳們的布毯，鋪在她的身體下面、圍住四面八方，連天空也要完全遮蓋。」眾人俐落地卸下藤籃，照塔米．尤尼的指示抖開布毯圍成一座繡滿utux之眼的菱紋布帳，將莎妲．尤尼罩在其中。

塔米．尤尼仰天呼喊：「utux啊，我們並非不知道gaya，也不是有意冒犯。然而邪惡的敵人忽然入侵，迫使我們既傷心又無可奈何地離開部落。現在這個孕婦將要臨盆，我們用布毯代替房舍以遮蔽不祥的血汙。孩子出世之後我們也會慎重向你們賠罪，請你們不要帶來災難，並且帶給這個孩子福佑！」

布帳中傳出莎妲．瓦其赫撕心裂肺的叫喊，吉揚．雅布不知自己渾身血液是正在結冰還是已經沸騰。其他男人都遠遠避開，但同樣隨著產婦的叫聲而揪心不已。

經過漫長的折騰，布帳裡終於傳出「哇」的宏亮哭聲。塔米．尤尼從布縫中探頭喊道：「吉揚，你的竹刀呢？」

吉揚．雅布猛然回過神來，忙亂地從身上摸索出那把早已準備多時的竹刀。他搶進帳中，看見母親手上抱著一團紅通通的小東西，趕緊用竹刀將臍帶切斷，這時才看清楚嬰兒使勁大哭的模樣。

「是個男孩。」塔米．尤尼把嬰兒抱給母親看。莎妲．瓦其赫感動地道：「在這麼多人的幫忙下出生，這孩子真是幸運，一定能夠平安成長。謝謝大家！」

塔米．尤尼道：「胎盤本來應該埋在屋子門口的柱子底下，現在就埋在布帳旁邊吧。」吉揚．雅布隨即在一旁挖了個洞，把胎盤埋進去，再拿一塊石頭壓上。

雨不知甚麼時候停了，山林裡卻變得異常安靜。天色暗了下來，哈隆．魯欣已趁著這段時間在老人指點下找到避難所，並指揮男人們搭建了簡陋的獵寮，回來帶領留在原地的人前去。

避難所是一個岩壁上半開放的大山洞，前面暫且用竹、木和潮溼的茅草紮出一堵牆。眾人經歷過幾天的跋涉與波折之後，在此終於可以暫時鬆一口氣。

所有人都又溼又冷，即便緊緊靠在一起還是不住發抖，但為了避免火光和煙霧被敵人發現而不敢生起火堆。古白楊人取出離家前匆匆搗製的麻糬和一點乾肉，分給斯其里楊人，彼此萬分珍惜地小口吃著。

莎妲．瓦其赫懷抱著嬰兒，吉揚．雅布又緊緊抱著他們。莎妲道：「我猜你早就已經想好要為他取甚麼名字了。」

「諾明。」吉揚．雅布道，「我要用祖父偉大的名號來為他命名，希望他承襲祖先的英勇。」

「諾明．吉揚，聽到了嗎？這就是你的名字。」莎妲．瓦其赫愛憐又欣慰地喚著嬰兒，吉揚．雅布在黑暗中看著孩子朦朧的形影，彷彿可以見到和祖父相似的家族形貌。

「我感覺到utux的憤怒。」塔米．尤尼看著幽暗的森林，憂心道：「儘管我們用布毯為莎姐遮掩，嬰兒的血汗還是令他們非常不悅。你必須到山上宰一頭豬向utux賠罪和解，呼求暴風雨勿來，並把豬肉拋棄在山野獻祭。」

「在這裡哪來的豬呢？除非是回到部落去抓一隻。」吉揚・雅布道。

「那你就回去抓，並且在古白楊的山上獻祭和解。」一旁的老婦滿臉恐懼地道，「不這麼做的話，utux一定會非常震怒，掀起巨大的暴風雨，把房屋全都吹垮、耕地裡的作物全都浸死。」

另一個老人嚴正地道：「尤其我們正在戰爭，這樣要緊關頭絕不能有丁點違反gaya的情事，何況是屋外生產如此嚴重的冒犯。」

吉揚・雅布看著妻兒，一時還有些猶豫。他抬頭看向哈隆・魯欣，對方像是通曉他的心意，當即道：「放心吧，你的妻兒和族人就由我來照顧，我們也會去尋找食物。」

「好，我天一亮就動身。」吉揚・雅布慨然道。

次日清晨，森林裡才有些濛濛亮，吉揚・雅布便已動身。此行隻身一人，沒有老弱需要照顧，行進的速度無比迅捷。他猿猴般縱躍下一道又一道陡坡，如履平地奔過橫跨山澗的倒木，還不忘隨時確認希希爾鳥的叫聲，一日之內便下山渡過大河攀上北岸。

這天晚上濃雲蔽天，入夜之後沒有半點月光。從這裡開始就是古白楊的領域，他對整片山林爛熟於胸，因此儘管一片黑暗，還是憑著傳承自祖父的背賀靈找到途徑，在午夜時分回到古白楊。

部落裡一片平靜，顯然尚未遭到攻擊。一隻獵犬認出他，親暱地衝過來撲逐打轉，黑暗中有人出聲詢問：「誰？」吉揚．雅布忙道：「是我，吉揚。」那人道：「你怎麼在這種時候回來，要不是看到狗跟你玩，我們早就把箭射出去了。」

「我有急事。」吉揚．雅布聽出對方是好友烏明．鹿黑，問道：「野猴還沒來吧。」

「他們剛剛到。」烏明．鹿黑拉著他躲到一間房子的東邊牆後，吉揚．雅布這才發現許多戰士手持武器在隱蔽處備戰。烏明．鹿黑指著西南邊道：「野猴就在山坳對面的稜線上。」

雅布．諾明聞訊而來，厲聲道：「你回來幹甚麼？難道你忘了自己不能出獵的禁忌，甚且拋下帶領族人的責任嗎？」

「莎姐在野外生產了，我必須到山上殺豬向 utux 賠罪和解。」吉揚．雅布接著言簡意賅地說明巴托蘭被日軍攻占、斯其里楊人逃難過來的事情，引發一陣騷動。

「大家冷靜！」雅布．諾明暗喝一聲，「敵人就在對面，我們不可自亂陣腳。」他對吉揚．雅布道：「野猴習慣在天亮以後發動攻擊，你明天破曉之前就上山，趕快完成和解，然後繞過部落直接下山回避難所，絕對不可以再靠近獵團。」

「是，塔瑪。」

日軍和攻打西拉歐卡夫尼那次一樣，在接近午夜時抵達，並於山坳對面的稜線上搭建一道圓弧型的矮牆布置陣地。雅布．諾明忌憚機關槍的威力，指揮戰士們躲在部落左方高地的岩蔭，以及兩條稜線間的小鞍部裡，等日軍攻過來時再加以狙擊。

吉揚．雅布從清晨奔馳到午夜，非常疲累，回自己的屋子稍事休息。他依照長年的習慣踞坐在竹床上以備隨時躍起應戰，一剛坐好就進入酣眠。到了天亮前最黑暗的時候，吉揚．雅布警覺地醒來，透窗看見銀河已經隱沒在山頭後面，即將破曉了。於是他一骨碌下床出門，抱了一頭小豬死命往山上跑去。

到了祭祀的地方，東方天空已經微微泛白。吉揚．雅布祝禱道：

Utux啊！我們因為敵人進犯離開部落逃亡，我妻子莎妲．瓦其赫不得不在野外臨盆，並非有意觸犯gaya。我現在來此贖罪，獻上這頭小豬做為彌補，請你們好好享用。暴風雨別來，暴風雨別來！讓我們生活平安！

他將小豬按在地上，拔出獵刀往脖子上一劃，鮮血頓時在地上蔓延開來。小豬嚶嚶悲鳴幾聲便斷了氣，他從腹部將之剖開，取出內臟、削下皮肉拋向遠方。如果是一般的贖罪，只需將部分內臟的右半邊埋在地下即可。但這次是至為嚴重的冒犯，因此他毫不吝惜地將整隻豬拋棄在山上。

吉揚．雅布非常迅速地完成一切儀式，站起身來觀望。部落在微曦中依然安寧，日軍還沒有任何動靜。他收刀入鞘，往山下飛奔而去。

接近部落時，吉揚．雅布牢記父親的指示，從一旁繞過。正在草叢中疾馳時，他忽然察覺左近有人，連忙伏下。才剛蹲好，就有一面紅色的正方形旗幟從他眼前貼著地面通過，一個日本士兵偃倒旗桿彎著腰前進，後面跟著百餘名士兵。

這群日本士兵顯然是從上方繞過部落，打算到後面包抄。吉揚．雅布想回部落報訊，但這支部隊卻就地停了下來，單腳跪地等候攻擊命令，只要他一離開藏身之處立刻就會被發現。

吉揚．雅布緩緩伸手按在刀柄上，想起自己剛剛殺過豬，手上的血腥味可能暴露行蹤，但對方絲毫沒有發現。帶隊的「頭目」就半跪在自己身前不遠，拔刀一揮便能取下對方首級，但他緊握著的刀柄卻無法抽出分毫。因為山上的獵物和敵人的頭顱都屬於utux，必須得到祂們的應許賜與，自己妻子臨盆不久，在嬰兒臍帶脫落之前都還帶著穢氣，根本沒有資格求取獵物。一旦動手便是向utux搶奪，將導致整個獵團遭到utux降下災厄。

眼睜睜看著敵人迂迴襲擊，自己卻不能做任何事，吉揚．雅布心裡萬分煎熬。

不知過了多久，天色已然大亮。對面稜線上忽然一點亮光閃爍，傳來「碰」的一聲，接著部落左方高地的岩石一角在「碰磅！」巨響中爆炸，一團火光煙霧沖天而起，石屑如子彈般激射飛散。

吉揚．雅布全身一震，神魂顫動。猶然驚魂未定，岩石上再次「碰磅！」炸開，幾個族人滿身是血摔了出來。吉揚．雅布徹底嚇呆了，心想這是甚麼邪惡的法術？他舉起手掌，看看一年前被通電鐵條網灼傷的疤痕，想起托魯閣．塔洛灣的親戚說這不是法術而是「kagaku（科學）」。莫非這就是令外太魯閣各部落無比畏懼的砲彈？但他記得哈鹿閣．納威說砲彈只會從海上發射……

「啪啪啪……啪啪啪……啪啪啪……」對面稜線掩堡裡的日軍發動三波齊射，打斷他的思緒。

前方那名日軍中隊長低聲呼喝，半跪著的士兵「唰」地整齊站起。中隊長又對掌旗兵下令，紅色的方形旗幟隨即抖擻地豎起。

吉揚．雅布心念電閃，族人正遭到嚴酷的砲擊，如果又毫無防備地被日軍從背後襲擊，勢必遭到殲滅。他把心一橫，倏然向前彈出，側身撞倒那名中隊長，一面高聲長嘯著鑽進草叢，頭也不回地狂奔而下。

日軍並沒有追來，也許因為吉揚．雅布出現得太過突然，又瞬間就消失在草叢中，根本來不及反應。也可能是因為他們的目標是部落而非零星的敵人。總之日軍只小小騷動了一下，隨即重新列隊朝部落攻去。

吉揚．雅布判斷自己已然安全，找了一個視野良好的遮蔽處窺看戰局。他的呼喊引起族人注意，半數掉頭對著這邊開槍，但砲彈再次襲來，「碰磅！」「碰磅！」連番準確擊中岩石，族人們被迫從岩蔭下竄出，胡亂朝日軍掩堡放槍。這時一發射得偏高的砲彈飛至，眼看就要飛越部落，沒想到竟在空中炸開，迸射出無數碎片和子彈，將幾個毫無遮蔽的族人打得滿身是傷。

是我的穢氣給獵團帶來厄運嗎？吉揚．雅布痛苦地想。不，野猴這種稱為kagaku（科學）的邪惡法術就是最大的厄運。吉揚．雅布覺得應該盡快離開部落，跑得越遠越好，但全身僵硬，一動也動不了。

舉著紅旗的中隊從右邊攻向部落，還能作戰的族人用型號不一的各種槍枝反擊，雖然短暫阻止了敵人的腳步，但槍聲很快零落下去。日軍發起衝鋒，一鼓作氣攻進部落之中。

族人們倉皇撤退，往山上遁去。然而「噠噠噠噠」一陣不祥的繁密槍聲響起，日軍早就在退路上布置了機關槍，瞬間打倒好幾名族人，而其他人也似乎在劫難逃了。

危急中，一個人影忽然隻身衝向機槍陣地，吸引敵人的注意。吉揚．雅布對那形影無比熟悉，正是父親雅布．諾明。日軍沒有料到竟有人敢向機槍衝鋒，手忙腳亂地掉轉槍頭，雅布．諾明矯健地奔馳跳躍，竟神奇地連番躲過射擊，族人們也趁此機會竄入上方的森林中。

雅布．諾明目的已經達成，停步舉槍，準確地將一名日軍擊斃，而敵人所有槍口也終於捕捉到他。

噠噠噠噠……

吉揚・雅布心中淌血。

大河下游各社同樣對日本人的砲火能夠深入山區而大吃一驚。

外太魯閣總頭目哈鹿閣・納威召集諸社戰士，在古魯社迎戰來犯的日本警察部隊。深夜時分，哨望的壯丁回報日警部隊分五路上山，分頭包抄部落前後、上方高地和新城山頂。

「野猴選擇這個時刻來真是愚蠢。」副總頭目比沙奧・巴揚得意地道，「他們白天來都會迷路，何況是晚上？看來utux又要送很多首級給我們了！」

哈鹿閣・納威冷靜地道：「敵人人數眾多，大家不可輕敵，還是要小心應戰。」

比沙奧・巴揚笑道：「天亮之後，巴其（岳父）就到我們古魯社來慶功吧！」

哈鹿閣・納威將戰士分為五路抵擋日警，每一路都有地主古魯社的戰士作嚮導，他自己率領赫赫斯社戰士防守部落後方耕地。

族人在黑暗的山林裡就像白天一樣來去自如，並預先選擇險要之處埋伏。日警部隊來得比預期慢，族人從子夜過後就一直等候，直到天亮前最黑暗的時刻才聽見日本人粗重的呼吸和沉重的腳步，他們發出的聲音之大，簡直要把滿山上所有的動物都給嚇跑。

哈鹿閣・納威像巖石般動也不動，即便日警部隊已近在咫尺，對方也完全沒能察覺族人的蹤跡。哈鹿閣．納威驀地呼嘯一聲，戰士們紛紛揮刀劈斷機關上的繩索，頓時無數大石向下滾落，砸在日警頭上。

日警慌亂間盲目開槍射擊，哈鹿閣．納威當先衝出，手上的獵刀如暗夜裡掩襲而來的一股冷風，無聲劃過敵人脖頸。戰士們在林間穿梭，揮刀砍殺。對日警來說，族人簡直來無影、去無蹤，根本無從抵禦，只能倉皇逃走。

其他各路的狀況大抵類似，族人們以寡擊眾，有效阻止日警前進。比沙奧．巴揚甚且將敵人一支主力部隊困在山坳內的死地，雖然對方架起機關槍盲目亂射，一時無法靠近，但包圍之勢已成，只待天亮就可以四面衝殺加以殲滅。

比沙奧．巴揚傲然道：「派獵犬去騷擾他們一整晚，讓那些頑劣的猴子精疲力盡，等一破曉看得清楚人影就殺過去！」

正說話間，天上卻突然傳來詭異的「嘶嘶」聲響，接著「碰磅！碰磅！碰磅——」連番爆炸巨響震動山崗，部落裡霎時火光沖天，族人們驚駭莫名。

「快逃啊，野猴發射砲彈了！」一名曾經歷過砲擊的古魯社人喊道。

比沙奧．巴揚斥道：「不可能，我們已經把部落遷到山背了，從海上又看不見這裡……」

「碰磅！碰磅！」他話未講完，又是一輪爆炸。

落支煙社頭目莫那．塔巴斯惶恐地道：「我看過野猴把大砲裝在輪子上，在陸地上開砲。」

「我也看過，那沒甚麼稀奇。」比沙奧．巴揚發狂似地怒吼，「但是從平地也同樣看不見這裡，何況現在是晚上，他們是怎麼把砲彈打過來的？」

一名古魯社的戰士哭喊：「我家被打中……全燒光了！」

「老弱婦孺早就撤走了，怕甚麼！」比沙奧．巴揚的家也正在燃燒，更激起他心中的怒火。

「野猴怎麼可以打得這麼準？好像有人用手拿著來丟在房屋頂上一樣。」黑暗中分不清是誰焦躁地叫道，「他們的 utux 一定非常強大，能夠指引他們的武器到任何地方，我們打不贏的！」

比沙奧．巴揚當即痛罵：「你嘴裡塞了臭泥巴，亂說一通！野猴不可能勝過我們的！」但來不及了，這番話把大家心中不敢多想的疑懼說破，迅速震盪開來化為深刻的恐懼。加上一枚又一枚砲彈持續摧毀房舍和耕地，使樹木燃燒起來，將四周照耀如白晝。敵人擁有不可思議的力量，這是所有人親身目睹的不爭事實。

「爆炸的地方向這邊過來了！」莫那．塔巴斯慌張地道，「撤退，我們快撤退。」

「不行！我們好不容易把敵人圍困在這裡……」比沙奧．巴揚再怎麼大聲吼叫，也阻止不了落支煙人倉皇逃走，只能憤怒地道，「可惡！我們古魯社的勇士絕不後退，誓死保衛部落！」

然而在猛烈的砲擊之下，勉強留下來的族人士氣也已徹底潰散。天亮之後山坳裡的日警部隊發起攻擊，族人只微弱抵抗一番之後便往深山的溪谷裡退去。

日警部隊的各式山砲、山野兼用砲和臼砲進入太魯閣峽谷內，不斷推進，二十天後攀上落支煙臺地，耀武揚威地向各社砲擊。驚天動地的爆炸聲在溪谷裡不斷迴響，打破了亙古以來的寧靜，也使一切生靈和亡靈都驚恐不已。

✦

古白楊社被攻陷後，戰士們退守其他親族部落，雖然一路奮戰仍節節敗退，最後不得不到避難所來會合。日軍占領了古白楊地區八大部落之後，繼續攻向瓦黑爾溪北岸烏冒家族的洛韶地區、陶賽溪西岸哈胞家族的西寶地區，以及玻里克魯家族的塔比多（今天祥）地區。

族人們逃難出來，並未攜帶許多糧食，而大河南岸多陡峭地形，可採集的食物不多，很快就陷入飢餓。此外避難所是半開放的山洞，無法阻擋較大的風勢，又不能生火以免暴露位置，忽焉而來的幾陣寒風冷雨遂讓老弱的族人凍餒不堪。

但族人們最掛懷的是部落耕地裡的作物，小米在一個月內就要成熟，卻不能到耕地去除草勞動，收穫祭用的小米酒也還沒釀，讓大家焦急萬分。婦女們中斷了每天捻麻織布的工作，更加添一層罪惡感。

人人餓得頭昏眼花，冷得直打顫。敗歸的壯丁們身上處處都是傷殘血汙，不時痛苦呻吟，即便沒受傷的人心中也充滿挫敗悔恨。而在一片愁雲慘霧之中，初生的嬰兒又啼哭不止，更讓大家備感煩躁。莎妲・瓦其赫抱著孩子連連拍哄，吉揚・雅布也在旁邊幫著安撫，卻一點用也沒有。

一名婦女道：「孩子餓了。」

「是。」莎妲・瓦其赫無奈地答應。

「他一直哭，大家心情都不好，說不定還會把敵人吸引過來。」那婦女語氣愈發不耐。

「我這就來餵他。」莎妲・瓦其赫解開衣服，嬰兒一含住乳頭就奮力吸吮，但一會兒又哭起來。

那婦女又要說話，塔米・尤尼搶道：「她奶水不足，就算想餵孩子也沒有辦法。」莎妲・瓦其赫聽了這話，強忍許久的淚水終於滴在孩子臉上。塔米・尤尼嘆道：「再這樣下去，我們全都要餓死了。」

「為甚麼我們會戰敗，失去這麼多族人，連頭目都戰死了？真是奇恥大辱！」負傷的戰士拔旮・泰納激切地道，「utux 這次不給我們福佑，表示獵團中有人違反 gaya，而且是嚴重的冒犯。若不是通姦，就是不該出獵的人碰觸了武器。」他一邊說著，惡狠狠地瞪了吉揚・雅布一眼。

「你是甚麼意思？」吉揚．雅布目睹部落失陷、父親戰死，本就一腔憤懣，這時毫不退讓地質問回去。

「你在作戰當天跑回部落，把穢氣帶來了！」拔旮．泰納尖銳地道。

「天還沒亮我就離開部落，我也不曾對著敵人拔刀！」吉揚．雅布反駁。

「那你說，是誰違反了gaya，才讓utux如此震怒？」

「那只有違反的人自己知道，說不定那個人已經戰死了。」

吉揚．雅布此言雖然無心，但拔旮．泰納的兄弟在此役中陣亡，聽來顯得意有所指，因而勃然大怒：「不敢承認自己的罪行，卻要推到戰死的勇士身上嗎？」

「我沒有說是誰違反gaya，我只知道自己嚴守禁忌。」吉揚．雅布悲憤地道，「我的哥哥和父親都戰死了，我怎麼可能侮辱死者？」

瓦其赫．哈比插口道：「在古白楊被攻占之前，托博闊、卡拉堡和西拉歐卡夫尼各社就已經遭遇慘敗，可見此事與吉揚無關。」

拔旮．泰納情緒近乎崩潰：「那到底是誰犯了怎樣的大錯，才讓我們所有人都蒙受如此巨大的懲罰？」

「過去作戰失利，違反gaya的人總會自己出來認錯。如果不知道是誰在無心之中有所冒犯，那麼整個獵團就會一起宰牲贖罪，謀求與utux和解。」瓦其赫．哈比喪氣地道，「卡拉堡被攻占後，我們已經宰了一頭最大的豬，用最大的敬意向utux祈求，卻仍然無法改變局勢。」

一名戰士忍不住呼號：「utux究竟為何要厭棄我們？」戰敗的男人們沉浸在巨大的痛苦中，紛紛抱著頭喃喃哀鳴起來。

「別吵！」哈隆．魯欣低吼道，「你們難道沒有看到野猴邪惡的力量？砲彈爆炸的威力恐怕連utux都被震懾。這次不是utux不肯福佑，而是敵人太過強大！」

塔米．尤尼嘆道：「我們在這裡都能聽到那恐怖的聲響，好像大地都要裂開了。」眾人餘悸猶存，不住搖頭，有些人驚恐地望著外面，彷彿隨時又會聽到爆炸聲。戰士們對那令人畏怖的情景感受更加深刻，明白這確實並非utux福佑與否所能改變，只是不肯承認這世上竟有超過utux的力量，遂唏噓消沉不再言語。

一名老人道：「不如去可浪社投靠親戚吧，雖然路不好走，總勝過在這裡挨餓受凍。」

烏明．鹿黑疲憊地道：「我昨天才遇到一個可浪社人，他說另外一群野猴從大河下游攻進來，可浪社也被砲彈攻擊，正往我們這裡逃過來。」

老人吃了一驚：「野猴同時攻打大河上游、下游和巴托蘭，他們到底有多少人啊？」

烏明．鹿黑道：「聽說光是戰士就有六千人，比大河上下所有部落的戰士加起來還多！」

「六千……」老人過了一會兒才明白這個數字的意義，驚呼道，「那麼多人，我們怎麼抵抗？」

另外一名族人則抱怨似地道：「野猴就算把山上的東西都吃光也不夠啊，到底他們都吃甚麼？」

烏明・鹿黑道：「所以野猴找了比戰士人數更多的平地人幫忙開路和挑食物，加起來總共有二十個一千人！」

吉揚・雅布心念電閃，彷彿領悟到某個關鍵之事。他正竭力思索時，莎妲・瓦其赫懷裡的嬰兒一陣扭動，肚子上乾黑的臍帶忽然掉落下來。莎妲・瓦其赫露出多日不見的喜色：「臍帶掉落了。」吉揚・雅布趕緊將那截臍帶撿起，拿出準備已久的小布塊包好，珍重地收藏在出獵時所用的背網袋裡，這會讓孩子感染父親的武勇，成長為一名勇士。

孩子臍帶脫落還有另外一個重要的意義——吉揚・雅布身上的穢氣消失，可以出獵作戰了。

想到這一節，壓抑多時的吉揚・雅布頓時充滿鬥志，霍地站起身來高聲道：「野猴的食物和彈藥都從山下挑上來，如果我們攻擊那些挑運東西的人，山上的野猴就沒有東西吃了！」

烏明・鹿黑抬頭看著他，接著恍然大悟，也跟著站起來：「沒錯，我們花一整年辛勤耕種和打獵，絲毫不休息，utux才賜給我們剛好可以吃飽的食物。野猴一下子來這麼多人，就算把我們的食物都搶走也吃不了多久。」

吉揚．雅布道：「野猴可怕之處只有砲彈和連續發射的槍，如果沒有這兩樣東西，他們其實笨拙得比真正的猴子還不如。我們避開部落，在半路上攔截運送食物的小隊，就能讓對方陷入飢餓。」戰士們聞言，臉上又出現了希望，紛紛抓起武器起身。吉揚．雅布高高舉起步槍：「我的孩子臍帶掉落了，從此刻起我重新成為獵團的一員。我要去出草，誰要一起來？」

「喝！」戰士們齊聲答應。

⌘

日軍從合歡山經關原修築了一條軍用道路，驅使漢人人夫絡繹不絕地挑運物資到位在魯比合流點和古白楊的倉庫，並一路上派重兵護送。但前線攻擊部隊移動不定，從倉庫到部隊之間往往並無道路，護送的兵力也較分散，相對容易下手，唯一的問題是行蹤難以掌握。

吉揚．雅布從來沒有像這一刻如此鮮明地感覺到，祖父傳授的背賀靈是那樣強大。他領著戰士們渡過溪底，在密林間穿梭，冥冥中總有一股力量指引著，或者在風中捎來叨叨絮絮的話語，讓他在全然陌生的地帶也不會迷路，並且準確地捕捉到敵人。

他們忽然在古白楊北方溪谷現身，擊殺數名挑運物資的人夫，並於護衛小隊趕來之前從容馘首離去。然後在魯翁社附近逮到一支龐大的糧食輸送隊，從上方森林中加以狙擊，造成六名人夫和士兵死傷後隨即撤退。接著又足不停步地奔向卡拉堡，從懸崖上射擊毫無掩蔽的機關槍彈藥輸送隊，打死三名士兵。

吉揚．雅布甚至大膽地只用五個人突襲魯比合流點的倉庫，毫無預兆地從林中飛身而出，開槍打倒一名單獨行動的人夫之後將之馘首，隨即隱沒在深林中。等士兵們聽到槍聲過來，只看到一具無頭屍體單腳倒掛在道路下方的樹枝上，從頭到尾都沒發現族人的蹤影。雖然這次攻擊只殺死一個人夫，但引起整個據點極大騷動，日軍調整配置加強倉庫的防禦力量，相對地各輸送隊的護衛能量便減弱了。

這一連串神出鬼沒的行動，使日軍前線部隊再次遭遇補給困難的窘境。而鄰近地區原本避難中的各社戰士聞訊而來，紛紛要求加入攻擊隊伍。於是吉揚．雅布率領上百名戰士，截堵一支正從魯翁大鞍部前往拉比特溪的糧食輸送大隊，與對方猛烈交火。此役雖然造成日軍一死四傷，但戰士人數一多不免戀戰，並且難以指揮進退，結果也蒙受不少損失。

「這樣不對。」吉揚．雅布首度率領大獵團出擊獲勝，卻沒有絲毫欣喜之情，反而深自檢討：「我們不應該集合在一起，而是要分散開來給野猴更多困擾。」

「可是我們內太魯閣需要你的率領。」一名遠從洛韶前來加入的戰士開口，眾人紛紛點頭附和。

一個西寶社人則道：「瑙丹家族的瓦奇・烏冒被推為他們的總頭目，召集馬黑洋、巴拉瑙和陀泳社人在波可斯伊（今合流）準備抵抗，我們乾脆也去加入他們，和野猴決一死戰。」

吉揚・雅布道：「不，集中在一起反而讓野猴有機會用大槍和砲彈摧毀我們，就像西拉歐卡夫尼和古白楊的慘敗一樣。反過來說，我們分散攻擊，野猴才會疲於奔命。」

那洛韶人道：「我們沒有那麼強的背賀靈，無法如同你一樣的行動。」

「向 utux 祈求、傾聽風的聲音吧。無論如何，你總是比野猴熟悉自己的部落領域。」吉揚・雅布堅定地道，「我們雖然分開來攻擊，卻仍是在一起作戰，為了守衛祖先們開闢的這片內太魯閣而奮鬥！」

⌘

有傳聞說，日本人的「總頭目」來到西拉歐卡夫尼下方的溪底，吉揚・雅布和烏明・鹿黑想要潛入觀察，但當地警衛森嚴，根本難以靠近。只能繞到大河對岸的樹林中遠遠眺望。

此地日軍眾多，除了到處站哨、巡邏的士兵，還有很多人悠閒地在石蔭下午睡，或在清澈的支流裡洗浴。

和日軍交手過幾次之後，族人們慢慢也觀察到對方的指揮體系。日軍的「頭目」並不像族人頭目總是跑在最前面領導作戰，甚至不拿槍，而是用一把細窄的長刀指揮。雖然所有人穿著類似的衣服，但肩章顏色不一樣，士兵是紅色，而越大的「頭目」肩章上黃色的部分越多。

天色逐漸暗下來，這時好幾個配戴黃色肩章的「大頭目」走向營地中央的一棟帳幕，激昂地議論起來。營帳裡似乎坐著一名白髭老人，昏暗中無法看清楚，也不知道是否就是「總頭目」。吉揚．雅布聽不懂他們的語言，但不時聽到怪腔怪調的「陶賽」、「西寶」、「塔比多」等地名，那老人甚且激昂地連聲提及「太魯閣」和「馬黑洋」，而其他「大頭目」們只能唯唯而應。吉揚．雅布對烏明．鹿黑低聲道：「他們接下來要去攻打馬黑洋了。」

最後「大頭目」們起身敬禮，各自離去，留下那名老人在帳中。這時天色全黑，只能從昏黃的燭火看見對方朦朧的樣貌。老人脫下帽子，露出花雜的平頭。烏明．鹿黑抱怨也似地道：「奇怪，野猴不剃鬍子，卻都把頭髮切得好短。就算獵得他們的首級，也沒有頭髮可以綴在刀鞘上。」

吉揚．雅布下意識摸摸刀鞘上的敵髮，然後舉起步槍虛比一比。這時那老人忽然看向這邊，眼中精光閃動，彷彿發現了二人行蹤。吉揚．雅布心底一突，趕緊伏低身子。再起身時，帳中燭火已然「噗」地一下吹滅了。

二人並未返回避難所，就近找地方休息一晚，繼續觀察。隔天清晨，整個營地大為忙碌，許多士兵把槍背上肩，手上卻拿著山刀、鶴嘴鋤和鋸子出發，顯然是要去開闢道路。

那老人一早就走出營帳，在眾多護衛簇擁下離開溪底上攀，往西拉歐卡夫尼社的方向而去。

烏明．鹿黑忙道：「那個老人走到樹林裡看不到了。」

「他要去古白楊，前面有一片斷崖，可以從大河這邊看見。」吉揚．雅布轉身鑽進森林，迅捷無比地移動，不多時抵達一處能夠展望對岸斷崖的稜線。他駐足一看，暗道不好，此處距離對面太遠，幾乎是步槍有效射程的兩倍之遙，就算能夠用高超的射擊技術打中，子彈勁道也已衰弱，未必能造成傷害。

烏明．鹿黑道：「這裡射不到，換個地方吧。」

吉揚．雅布仔細觀望，發覺懸崖上出現一條窄窄的灰白色亮帶，那是日軍新開出來的道路，遂伸手指道：「野猴走路很笨拙，不曉得怎麼通過懸崖，所以敲碎石頭闢出一條路來。可是那條路很窄，我料野猴還是沒有辦法平穩走過，尤其是那個老人，在懸崖上一定走得很慢，等於停下來讓我們瞄準。」

烏明．鹿黑想了想，道：「也好，那就試試。」

兩人等候許久，雖然有兩支日軍隊伍通過，但始終等不到那老人出現。烏明．鹿黑忍不住道：「他會不會去了別的地方？」

「再等一下，好獵人要有耐心。」吉揚．雅布篤定地道。

果然又過了一會兒，懸崖道路這頭人聲嘈雜，那老人一行抵達了。吉揚．雅布心想，他們還真是吵鬧，不知道這樣是不吉利的嗎？對方在懸崖前爭論了一番，似乎猶豫著要不要通過，但那老人非常堅持，於是隊伍開始依序攀上懸崖。遠遠看去，許多茶褐色的細小人影陸續貼在灰白的崖壁上橫向移動著。

「走得好慢啊，已經在崖壁上敲出路來了還不會走。」烏明．鹿黑恥笑道。

「出草的時候不要談笑啊。」吉揚．雅布淡淡地道。

他一無動作，像石頭一樣佇在風裡，傾聽著utux的話語。等那老人好不容易攀到崖壁正中間時，他才緩緩將步槍舉起。這是祖父留給他的溫徹斯特十五連發槍，古白楊最偉大的勇士曾用它射殺過無數敵人和獵物，灌注了獵人一生的精魂。當吉揚．雅布的臉頰貼著槍柄，目光順著準星延伸，他感覺到祖父之靈就在一旁微微擺弄槍管，幫助他瞄準目標。

風勢狂亂吹拂，斷斷續續地傳來utux們急切的提點：距離很遠，必須瞄得高些。子彈的力量不夠，一定要射中要害。不，現在風還是太大，再等一下……

忽然間風停了，大河兩岸千萬棵樹木同時靜止，utux們也都噤聲不語。吉揚．雅布掌握這極為短暫的一瞬間，搭在扳機上的食指發勁扣下。然而就在此時，匍匐在崖壁上慢慢移動的老人不知怎麼卻頓了一下，甚至微微向後退縮，吉揚．雅布手上槍管細不可察地偏了那麼一點點，「啪喀——」豪邁的槍響已然隨著子彈疾飛而去，溪谷裡的強風重新吹起，群山震動。

老人上方的石壁迸出一點火星，聽見槍聲的隊伍如同遭遇驟雨的蟻群般躁動起來。吉揚．雅布毫不猶豫地拉下環狀槍機退殼進彈，再次瞄準，但他還沒來得及扣下扳機，便看到老人茶褐色的身影直墜而下。

「打中了！」烏明．鹿黑歡呼。

吉揚．雅布心知未曾打中，探起身子想補上一槍，但崖下叢生的植物遮蔽了視線，完全看不到老人的蹤影，而隨行日軍已然朝著這邊盲目地開槍射擊。吉揚．雅布咬牙道：「走！」和烏明．鹿黑轉身消失在森林之中。

第九章　蒼天

六月二十九日深夜，強烈颱風直接侵襲太魯閣地區。風和雨夾成一團大塊大塊地砸落，天地之間猶如一座巨型的瀑布嘩啦嘩啦傾洩著，任何試圖衝進風雨中的人，都會被一堵又冰又重的巨牆所壓迫。

風順著擢其力溪谷由東向西長驅直入，起初隱隱轟鳴彷彿遠方的濤聲，接著霎然轉強，好似百萬大軍翻越山嶺直攻而來。看得見的一切東西都在劇烈搖晃，整座山的樹木死命掙扎著，溪水也沸騰般搖動。兩山夾崖之間發出「咻——」的尖銳呼哨，那是長風以溪谷為孔道，恣意吹奏出來的萬竅齊鳴之聲。

營地裡早就亂成一團，只聽見風雨聲中夾雜著銅鍋「鐺、鐺鐺、鐺……」地翻滾遠去，帳幕「劈啦——」撕裂掀飛，甚或整頂帳棚都被吹垮。人們在伸手不見五指的黑夜裡急切而慌亂地呼喊，無論是士兵還是人夫都渾身溼透，只能勉強抓著手邊的毛毯、涼席或殘破帳幕避免雨水直接打在身上。

佐久間左馬太躺臥在總督專用的幕舍之中，聽著屋頂帳布上撒豆般的飄風驟雨，以及外面慌亂奔走的鬨鬧。忽然間「嘎吱」一響，整個幕舍像是挨了巨人一巴掌似地向後歪斜，搖搖欲墜。

副官隱明寺敬治衝出帳外，在狂風暴雨中嘶吼：「搶救軍司令部幕舍……總督閣下在裡面休養……絕不能有所閃失……快……召集作業隊和人夫……沒有木柱？把旁邊傾倒的帳棚拆掉不就有了……」頓時人聲雜沓，忙亂地過來搶救。

「得罪！」三個下級軍官衝進帳中，十萬火急地道：「請容我等由內撐住幕舍，保護總督閣下安全！」說罷顧不得渾身雨水到處亂灑，分頭抓著梁柱用力推頂起來。儘管幕舍堪危，佐久間左馬太依然一動也不動地躺在床上，淡然看著幽黑的屋頂，感覺水珠滴落在自己臉上。

在指揮者的吆喝聲中，幕舍漸漸重新拉直，雖然還是略有歪斜，畢竟恢復安穩牢固。

「辛苦了。」佐久間左馬太突然發出宏亮的聲音道。軍官們先是嚇了一跳，接著喜道：「欣見總督閣下恢復良好，真是不勝喜悅。」說罷一齊行禮退出帳外。

最激烈的三、四個小時過去，雖然仍是風雨交加，但勢頭已逐漸衰減。天亮時，臺北醫院院長稻垣長次郎醫學博士和一等軍醫正村上彌穗若前來診治。稻垣長次郎一邊使用聽診器，一邊問道：「總督閣下今天覺得如何？」
「多蒙照料，已經好多了。」佐久間左馬太道。
「燒退了，今天也沒有嘔吐，聽隱明寺副官說閣下還吃了些稀飯，看來最令人擔心的腦震盪已經不要緊了。」稻垣長次郎欣慰地道，「至於頭部和軀幹各處的挫傷和撕裂傷，都只損及皮肉，並無大礙。」
「幸虧有博士這樣的國手在。這幾天我躺在床上甚麼事也不能做，寫了首詩聊作紀念，權作對博士的感謝。」佐久間左馬太說著逕自朗聲吟道：

越古稀始知斷崖轉落之苦，幸而蘇生有今日之稻村國手之賜，常欲為頭目之狙擊蕃賊有知所，欣喜雀躍飲粟酒。

「哈，哈，總督閣下也頗有才情呢。」稻垣長次郎不禁莞爾，沒想到這位渾身武骨的老將領也賦起詩來。雖然粗鄙不通，甚至還把稻垣的姓氏弄錯成「稻村」，但從診斷的角度來看乃是好現象，於是笑道：「有賦詩的心情表示恢復良好，可喜可賀。話說回來，從二十米的懸崖轉落卻只受到這樣輕傷，可見總督閣下平日身體維持得很好，瞬間的反應也很敏捷。」
村上彌穗若則道：「然而『欣喜雀躍飲粟酒』云云，還是等過一陣子再說吧。」說罷三人一陣哄笑。

稻垣長次郎見總督心情開朗起來，趁機道：「從醫療的立場來說，總督閣下還是轉往埔里社的軍醫院治療調養為宜。」

「斷然拒絕！」佐久間左馬太瞬間臉色一沉，「本總督只有死在陣前，絕不接受後送。」

「報告！」參謀長木下宇三郎和第二守備隊司令官荻野末吉出現在門口，稻垣和村上收起診療器具和病歷表，道聲：「請好好休養。」便相偕退出。

「前線戰況如何？」佐久間左馬太彷彿不曾知道颱風來襲似地問。

木下宇三郎道：「這次颱風威力強大，營地內帳棚幾乎全部破損，連炊爨都有困難。此外掩堡毀壞，道路崩塌，電話全面不通，無法得知其他地方的情形……」

「我是問你『太魯閣主力蕃大討伐』實行的情況如何！」佐久間左馬太霸道地問。

木下宇三郎和荻野末吉互看一眼，相關戰況昨天已經跟總督報告過了，難道他傷後腦力衰退，竟不記得此事？荻野末吉清了清嗓子道：「在軍、警兩面夾擊之下，我軍大獲全勝！第二守備隊第一大隊從擢其力溪右岸進軍，第三大隊攻略瓦黑爾一線，警察方面的永田隊則占領布洛灣西方稜線。此外，砲兵也將山砲推進到饅頭山頂，對擢其力溪上下游和陶賽溪展開砲擊。」

木下宇三郎也道：「我軍進出陶賽溪左岸掃蕩，軍警雙方先頭部隊也已在巴達岡社下方的擢其力溪谷會師。經過此役之後，我軍不但掌握能制外太魯閣於死命的要地海鼠山，內太魯閣事實上更可認定為全滅！」

「唔。」佐久間左馬太並無喜色，追問道，「敵我雙方損傷如何？」

荻野末吉道：「第三大隊遭遇八十名敵人，係最頑強之抵抗，彼此在十米內突擊，蕃人甚且以投石應戰。總計兩天內的戰鬥，我軍陣亡五名，其中包括中尉軍官一名，受傷兵卒二十三名。戰場上遺留的蕃人死體為六具，至於砲擊造成的傷亡無法確認。」

幕舍內陷入一片沉默，嘩嘩的風雨聲顯得格外清晰。佐久間左馬太良久才道：「我軍傷亡近三十名，只能確認敵方死亡六名。這就是『主力蕃討伐』大獲全勝的戰果？」他平靜地緩緩說來，卻顯得格外陰沉。

荻野末吉忙道：「敵人的傷亡一定超過此數，只是負傷遁逃者無法確認而已。」木下宇三郎也道：「內、外太魯閣所有要地都已確實占領，戰略上已然獲勝無疑。」

「我知道了。」佐久間左馬太一瞬間顯露疲態，虛弱地道，「先頭部隊持續掃蕩，同時命平岡的第一守備隊討伐逃到拉比特溪和瓦黑爾溪的殘敵，務必全面處分。以上。」

「了解！」木下宇三郎和荻野末吉行禮退出。

佐久間左馬太把軍用地圖攤在枕頭上，戴起老花眼鏡，側著身體用指頭不住點畫，口中喃喃念道：「饅頭山、瓦黑爾溪、陶賽溪、馬黑洋、海鼠山、布洛灣……」

隱明寺敬治從旁勸道：「大將傷勢未癒，昨晚又在暴風雨中徹夜不眠，還是先休息一下吧。」

「嗯。」佐久間左馬太並不理會，自顧看了一會兒地圖，忽然沒來由地問道：「你覺得乃木大將怎麼樣？」

「您是說乃木希典大將？」隱明寺敬治不知總督指的是甚麼，只能籠統地回答，「乃木大將是維新元勛，素有軍神之稱，且質素嚴謹，為我帝國軍人所景仰。」

佐久間左馬太續問：「先皇陛下崩御之後，乃木大將切腹殉死，你以為如何？」三年前，乃木希典和妻子在明治天皇大葬當日雙雙自盡殉死，乃木本人甚且以「十文字切」古法切腹後再自行割頸氣絕，遺書中表明此舉係為三十五年前西南戰爭時連隊旗遭敵軍奪走一事贖罪，一時震驚國內外。

隱明寺敬治答道：「乃木大將此舉固然出於質素純直的性格，有古武士之風，但也有令人無法苟同之處。」

「嗯？」

「一旦為君殉死，就無法繼續為國效力了。」隱明寺敬治跟隨總督多年，頗為了解他的想法，揣摩道，「小官之愚見，盡心完成先皇遺願、輔佐當今聖上拓展帝國版圖，才是對先皇徹底盡忠之道。」

「說得好！」佐久間左馬太雙肩顫抖，顯得非常激動，「先皇陛下對我等老將們的浩瀚皇恩，你們年輕一輩絕對無法體會。黑船事件之後，諸外國交相侵凌，國內動亂不堪，都賴先皇陛下之英明促使上下一心，才有帝國今日的光榮。因此源三（乃木舊名）為先皇奉獻性命的心情我比誰都了解，但我反對殉死那樣過時的作風，身為武人，要死就應該死在開發皇土的戰場上。」

隱明寺敬治恍然道：「怪不得大將轉落到懸崖下方時，直說死在該地是閣下的本望，不肯讓我們救治搬運。」

「不錯，戰死沙場是我這副老軀最後的心願。」佐久間左馬太萬分遺憾地道，「明治三十五年（一九〇二）我不慎墜馬造成胸部挫傷，為此長期休養，錯過兩年後的日露（俄）戰爭，此乃平生最大恥辱。本以為將會就此不名譽地退役，沒想到又過兩年後竟得以出任臺灣總督，並被先皇陛下親授理蕃大任，當時我就已經有所覺悟，即便犧牲性命也要完成理蕃事業。只可惜先皇陛下在三年前崩御，無法將此成果親自上奏陛下。」

隱明寺敬治深知佐久間左馬太對明治天皇的崇敬，但此時聽他病中表白，仍然大受感動：「先皇神靈洞鑑，定然對此偉業大感欣慰的。」

「先皇崩御，國家昔年維新的志氣也跟著消散了。現在當道的人都只想著升官發財，還有誰抱著一腔熱血為國奉公？國內的氣氛已經汙濁不堪，我在臺灣所為就是希望喚醒志士之魂。」佐久間左馬太不服輸地道，「也許我無法如願靠自己的雙腳走通太魯閣，從花蓮港凱旋而歸。但至少在戰爭結束之前，我這個軍司令官絕不後退。」

「謹遵臺命！我會從旁輔佐到最後，拜見理蕃事業成就大功。」隱明寺敬治巧妙地勸道，「為了全軍士氣和往後指揮需要，現在請大將善加休養，盡早恢復。」

「我知道了。」佐久間左馬太實在也是累了，抒發情緒之後心情放鬆許多，遂把地圖放回小几上，側身躺倒，「我先睡兩個小時，如果不是緊急軍情就別叫我。」

「是！」隱明寺敬治走出帳外，將幕門拉上。風雨漸漸歇止，陽光不時露臉。隱明寺敬治凜然肅立在幕舍門口，不許任何人打擾總督休息。

這時他們還不知道，就在兩天前「太魯閣主力蕃討伐」發動同時，亦即一九一四年六月二十八日，奧匈帝國王儲斐迪南大公夫婦在波士尼亞首府賽拉耶佛遭到暗殺，原本便已緊繃無已的同盟國和協約國對壘態勢，即將一發不可收拾。日本政府也正摩拳擦掌，準備奪取德國在山東及南洋諸島的權益。

面對複雜的國際局勢，日本政府在政治、外交和軍事各方面積極對外布局。影響所及，無法繼續容忍臺灣總督執著於理蕃事業的氣氛也就愈發濃厚。

✦

颱風雖然阻擋了日本軍警進攻的腳步，但對族人來說也是一番折磨，不僅藏身的山洞被狂風暴雨打入，本來就已極度匱乏的食物更無法補充。儘管族人們迫於無奈打破夏天不狩獵的原則，四出設置陷阱或用弓箭射獵，但大河南岸的動物本來就比較少，只能抓到少量山羌、藍腹鷴、黃鼠狼和高山田鼠，勉強讓大家在飢餓邊緣撐下去。而颱風來襲之後，森林裡倒木一片，溪澗暴漲山壁崩塌，動物們也都藏匿無蹤，更難獵捕。

這幾天，吉揚．雅布和其他壯丁們忙著奔波覓食，無力發動對日軍的攻擊，事實上眾人抵抗的士氣與決心也已經像崩塌的斷崖般直墜谷底。颱風來襲前他們打了重要的一戰，雖然創下殺傷敵人最多的戰績，但以結果而言卻是徹底失敗。

當天日軍企圖將兩門山砲及兩門臼砲運到饅頭山上，設置砲臺攻擊各部落。饅頭山是畢祿東稜的最後一個山頭，山腳下就是擢其力溪和瓦黑爾溪合流處，砲臺射界涵蓋整個內太魯閣和陶賽溪左岸。幾個從外太魯閣前來投靠的戰士告訴內太魯閣人，山砲不但射程遠，威力也比臼砲更大，一旦讓敵人把砲運到山頂，太魯閣人就再也沒有反抗的可能。於是吉揚．雅布召集所有能夠戰鬥的壯丁大舉前去攻擊。

饅頭山遠看形似圓胖的饅頭，因而被日本人取了這樣可愛的名字，然而實際上山勢陡峻，非常難以攀爬，何況是要把重武器搬運上去。因此即便有大量兵力護衛，吉揚．雅布等人依然屢屢得手，前後幾波攻擊總共殺傷十四名日軍。

然而日軍以必死的決心，不惜犧牲將四門砲盡數運到山頂組裝起來，隨即向四面八方的部落開砲射擊。兩門克魯伯式七糎山砲發揮難以想像的威力，原本令族人們驚駭莫名的臼砲聲響，和山砲一比之下簡直細若蚊鳴。天崩地裂的砲聲迴盪在每一條溪谷中，即便是視線被地形遮蔽的目標，砲兵也能從地圖上算出射角準確命中。

一個又一個部落中彈爆炸，一棟又一棟房屋化為沖天煙柱。族人們徹底被震撼了，連utux們彷彿也戰慄噤聲，溪谷的風裡不再有utux叨叨絮絮的話語，只剩下刺鼻的硝煙味和磣人的寂靜。

當晚颱風來襲，整個山區迷濛一片，所有部落、營地和避難所都變成孤島。族人們對眼前暴風雨的恐懼暫時掩蓋了砲擊帶來的驚惶，但不知不覺中，戰鬥到底的決心已悄悄被風雨澆熄。

第一個颱風過去七天之後，好不容易開始能找到一些獵物，卻又出現第二個更大的颱風，使族人徹底陷入絕境。

在暴烈的風雨中，莎妲．瓦其赫抱著孩子痛哭起來：「孩子的哭聲越來越微弱了，我沒有足夠的奶水可以餵他，所有的衣服布毯也都全溼了，我們該怎麼辦？」

吉揚．雅布心中刺痛，但也只能空泛地安慰：「別怕，暴風雨會過去的。」

莎妲．瓦其赫道：「我不是害怕，而是自責。都是我在野外產子才引來厄運，utux一定非常震怒，竟然接連帶來兩場暴風雨。」

「如果utux不能福佑我們對抗敵人的砲彈，又怎麼能夠因為妳在逃難中臨盆而降下災厄？」吉揚．雅布不服氣地道。

在一旁的岳父瓦其赫．哈比插口道：「祖先們曾經說過，人與utux之間是和平共存。我們把辛勤餵養的雞和豬奉獻給utux，交換他們賜與屬於山林的獵物和敵首。如果有人違反了gaya，就必須用贖罪來求取和解。但有時候utux也會任性地胡亂降下災禍，我們就絕對不可退縮，必須向他們據理力爭，甚至揮刀相向也在所不惜。」

吉揚．雅布道：「那麼究竟這兩場暴風雨是utux在懲罰我們，還是任性降災呢？」

瓦其赫．哈比默然良久，這位素有勇士之名的西拉歐卡夫尼頭目，忽然變得蒼老不堪。他表情扭曲，痛苦地說出眾人一直不敢去想、不願意去承認的念頭：「也許我們的utux真的敵不過野猴的kagaku（科學），無法福佑我們戰勝敵人。祂們在砲彈的驚擾之下，只能用盡全部的力量召來暴風雨做為反擊吧。」

暴風雨打進每個人的心中，混雜著悲憤、恚怒、悔恨、沮喪與絕望的情緒，無法再說任何話語。吉揚．雅布忽然感到臉上一陣冰冷，那不知是在懲罰族人還是反擊敵人的暴風雨，潑喇潑喇地打進山洞。吉揚．雅布唯一能做的，只有稍稍挪動，把妻兒擋在自己身後。

風雨過後，族人紛紛走出悶溼的山洞。前夜裡，兩名婦女和一個孩子在飢餓和疾病中死去。按照習俗，不在家中過世的人屬於橫死，不可埋葬，壯丁和兒童更不能觸摸。幾個老人將遺體搬出山洞拋棄在荒野，只用薄薄的泥土和枝葉稍加覆蓋以免動物侵擾。

吉揚．雅布和壯丁們拿起武器，準備出去碰碰運氣，多少找些吃的東西回來。一個老人拉住吉揚，殷殷請求道：「應該是小米成熟的日子了，你去古白楊的耕地看一下暴風雨是否將小米浸壞？也許utux還有最後一點仁慈，保護小米穗不被吹倒。」

吉揚．雅布答應了他的請求，和烏明．鹿黑一起向古白楊前進。大河在颱風過後暴漲，灰濁的溪水匯聚了滿山的憤怒，不住瘋狂跳躍。兩人繞了很遠的路才遇到一棵倒跨過溪床的巨木，他們戰戰兢兢地踩著樹幹通過，奔騰的溪水還不時溢過腳面，但他們都沒有退縮的念頭。

蔚藍的天空沒有半片雲朵，格外炙熱的陽光將吸飽了水的山林曬得蒸悶不堪。兩人在東倒西歪的森林裡掙扎前進，強烈的飢餓使他們無力揮砍擋路的草木，沉重的獵刀又不斷被潮溼的藤蔓所糾纏。

他們好不容易才回到古白楊，小心不被日軍發現，偷偷從森林邊緣向外望去，頓時不由得身軀一軟，扶著樹幹眼淚直流。

「utux沒有厭棄我們……」

山坡耕地上的小米和黍子奇蹟般地毫無損傷，一團團毛茸茸的粟穗飽滿低垂，在微風中優雅擺盪不已。那美好的顏色，宣告著難得一見的大豐收。

✦

在外太魯閣赫赫斯社的避難所，族人們也為小米的豐收感到一則以喜，一則以憂，甚至為此爭執不休。

「小米已經成熟了，不去收割的話，這個冬天我們就沒有東西吃了。」

「更重要的是，如果不舉行收穫祭感謝utux福佑，連來年的農事都會有問題。」

「可是部落被野猴占據了，不跟他們和解無法到耕地裡去啊。」

「野猴要的不是和解，而是要我們歸順——把槍交出去，這怎麼行！」

「事到如今恐怕也只能這麼做了，先是恐怖的砲彈把房子燒毀，接連兩次暴風雨讓我們完全沒有東西吃，大家都生病了……」

「不行，我們不能屈服，這是祖先留下來的土地，一定要保衛到底！」

「你回頭看看，老人和小孩都撐不下去啦，難道你要讓所有人都死掉嗎？」

眾人在飢餓、疲倦和沮喪的催化下不斷升高情緒，氣氛也越來越嚴峻。哈鹿閣・納威抱胸聆聽，從頭到尾不發一語。

「野猴來了！」負責警戒的壯丁從外面狂奔而來，上氣不接下氣地喊道，「野猴往我們這邊過來，很快就要到了。」

戰士們霎時如驚弓之鳥般彈起身來，紛紛問道：「在哪裡？」「有多少人？」「野猴怎麼會知道我們的避難所？」其他的族人陷入一團混亂，孩子們更嚇得哭了起來。

「頭目！你說我們應該怎麼做？」一個戰士問。

「怎麼做？」「怎麼做？」「頭目！」眾人焦急地質問。

哈鹿閣・納威習慣性地掏出菸斗叼在嘴上，一摸腰間的菸草袋才想起早已沒有菸草，憤然將菸斗遠遠擲出，霍地起身道：「祖訓告訴我們，部落領域的每一個角落都是祖先辛苦開闢的，敵人侵犯時要守護到底！」

「喝！」主戰的壯丁們齊聲附和。

哈鹿閣．納威頓了一頓，續道：「但是祖訓也說過，讓家族的血脈延續下去是更重要的事。萬一無法守住領域，不得已的情況下也只好遷到其他地方重新建立部落。」

一個戰士叫道：「但是這次野猴攻進整個太魯閣，無論上游、下游還是巴托蘭，甚至道澤人和巴雷巴奧人的領域都不放過。我們就算想逃也沒有地方去，既然如此，不如就戰死在這裡！」

哈鹿閣．納威緩緩地道：「關於如何結束這場戰爭的方式，已經超過我的智慧所能明白，甚至也不是utux的力量所能引導。」他語氣平靜，卻令人感到驚心動魄。

有人當即抗議：「不可看輕utux！」但更多人低聲嘆息。

「十八年來，我們和野猴作戰三次，前兩次都獲得勝利，留下許多英勇事蹟。」哈鹿閣．納威深沉地道，「然而這十八年中，越了解野猴，越明白我們不可能永遠戰勝對方。你們也看到了，海上的大船、通電鐵條網、砲彈和機關槍，還有很多新的事物，這些都是看似笨拙的野猴能夠戰勝我們的原因。我們沒有任何勝算！」

眾人心情複雜，有的咬牙切齒，有的低聲啜泣，也有人茫然不知所措。

「聽說古魯、落支煙和得卡倫等社都犧牲慘重，不得不把槍交出去了。我們奮勇抵抗到現在，已經有一半壯丁戰死，彈藥也所剩無幾。」哈鹿閣．納威環顧著挫敗疲憊的戰士，以及凍餒驚惶委頓不堪的族人，悲壯地道，「我必須做出此生最後的，也是最困難的決定——我們暫且歸順，把一部分的槍交給野猴。」

族人們仰天怒吼，發出哀慟的呼號。戰士們激憤道：「我們還能打，至少再打最後一戰，讓我們光榮戰死吧！」「頭目，你不去打，就讓願意打的人去吧！」一半壯丁隨即高舉武器吶喊，另一半人則痛苦掩面，不知所措。

「野猴逼近我們最後的據點，如果繼續抵抗，不只是戰士，恐怕整個部落都會被屠滅的。」哈鹿閣．納威艱難地道，「孩子們，活下去吧！家族血脈必須延續，utux也要有人祀奉。至於放棄抵抗的罪咎就讓我來承擔，讓我在踏上靈橋的時候墜入有毒的汙濁河底，遭受螃蟹利螯的酷刑，永遠徘徊在惡靈的世界。」

「頭目……」

「活下去吧，別讓老人、女人和孩子留下來面對飢餓。活下去吧，耕地上的小米和苧麻還在等著我們收成，utux也正在等待收穫祭上的小米酒！」哈鹿閣．納威仰頭看著蔚藍的天空，低聲道，「帶著utux的福佑活下去，不要忘記今天，慢慢等待下一次反抗的機會吧。」

外圍的一個老人忍不住啜泣起來，情緒很快渲染開來，族人們全都嚎啕捶胸，哭成一片。

✦

七月七日來襲的第二個颱風，威力比前一個還要驚人。山區各營地的掩堡、伙房、倉庫、救護班全毀，所有帳棚全數被吹垮，只有總督的幕舍在參謀長親自帶頭搶救下保持完整。運輸道路的路基和橋梁被沖毀，電話通信全面斷絕，食物也都浸水。就連在平地的警察部隊總司令部木造建築也無法倖免，盡數倒塌，更有不少人被落石壓死或擊傷。

更不利的是，後方湳仔（南投名間湳仔埔）到埔里社間新建的輕便鐵道，以及埔里社到眉溪間的軍用輕便鐵道都被沖壞，修復需要相當時間。糧食輸送中斷，部隊再次減食因應，所有進軍計畫也都被迫停止。

風雨過後，天氣變得不可思議的悶熱。風完全死滅，山頂上聳入天際的燦白積雲彷彿凝固般毫無變化，滿山草木一動也不動。熾熱的太陽猶如頭頂上焚燒的篝火，將溪谷中的大理石照得耀目刺眼。而四面八方的蟬兒們不覺燠熱也不知疲憊地賣力爭鳴，讓人聽得更加焦躁。

「怎麼連溪底也這麼熱啊？」楢崎冬花整個人癱在樹蔭下，快融化了似的抱怨著。

「聽說合歡山頂現在晚上還是有人凍死呢，這裡卻熱得教人受不了。」下田正同樣懶散地道。

這時一個傳令兵在幾頂將官的帳棚間往來奔走：「報告！臺北測候所發來電報，石垣島東南方發生熱帶低氣壓，正往西北前進！」

「不會吧。」楢崎冬花哀嚎起來，「暴風雨最讓人受不了啊。」

下田正調侃道：「要不熱死，要不凍死，要不就是暴風雨！」

楢崎冬花摀著肚子道：「暴風雨再來我們都要餓死了。」

「喂，說到餓，馬上有一群餓鬼來了。」下田正往前一指，道路上一大群族人扶老攜幼而來，總數竟有上百名之多。

「今天來歸順的人很多喔，恐怕要破紀錄了。」楢崎冬花彈起身子道，「看來操縱蕃人搜索親族的計策成功了，只要給他們一點食鹽、火柴和棉布，就能驅使他們帶更多人來歸順。」

下田正也坐起來：「他們是餓壞啦，你看那瘦弱狼狽的樣子。」

旁邊一名士兵嫌懼地道：「真的跟餓鬼沒兩樣，尤其是當中那個老婦，簡直就是安達之原的鬼婆[1]！」來降的族人們逃難多日，個個憔悴不堪，而老婦人皺紋密布的臉上又刺滿大片墨文，在日本人眼中看起來格外驚悚。

楢崎冬花三步併作兩步上前，抓著一名南投托魯閣的通譯詢問：「他們是哪個社的？」

1 安達之原的鬼婆：傳說中福島縣阿武隈川東岸的安達之原上有一個鬼婆，經常襲擊往來旅人，吸食肝血人肉。

那通譯道：「大部分是卡拉堡，也有西拉歐卡夫尼和古白楊的，還有幾個可浪社人。」

「可浪社？」楢崎冬花詫道，「那不是快到外太魯閣了，他們竟逃到這麼遠的地方來避難。」

「可浪社到這裡並不遠啊。」那通譯用族人的想法來判斷，理所當然地道。

族人們被領到一處較空曠的地方，負責納降的軍官坐在桌子後面，由通譯協助登錄每個人的部落、名字、性別和年齡。這幾天來，已經有許多族人陸續前來歸順，要求食物，並希望到耕地去收割小米。

楢崎冬花走向族人近距離觀察。太魯閣的男人們面如鐵鑄，即便遭逢絕境依然神情凜凜，而女人們除了滿臉駭人的刺墨，在楢崎冬花眼中與男人們區別不大。人人蓬頭垢面、衣衫襤褸，也有人幾近赤裸。一名婦人伸出骨瘦如柴的手臂，對楢崎冬花不斷說著他聽不懂的言語，顯然是要討取食物。

這似乎與楢崎冬花原本的想像相去不遠，但他也覺得太魯閣人並不如總督府一貫宣稱的那樣，是「島上最獰猛凶惡的生蕃」。

族人一完成登錄，士兵隨即遞上剩飯和菸草。缺糧期間白米不足，伙房用部落裡的小米、黍子和番薯加以補充，但日本士兵多嫌粟黍粗糲難以下嚥，又因天氣炎熱食欲不佳，只將白米吃完，殘留不少粟黍，這時都收集起來提供給族人。

楢崎冬花觀察到，年輕的族人儘管再餓，拿到食物時卻不急著食用，而是耐心等候自家長輩完成登錄、取得食物並且全部吃完之後，自己才開始食用。菸草也同樣是由老人們先抽，年輕人才敢接著點上。

「蕃人出乎意料的有規矩呢。」楢崎冬花訝異地道，「就算已經飢餓不堪，他們還是謹守長幼有序的倫理，太叫人吃驚了。」

「冬花先生的想像力太豐富了吧，他們只是一群野蠻的生蕃啊。」一名少尉不屑地譏諷道，「不信的話，拿點正常的食物給他們吃吃看。」

一個士兵隨即嘻嘻哈哈地拿來用醬油及味噌煮炊的飯餔，連同幾塊英式餅乾和長崎蛋糕遞給族人。族人們聞了聞飯餔，皺著眉頭毫無興趣。其中一人好奇地咬了一口蛋糕，馬上滿臉驚恐地吐掉。

士兵們拍手鼓譟起來：「蕃人就是蕃人，無福享用文明美味，只配吃原始的粗食。」

「你們看！」一名士兵叫道，「那個蕃人竟把我們丟棄的兜襠布當成頭巾纏在頭上！」

「啊哈哈哈！」士兵們抱著肚子笑得東倒西歪，「那傢伙不知道這玩意兒是用來包甚麼的嗎？」

「好看！」一名少尉假作嚴肅，煞有介事地評論道，「太適合他了！」眾人先是一楞，接著爆笑不已，放肆的笑聲迴盪在溪谷中。

就在這時，族人中傳出一陣宏亮的嬰兒哭聲，「哇啊哇啊」地使盡全力啼哭，把滿山的蟬聲都掩蓋下去。抱著嬰兒的婦女輕輕搖晃身子，唱起古樸的歌調，雖然眾人不解其意，卻都被她真摯的吟唱所吸引，不由得凝神傾聽：

Mhuma ku masu wada uqun purey’, mhuma ku gisan wada uqun qbhni’, mhuya ta du wa mhuya ta du wa’.

（我種的小米被蟲吃了，我種的山豆被小鳥吃了，我怎麼辦？我怎麼辦？）

Mhuma ku bunga wada uqun purey’, mhuma ku qrig wada uqun brihut’, mhuya ta du wa mhuya ta du wa’.

（我種的地瓜被蟲蛀了，我種的苧麻被松鼠啃了，我怎麼辦？我怎麼辦？）

Maungat mu klaan ini ku sngaya’, kari rudan suxal ini ku sngaya.

（我知道這是我們的gaya，老人的話我們不能忘記。）

Naqih ku nanak naqih ku bi nanak’, mhuma ku baun wada uqun bowyak’.

（我犯了錯，這都是因為我犯了錯。所以我種的南瓜都被山豬吃光了。）

這位母親忘卻逃難的滄桑，無視敵人訕笑的屈辱，專注而慈愛地安撫著孩子，周身似乎泛著一圈聖潔的光芒。

訕笑聲像是被剪斷般消失，少尉輕蔑的表情霎時僵住，想起自己出征前剛出生的孩子。已經成家的士兵們無不動容，即便是還單身的年輕人也都同感震動。生命最原初的哭聲，亙古不變的母愛，與這樸野自然的山林渾然天成地交融一片。在極為短暫的剎那之間，日本人意識到自己乃是不屬於這片世外之地的闖入者，隱隱有種無地自容的羞慚。儘管他們很快都在心裡搬出許多文明的藉口，瞬間恢復了征服者的姿態，但也都不再開口取笑。

當晚營地裡格外安靜，士兵們都早早就寢，縮在鋪位上豎著耳朵傾聽。即便嬰兒吃飽奶水後漸漸不再哭鬧，每個人的耳際依舊徹夜迴響著孩子的哭聲。

✦

七月十三日第三個颱風來襲，幸而這回只是短暫地一觸而去，並未釀成像前兩次一樣巨大的災害。兩天後，斷絕了一週的運輸道路和電話通信大抵恢復。

總督府民政長官，也是警察部隊的總指揮官內田嘉吉，自從開戰以來一直留守在臺北的總督府處理普通政務。而因為太魯閣戰事進入第二階段，內田嘉吉必須和總督討論後續行動計畫，因此七月十日從臺北出發，經埔里社翻越中央山脈，在十五日抵達西拉歐卡夫尼。

由於兩個守備隊司令部都在前線，因此只有軍司令部成員、內田嘉吉與其隨員參與討論接下來的「第二次行動計畫」。

「總督閣下此次不幸，雖為小官深感遺憾，然而天下之同情，也因此一致集中於總督及理蕃事業之上。」內田嘉吉首先官腔官調地慰問道，「閣下如此勞身焦慮，誰不感動？作為部屬，小官只有努力遵循閣下之意圖，盡瘁理蕃事業之大成。」

「讓你操心了。」佐久間左馬太看到他來，顯得很高興，「只要有內田在，凡事都可以放心。」

「不敢當。」

「那麼，就來討論第二次行動計畫吧。」

「是。」參謀長木下宇三郎首先報告，「兩次颱風侵襲雖然對我軍造成相當不便，但蕃人處境更加窘迫，近日已有數百名蕃人勢窮來降。」

內田嘉吉也道：「警察部隊方面，截至七月九日為止，外太魯閣方面已扣押槍枝兩百八十四挺，巴托蘭方面則扣押三百五十五挺，合計六百三十九挺。」

「唔！」

木下宇三郎道：「關於第二次行動，主要目的在討伐陶賽溪上游的道澤蕃，以及宜蘭廳管內的南澳蕃。有鑑於第二守備隊已在內太魯閣立下首功，傷亡也較多，因此改由第一守備隊擔任主攻，循陶賽溪上溯，由南向北進入宜蘭廳。」

內田嘉吉道：「警察主力永田隊的十二支部隊已改編為『南澳蕃討伐隊』，正陸續離開擢其力溪下游往花蓮港集中，準備搭船到蘇澳後前往大南澳，由北往南攻入，與第一守備隊形成夾擊之勢。」

「唔！」佐久間左馬太對此安排顯得頗為滿意。

「然而，」木下宇三郎話鋒一轉，「暴風雨屢至，糧食泡水，罹患疾病者逐漸增多。赤痢、傷寒和恙蟲病患已有二百多人，因此死亡者竟已超過三十名。這還不含風災後搶修作業中的傷亡，以及合歡山上凍死的人夫。」

「那又如何？」佐久間左馬太對此並不以為意。

內田嘉吉看了木下宇三郎一眼，接口道：「兩次颱風為全臺灣各地帶來相當大的災害，對討伐最直接的影響是，從滴仔經埔里社到眉溪間的輕便鐵道嚴重受損，棧道和橋梁整個被沖毀，修復需要相當時間和預算，對後勤補給十分不利。」

「『相當時間』是指多久？」

「完全恢復至少要一個月。」內田嘉吉故意頓上一頓才又續道，「如果不計代價搶修，也許可以再縮短一點時間，但無論如何至少會拖延三週以上。光是原本的五萬名人夫每個月工錢就需要九十萬，若要搶修補給線則必須徵募更多人手，如此一來恐將無法支應。」

「這些話我早就聽多了。」佐久間左馬太有些不耐煩，「不能追加預算嗎？」

「報告總督閣下，預算已經追加到無可再追加了。」內田嘉吉沉穩地道，「小官建議酌量減少討伐隊員的數目，如此一來補給供應得上，患病者也會減少，更可降低人夫開銷。」

「這你們去商量。」佐久間左馬太嚴厲地道，「減員可以檢討，但絕不可影響到討伐計畫。」

「是！小官絕對以成就理蕃事業最後大功為前提來計畫。」內田嘉吉篤定地道。

離開總督幕舍之後，木下宇三郎邀請內田嘉吉一起用餐，趁便問道：「經費與後勤的狀況到底有多窘迫？」

「如同方才所說，幾乎難以為繼了。」內田嘉吉淡淡地道。

「如果連民政長官閣下都無法處理，那就真的是很棘手了。」木下宇三郎嘆道。

「其實那還不是最艱困的事。」內田嘉吉將幾張近日的新聞紙遞給木下，「將軍請看，原本每天都占據大版面的討伐軍進度，現在卻被擠到邊緣一角。取而代之的是風雲詭譎的歐羅巴問題。」

木下宇三郎道：「這我們也注意到了，但討伐軍被接連而來的颱風所阻，沒有消息可以報導也不奇怪。」

「不，這代表官民各界關注的事情已經轉變了。事實上國內早就喧騰一片，政府和陸海軍都在計畫參戰，也暗中下指令要臺灣總督府隨時準備配合。」內田嘉吉向來低調謹慎，很少透露他所掌握的內情，但這時為了拉攏木下宇三郎支持盡早結束討伐，刻意慎重地道：「陸軍打算出兵山東，奪取獨逸（德國）在當地的租界地和權利。海軍則放眼南洋諸島，需要臺灣作為中途基地。」

「連陸軍也……」木下宇三郎一陣苦笑，「長官閣下對陸軍的動態竟比我們還清楚，真是令人佩服。」

內田嘉吉警覺地撇清：「將軍只是因為人在山上，所以才一時消息隔絕，這並非甚麼祕密。」

「閣下不用客氣，您在國內的人脈之廣是大家都知道的，這對臺灣總督府來說也是一件好事。」木下宇三郎坦率地道，「簡單來說，國內已經不再支持繼續討伐蕃人，是這麼回事吧。」

「正是如此。」

「老實說我也覺得討伐應該見好就收，尤其總督傷後仍堅持不肯下山，非常讓人擔心。但總督閣下的固執程度超過常理，我也不知道該怎麼勸他才好。」木下宇三郎顯得頗為困擾。

「總督閣下最掛心之事，無非是理蕃事業成功。而討伐最終目的，是要全島蕃人盡數歸順繳槍。現在太魯閣蕃已大致處分完成，只要道澤蕃和南澳蕃望風披靡，主動繳槍歸順，那麼我軍不僅能夠提早完成理蕃偉業，甚至更增帝國威光。」內田嘉吉胸有成算地道。

「問題是蕃人一向頑抗到底，他們會願意主動歸順嗎？」木下宇三郎看著內田嘉吉臉上隱晦而詭祕的表情，恍然道，「啊，你是說我們如此向總督報告，並對外宣稱蕃人全數歸順，就可以提早凱旋？」

「當然不是要謊報戰果。」內田嘉吉仔細拿捏說詞，語帶暗示地道，「第一守備隊和警察的永田隊依舊按計畫進軍，只是多用操縱的手段讓蕃人盡速交出槍枝，也就大功告成了。」

木下宇三郎心領神會，剩下的原住民地區要多用利誘懷柔之策，哄騙他們提供部分槍枝，甚至可以把在太魯閣地區扣押的槍枝數量勻一些算在另外兩區，帳面上看起來似模似樣即可。但是他想了想還是搖頭道：「前線的軍人都想立功，我沒有把握說服平岡和荻野他們。」

「正如參謀長對總督閣下健康的關心，兩位將軍在總督麾下多年，一定也同樣憂慮。」內田嘉吉意在言外地道，「他們兩位都已將屆退役年限，就我所知，荻野很想在轉預備役之前晉升中將，平岡則有意多做幾年。總督遲遲不肯下山，並不利於傷勢恢復，萬一再有甚麼閃失，兩位將軍恐怕也難逃護衛不周的指責吧。」

木下宇三郎抱胸遠望，緩緩地點著頭。

內田嘉吉見他已然接受，恢復了平日淡然的模樣，道：「太魯閣蕃討伐乃是聖代偉業，應該要有盛大的歸順式。到時候各社頭目先按官方儀式歸順，再依土俗埋石立誓，自此永為我日本帝國之臣民！」

✦

八月十日，在西拉歐卡夫尼溪底的軍司令部舉行了「內太魯閣蕃歸順式」，以托博闊、卡拉堡、古白楊、洛韶、西寶等地區為主，號稱九大部落六十四名頭目齊集歸順。實際上因為道路險阻、消息傳遞不便等緣故，日軍只能動員軍用道路通過的部落，在場面上擺出「內太魯閣全體」的形式。

由於古白楊頭目已死，眾人公推吉揚．雅布為新的頭目。他與岳父，也是西拉歐卡夫尼的頭目瓦其赫．哈比連袂前來，抵達溪底營地時，只見數百名日軍士兵步槍上的刺刀光燦耀眼，人人服儀端正氣派，軍容壯盛。瓦其赫．哈比眼見敵人在自己的部落領域耀武揚威，自是格外唏噓。

集合場旁的木架上，堆著近百挺步槍。吉揚．雅布想起祖父留下來的溫徹斯特步槍，自己將它埋藏在避難所後方的地下，寧願朽壞於大地也不願交給敵人。

六十四名頭目陸續到來，絕大多數彼此都未曾見過，花費很長時間自我介紹，按肩問禮。

楢崎冬花對此景象深感好奇，帶著通譯詢問吉揚．雅布：「你們內太魯閣人都是從托魯閣．塔洛灣遷來的，算是親戚吧？」

「沒有錯。」吉揚．雅布答道。

「那麼為甚麼好像彼此都不認識呢？」

「我們平日謹守自己的耕地和獵場，生活非常忙碌。除了偶爾到鄰近部落遊玩，很少拜訪不同地區的親族……」吉揚・雅布留意到一個生面孔抵達，撇下日本人上前致意。

「你好，我是卡莫黑爾社的塔拿哈・瓦旦。」

「你好，我是古白楊社的吉揚・雅布。」吉揚・雅布按照禮節介紹自己的家世傳承，「我的祖先阿維從托魯閣・塔洛灣的沙度社遷到烏萊，他的長子勞西生下白楊。因為白楊十分英勇，而且為人公正，大家就把他住過的地方稱為『古白楊』紀念他。白楊生納威，納威生卡瓦斯，卡瓦斯生諾明。傳到第七代我的祖父諾明，生下我父親雅布，我是父親的第二個兒子。」

「我的祖先哈胞生怡邦、烏道和阿波三兄弟，他們從托魯閣・塔洛灣遷來旁給揚……」塔拿哈・瓦旦說到一半，日本軍官一陣吆喝，透過通譯命道：「歸順式預定的時間已經到了，所有人過來集合！」

塔拿哈・瓦旦一面和吉揚・雅布並肩走向集合處，一面繼續訴說家世，卻被軍官粗暴地打斷：「安靜！哪來那麼多話，真沒規矩。」

總督本人自矜身分並不出席，只坐在幽暗的幕舍中遙遙觀望。歸順式由總督專屬警視宇野英種主持，並由花蓮港廳長飯田章、總督祕書鈴木三郎、臺北醫院院長稻垣長次郎醫學博士以及蕃務本署官員列席觀禮。

宇野英種首先對各社代表傳達總督的「訓誡」，大意是說總督親率大軍前來討伐，是為了讓日本帝國領土內所有子民同沐皇恩。太魯閣人本以為自外於天地，仗勢獰猛頑強抵抗，如今結果昭然若揭，只不過是螳臂當車。今日太魯閣人既然繳槍歸順，帝國將會善加撫育教化，所有人都須誠意歸順，一心做日本之良民，盡改野蠻陋習，並永不再生反叛之心云云。

宇野英種這番「訓誡」有太多族人無法理解的內容，通譯遇到「帝國」、「良民」、「教化」等語時也只能直接用日語表達。眾人只知道這是一次不同於以往的和解，失去槍枝卻保留住領域，不知未來將會是甚麼樣子。

吉揚・雅布聽得宇野英種左一句「汝太魯閣蕃」，右一句「爾等內太魯閣人」如何如何，總覺得甚麼地方不對勁。他看著在場每一個族人，顯然都與日本軍隊有過一番血戰，不惜生命保衛各自的部落。奇怪的是，日本人卻要不同親族不同地區的族人齊集西拉歐卡夫尼社，在不屬於自己的部落領域內向日本歸順，實在令人困惑。

接著通譯搬來一塊人頭大小的立誓石，日本人為了用族人能夠理解並遵守的方式完成歸順式，採取了傳統的埋石儀式。族人們先傳遞一個水瓢，捧在額邊，右手指尖浸在水中盟誓：「由utux見證，太魯閣和日本在這裡誓約和解，雙方立刻遺忘所有紛爭仇恨，彼此和好。直到這塊石頭腐爛為止，這則誓言永遠有效！」接著每個人輪流舀一勺小米酒淋在石頭上，等所有人都淋過之後，就把石頭半埋進土中。

按族人的習慣，儀式原本應由和解雙方共同進行，但在日本人認知中，這只是被征服者的立誓歸順，因而袖手旁觀。於是這一場族人單方面參與的埋石立誓，彷彿不同親族合而為一的會盟。

當吉揚．雅布把小米酒淋在已被澆灌得徹底溼濡的石頭上時，他忽然深切地感覺到，在場所有太魯閣人都是血脈同源的手足，是死後都會前往同一個祖先靈界的親人，而大家所供奉敬畏、祈求福佑的utux，也都是同樣的utux。

他虔敬地將酒水澆完，抬頭環顧四周，所有的人也都用同樣的眼神看著他。

⌘

七月中「第二次行動計畫」展開後，前線捷報頻傳，都說因為日本軍警掃蕩太魯閣的神威震懾，道澤人和南澳人紛紛望風請降。陸軍第一守備隊和警察的永田隊未曾遭遇太多抵抗，便順利完成道澤和南澳地區的「處分」，至此整個「太魯閣討伐」行動徹底完成。

佐久間左馬太遂在八月九日下令，軍警各部隊分批解隊下山，凱旋返回原駐地。他本人在十三日偕同第一守備隊啟程返回臺北，第二守備隊則較晚解隊，穿過太魯閣地區到花蓮港乘船返回臺南。

八月二十八日，陸軍第二守備隊在三角錐山[2]西麓營地舉行陣歿將卒的招魂祭，會後並按例舉行能劇和相撲等餘興節目。

「東側：奇萊主山！西側：太魯閣大山！」司儀戲謔地幫上場比賽相撲者隨口取了力士名，引起圍觀軍警哄堂大笑。「奇萊主山勝！下一場——東側：擢其力溪！西側：無名溪！」眾人再次笑得東倒西歪。

野呂寧和財津久平等測量人員在戰爭過程中隨著警察部隊入山測繪，這時也受邀參加招魂祭，難得悠閒地在一旁指點笑談。野呂寧忽然看到遠方來了一個熟悉的身影，一時幾乎不敢相信，那竟是在一年多前因蕃地調查課裁撤而辭職返回日本的森丑之助，沒想到他又到臺灣來了。

「丙牛君！」野呂寧喚著森丑之助的筆名，開心地奔上前去，「沒想到你這麼快就回臺灣來了，看來這『前人未到的內太魯閣蕃地』果然還是難以抵擋啊。」

「內田長官發電報邀請我，要我回來撰寫《臺灣蕃族志》和《臺灣蕃族圖譜》，因此我到臺灣總督府臨時舊慣調查會蕃族科擔任囑託。太魯閣蕃地打開確實也是難得的機會，我就上來看看。」森丑之助關心地問道，「聽說上個月颱風來襲時，你們測量隊遭

---

2 三角錐山：此處的三角錐山是指立霧溪下游北岸與今日同名的山頭，而非在當時亦被稱為三角錐山的奇萊主山北峰。

難了，不要緊吧？」

野呂寧道：「那是在巴托蘭，測量隊二十三人正要上山，我跟財津過銅門鐵線橋之後忽然吹起猛烈的風勢，橋體上下搖動得厲害，終於把數條鐵線拉斷，造成兩名巡查和一名人夫跌落橋底受到重傷。幸而搶救之後都沒有大礙。」

財津久平插口道：「這件意外也算是塞翁失馬，當晚溪水暴漲，初音橋被大水流失，山上與外界失去聯絡，成為黑暗狀態。要是當時我們繼續上山就糟了。」

「雖然有這樣驚險的插曲，但隨著太魯閣蕃地完全處分，我們也終於把《五萬分一蕃地地形圖》最後的空白區塊全部實地測量過，可以製作正式版了。」野呂寧表情至為滿足，「有了這樣精準的地圖，往後無論是開闢道路還是採礦、建水壩，都可以此做為規畫基礎，對於往後開發蕃地有極大助益。身為測量人員，這真是夢想實現的最大幸福啊！」

「開拓蕃地、開採礦產固然是國家之福，但身為人類學家，我卻不知是否應該感到高興。」森丑之助憂心地道，「隨著外人進入蕃地，蕃人的社會組織將在很短的時間內陸續瓦解，他們的生活習慣會有顯著變化，民族性也將自然消失。內太魯閣原本是少數僅存的蕃人樂土，我只希望這片樂土能夠維持得久一些。」

「歸順式上已經頒過嚴令，往後不可再出草，也不能再文面。這幾天竟然還是有人偷偷把孩子帶到山上去文面，真是惡俗難改！」駐守在古白楊的一名巡查隊長嚴厲地下令，「把頭骨架拆除，所有髑髏集中埋到頭目家後面！這種野蠻的風俗必須消失！」

吉揚．雅布將架上的髑髏拿起來裝進袋子裡，每拿起一個，就覺得心裡少了一點甚麼。他伸手按在一個髑髏上，遲疑了一下，認出這是自己獵到的第一個敵首。他還記得那一夜的氣味、祖父指揮的嗓音，還有滿山風聲向他叨叨絮絮。髑髏已完全乾枯，不再懷有任何鄉愁和怨恨，完完全全成為古白楊靈力之海的一部分，但如今部落的靈力卻即將煙消雲散了。

「還捨不得你的髑髏嗎？無智的蕃人！」那巡查隊長在一旁怒吼，吉揚．雅布只好默默將髑髏掃進袋子裡。

前來視察的花蓮港廳蕃務課長雨田勇之進大聲讚歎：「有些人把理蕃事業批評得一文不值，他們真應該來此地看看。這個對蕃人施加武力之策，沒收了他們的武器，也消弭獵首惡習，同時提高蕃人文明，不僅僅是一種鎮壓手段而已！」

那巡查隊長笑道：「課長說得對，這番話真是提振了我們第一線人員的士氣！」

「等一下！」森丑之助飛奔而來，用流利的太魯閣語喊道，「把髑髏放回架子上去！」

吉揚．雅布疑惑地看了看森丑之助，又看看那巡查隊長，不知該怎麼做。森丑之助對巡查隊長道：「讓他暫時把髑髏放回去，我要拍攝寫真。」

「這……」那巡查隊長楞了一下，沒想到他會提出這樣的要求。

森丑之助早已俐落地架起寫真器，指揮起吉揚．雅布來：「我記得這一枚應該再右邊一點、再朝向正面一點。」吉揚．雅布一時以為能夠保留頭骨架，興奮地把髑髏一一放回架上。

「森囑託是臺灣第一蕃通，跑遍蕃地，頭骨架早就見多了吧，都是一樣的東西，何必再三拍攝下來？」雨田勇之進對他打擾勤務頗為不滿，語帶譏諷地道，「我實在搞不懂，這種野蠻的東西有甚麼好珍惜的呢？」

「外人都說蕃人野蠻，但我沒有見過比他們更純樸、真誠的人種。」森丑之助仔細調整著寫真器，一邊慎重地道，「所謂蕃人的迷信，不過是遵從祖先的教訓，是一種嚴格的規範和戒律。因此他們雖然沒有法律，卻能夠人人誠心維持著比文明世界更加寧靜祥和的社會。」

「傳聞森囑託是個生蕃化的怪人，沒想到本人比傳說中的還怪！」雨田勇之進和巡查隊長相視一眼，搖搖頭走開。

森丑之助拍完寫真後，遺憾地說頭骨架最終還是必須拆毀。吉揚．雅布沒有多說甚麼，只是問：「我可不可以為他們再吹一次縱笛？」

「當然好啊。」森丑之助喜出望外。

吉揚．雅布取來縱笛，蹲在頭骨架前吹奏起來。空靈而略帶嘶啞的簫管聲幽幽迴盪著，曲調古樸而緩慢，彷彿漫長的時間歲月停止流動，以永恆的寧靜撫慰著這一顆顆曾經剽悍無匹的山野生命。頭顱們默然無語，吉揚．雅布的表情也變得和緩，在這笛聲中，任何纖毫的浮躁心緒都被細細撫平。

森丑之助聽得出神，良久之後才以日語喃喃地道：「本來以為獵首民族的音樂應該十分慷慨激昂，沒想到如此沉靜幽雅。」

「你是日本人嗎？」吉揚．雅布放下縱笛問道，「你和他們看起來很不一樣。」

「是，也不是。」森丑之助開懷笑道，「我本來是日本人，現在已經『生蕃化』，變成蕃人了。」

「是哪裡的蕃人？」

「泰雅、布農、排灣……我幾乎每一族的話都會講一些。雖然對布農最熟悉，但現在我在內太魯閣，我就是內太魯閣人。」

「你確實學得很快。原本講話比較像托魯閣．塔洛灣那邊，不過幾天而已，現在已經跟我們完全一樣了。」吉揚．雅布道，「而且你不像其他日本人那樣蔑視我們。」

「我喜歡山上。」森丑之助認真地道，「我喜歡蕃人。」

「那你告訴我，你們為甚麼要來？」吉揚．雅布輕描淡寫地問，話語卻有如千斤之重，「你們既不要我們的土地，也不是來出草馘首，卻把我們的槍奪走、頭骨架拆毀。你們到底要甚麼，我不明白。」

「那是因為……」森丑之助啞口無言，他當然知道總督府冠冕堂皇的那一套說法，還有資本家覬覦山地資源的野心，但那些理由他都並不認同，也說不出口。

「我不明白。」吉揚・雅布反覆追問著，「你們為甚麼而來？」

✦

總督一行在八月十八日抵達臺中下榻一晚，官民各界全體動員，在新盛橋（今中山綠橋）搭建歡迎門，手持國旗大排長龍迎接。隔天早上，佐久間左馬太搭乘九點三十三分的火車出發，沿途停靠各大車站，接受民眾歡呼致意，直到下午四點五十六分才抵達臺北。

臺北停車場前新築了一座高達十五米的四柱牌樓式凱旋門，中央交叉懸掛著兩面巨幅日之丸國旗，數十條綵帶垂懸而下，如同蛟龍游動般迎風招展。車站內外早已擠得水洩不通，除了全體文武官員，舉凡各婦人團體、在鄉軍人聯合分會、各町內團體、練習所生徒、農事試驗場、工業講習所和其他公私各學校全數到齊，人潮一直延伸到府後街（今館前路），搭乘人力車來看熱鬧的紳商只能在兩百米外的鐵道飯店下車步行，還不一定擠得過去。

列車停妥之後，在數千人三唱「萬歲！」聲中，老總督拄著梓木手杖徐徐下車，行了一記軍禮致意。他登上馬車，緩緩從凱旋門下通過，沿途「萬歲！」之聲不絕於耳，直到返抵總督官邸，都還有許多人在圍牆外徘徊不去，祝福總督身體健康。

相關凱旋慶祝活動接連不斷，先是陸軍第一守備隊和警察隊分別返抵臺北，軍容壯盛地從府後街列隊遊行到新公園。九月三日在臺北練兵場舉辦軍警戰病歿者招魂祭，四日晚間上萬市民參加大提燈行列，從新公園集合出發，排成五公里長的火龍，一邊高唱「萬歲！」巡遊總督官邸、步兵第一聯隊、陸軍部和總督府等地。

這天是農曆七月十五，也就是傳統習俗的中元節，說巧不巧，竟發生了長達一百九十六分鐘的月偏食，只見皎潔的明月慢慢掩上一層陰影，幾乎完全被黑暗吞沒。接受新式教育的學生們興奮地怪叫不已，卻也有不少老輩暗暗搖頭，以為不祥。

慶祝活動最後的高潮，是九月五日晚上在殖產局苗圃（今臺北植物園）舉行的凱旋大祝賀會。苗圃門口築了一座用鮮花和綠葉布置的大牌樓，園內到處裝設電燈，照耀如同白晝，並有二十個臨時店面提供各種酒餚和餘興節目。

雖然臺北測候所提出熱帶低氣壓急襲而來的警報，傍晚時颳起一陣陣飄風急雨，但三千名受邀的軍警高官、紳商眷屬依然準時到場，私家人力車在入口兩側並排，好不壯觀。

然而當五點四十分司儀宣布慶祝會正式開始的同時，忽然疾風大作，將牌樓上大大的「祝賀」兩字扯落，姿態詭異的在空中翻了兩圈後落地摔個破碎。

來賓們一陣騷動，盡皆變色。佐久間左馬太恍若無事地起身走到臺前，向眾人舉手致意，慢條斯理取出講稿誦念起來。眾人見總督如此鎮靜，也只好按捺住躁動的情緒，肅立靜聽。

……本總督統帥軍隊及警察隊攀越峻岨，冒瘴癘進入不測之地與不逞之徒奮戰激鬥數十次，終於靖定內外太魯閣蕃，使全島十二萬蕃人莫不受羈縻，霑天朝雨露之恩……

隨著總督沉悶的誦詞，雨勢越來越大，來賓們不敢奔走躲避，也不能打開雨傘，只能直挺挺地被淋得渾身溼透。佐久間左馬太繼續念道：

……惟實行理蕃以來，臨窮山絕壑之間從事征戰，因斯業喪失許多國民於荒域，至為恐懼痛恨……

這時彷彿回應佐久間左馬太的致詞，強風驟然大作，人們彎身按住帽子和裙襬，幾乎要被吹走。左近「磅！磅！磅！」地連串聲響，整排臨時店面接連倒塌，電燈也同時盡數熄滅。賓客們再也顧不得禮數，驚叫著四散奔逃，只有軍警人員依然勉強傾斜著身子頂風而立。

佐久間左馬太身軀一晃，手上講稿被風奪走，登時楞在當場。內田嘉吉看著一團混亂的場面，擔心總督安全，趕緊命司儀宣布：「今晚的祝賀會和花火餘興，非常遺憾必須中止。」

內田嘉吉衝到佐久間左馬太身邊，道：「總督閣下，請先到屋裡避雨更衣吧。」

佐久間左馬太卻不稍動，望著幽暗園區內一片慌亂的人影，猶自喃喃低語：「今日成此大功，幸為浩蕩皇威之庇佑，終將我日本皇帝之御仁慈，遍施於皇土之內……」

內田嘉吉詫異地看著佐久間左馬太，發覺他在一瞬之間蒼老了許多。

尾聲

大正十二年（一九二三）十二月八日，位在塔比多（今天祥）的佐久間神社舉行正式落成的鎮座祭。神社內合祀故佐久間左馬太總督與開拓之神大己貴命，作為當地研海支廳的守護神。

花蓮港廳官民代表、山區各駐地警察與眷屬、各蕃童教育所的學員，還有各社代表共千餘人齊聚在塔比多。內太魯閣道路沿途旌旗飄揚，乃是前所未有的盛況。

吉揚·雅布和其他頭目一樣被迫參加，帶著九歲的長子諾明·吉揚前來。諾明·吉揚調皮地東跳西拐，忽然在路旁摔了一跤。

「不好好走路，果然摔跤了吧，快跟utux道歉再站起來。」

「為甚麼跌倒要跟utux道歉？」諾明·吉揚毫不在意地起身，詭異的是，他都還沒站穩，馬上又摔倒在地。

吉揚．雅布斥責道：「人不會無緣無故跌倒，一定是你有意無意間做了對utux不敬的事，祂才絆倒你教訓一下。」

「utux啊，我無意中冒犯了祢，請原諒我吧！」諾明．吉揚誠心祝禱，然後穩穩地站起。

「這就對了，諾明。」

吉揚．雅布在集合場見到許多熟人，除了內太魯閣各社，還有來自外太魯閣、巴托蘭、道澤和德克達雅各群的頭目。大家每年都被強迫到塔比多祠（佐久間神社前身）來參拜本地的守護神「Sakuma（佐久間）」，久而久之自然彼此熟識，這時不免熱絡寒暄起來。

另一頭，年輕的寫真師下田學拿著手提寫真器，興奮地四處拍照，一面道：「真是人間絕景啊，老爹總是嚷嚷著太魯閣風景如何如何，我還以為他都是吹噓，沒想到比他說得還美！」

臺南新報的記者楢崎冬花淡淡一笑：「看來你還沒得到父親的真傳，照這樣拍法底片一下子就用完囉。」

這時一名官員拉著蕃童教育所的學員，召集記者們過來採訪。那官員道：「到底這些年來蕃人教育推展得如何，請各位記者先生們眼見為憑。」

那名太魯閣少年用流利的日語道：「大家好，我叫比紹．巴萬，今年十二歲。」

「喔，日本語很上手嘛。」記者們大感驚奇，一人問道：「你知道今天是甚麼日子嗎？」

「知道，今天是佐久間神社的鎮座祭。佐久間總督閣下是完成理蕃大業的偉人，也是太魯閣的守護神。」

楢崎冬花忽問：「佐久間總督曾經討伐太魯閣，你們對他的看法怎麼樣？」這尖銳的一問令眾人都捏了把冷汗，但比紹．巴萬面帶微笑，背書似地道：「雖然我等的祖先遭到佐久間總督討伐，但也承蒙他的庇蔭，我們才能成為日本人，接受大君的御恩惠。佐久間閣下是令人感謝的神明！」

「說得太好了！」記者和圍觀的人們爆出如雷掌聲，紛紛讚歎道：「教育的力量真是偉大，蕃地警察真是辛苦了！」

比紹．巴萬被眾人圍著稱讚，臉上放光。楢崎冬花退到人群外，點了一支菸默默抽了起來，下田學拍完照片過來，與有榮焉地道：「那個比紹．巴萬講起話來真的跟日本人一樣，可見蕃人只要接受正確的教育，也可以成為良好的國民。」

「是嗎？」楢崎冬花半瞇著眼睛，表情顯得有些複雜。

下田學看著陡直參道上方，以群山為背景的簇新神社，崇敬地道：「楢崎叔和老爹能夠親身參與『太魯閣蕃討伐』，見證理蕃偉業，好令人羨慕。」

「偉業啊……」楢崎冬花深深吸了一口菸，想起當年隨軍上山，在營地無菸可抽被下田正捉弄的往事，不禁莞爾。

下田學疑惑道：「楢崎叔好像不太認同？」

「理蕃當然是一代偉業，佐久間總督做為太魯閣的守護神也是再適合不過。」楢崎冬花把菸屁股丟在地上，用力踏熄，「只是世事瞬息萬變，所謂人算不如天算啊。」

「怎麼說？」

楢崎冬花壓低聲音娓娓道來。九年前那場浩大的戰爭，總督府動員六千多名軍警、一萬多名漢人人夫上山，另有超過三萬人夫在平地支援後勤。合計軍警八十四人死亡，一百五十四人負傷，另有三百一十七人患病，其中四十三名死亡。而人夫死亡三百二十六名，多數是病死，其他則為凍死、墜崖和遇襲而死。以此為代價，扣押了太魯閣地區一千三百零五挺槍枝，並使北部山地全面置於總督府的控制之下。

佐久間左馬太總督在當年九月赴東京向天皇上奏理蕃事業結束，總計五年間扣押原住民槍枝兩萬五千七百餘挺，勘定全島山地。隔年五月一日，佐久間左馬太辭去總督一職返回日本，三個月後隨即逝世。

然而就在佐久間左馬太離開臺灣當月，花蓮港廳玉里郡發生大分事件，布農族人發動兩波襲擊殺死二十二名日警，戳穿了總督府「勘定全島蕃地」的假象；而在佐久間左馬太逝世前一個月，更爆發了數千名漢人參與的西來庵反抗事件，總督府調動軍隊鎮壓之後逮捕近兩千人，將其中八百六十六人判處死刑，成為轟動國際的一大醜聞。最後在龐大國際壓力下僅處死其中九十五人，其餘則以天皇特赦的名義減刑。

雖然沒有直接的證據表明西來庵事件和「太魯閣蕃討伐」之間的關聯性，但三百二十六名在山上死亡的人夫中，有一百六十八名來自臺南廳，可見兩者之間不無因果關係。

「最諷刺的是，開發山地所獲得最主要的資源樟腦，卻因為獨逸（德國）人工樟腦技術突破，世界市場占有率一落千丈。如今想來，這場大討伐還真不知應該怎麼評價呢。」楢崎冬花言罷出神良久。

「咻——咻——」一陣煙火沖上天際，鎮座祭正式展開。主持祭典的花蓮港廳廳長江口良三郎和研海支廳長永井國次郎都是當年曾經參與這場戰爭的警官，江口良三郎並且代為誦讀了現任總督的祝詞——這位剛上任三個月的新總督，正是當年的民政長官內田嘉吉。

「那時候龜山警視總長氣焰囂張，大家都說總督府好像有兩個民政長官，沒想到原來內田嘉吉只不過是鋒芒內斂，到頭來還是他平步青雲。」楢崎冬花意味深長地一笑，「誰能不說世事難料呢？」

神社前展開肅穆而冗長的儀式，而在參道下方遠遠觀禮的太魯閣人們對此毫無感覺，很快就不耐煩地交頭接耳起來。

「Sakuma（佐久間）是被我們太魯閣人打死的！」一名外太魯閣人語出驚人。

「沒錯，他帶那麼多人上山攻打，用大砲驚擾utux，所以utux讓我們太魯閣人把他打死了。」一名巴托蘭人附和道。

「Sakuma真的是被我們太魯閣人打死的嗎？」有人質疑道。

「他若不是死在這裡，日本人為甚麼要蓋這麼大一間神社來祭拜他？」

「對！」「有道理！」

「你們有人親眼看到嗎？到底是誰打死Sakuma的？」

「我知道！是卡拉堡人魯隆・納威！」「我聽說是西拉歐卡夫尼人巴幹・雅肯！」

「不對，我塔瑪（父親）跟我說是洛韶人瓦旦・塔南！」

「你們都亂說，打死Sakuma的人就在這裡啊。」一名斯其里楊人道，「那就是古白楊的頭目吉揚・雅布！」

族人們紛紛看向吉揚・雅布，嗡嗡然議論起來，一旁的日本警察喝斥道：「安靜！不准動！這可是神聖的鎮座典禮！」

過了一會兒，諾明・吉揚低聲問道：「塔瑪，剛才他們說Sakuma是你打死的，這是真的嗎？」

「不。」吉揚・雅布看著山坡上的佐久間神社，「我確實向他開了一槍，但他是自己從懸崖上跌下去的。」

「他自己跌下懸崖，那就不是我們太魯閣人殺的了。」

「兒子呀，人不會無緣無故跌倒，對utux心存不敬的人就會遭到utux的懲罰啊！」

「喔！」諾明．吉揚恍然。

太陽已經高高升起，照耀在佐久間神社上，屋頂交叉戟張的千木誇飾著其凜凜神威。日警驅使族人開鑿的內太魯閣道路兩旁，日之丸旗獵獵飄動，一片白光刺眼。

吉揚．雅布想起了多年前第一次參與狩獵時祖父告訴自己的故事。

「記得我跟你說過射日的故事吧，那是諾明巴其告訴我的。」吉揚．雅布對小諾明道，「你要永遠記得，不管我們遇到多大的艱難，都要一代又一代不斷努力。你要將祖先的努力和訓示牢記在心，並且把這個故事告訴子子孫孫。」

諾明．吉揚昂然挺胸點了點頭，剛毅的神情和諾明．巴可爾簡直一模一樣。

吉揚．雅布聽著溪谷裡不絕的風聲，仰頭望向神社上方的蔚藍天空，目光無比深邃。

後記

書寫歷史小說，是我認識歷史的重要途徑，更是對時代叩問的一種方法——扣問著過往也叩問當代。《樂土》這部小說即是如此，以一九一四年的太魯閣戰爭為主題，實際上探討的是人們的時代課題、心理歷程和文明碰撞。

接觸這個題材的契機，是去年（二〇一五）冬天參加了吾友黃湯姆在旅人書房舉辦的「地圖上的癡迷旅人」講座，聽他提及一九一三年合歡山大山難，這個由總督府技師野呂寧率領的探險隊山難事件，對許多人來說也許並不陌生，但湯姆從臺灣地圖史和殖民工具的角度闡述此事，為我打開前所未有的新視野。

此一事件就像地表的礦脈露頭，背後蘊藏的豐富內涵引發我一探究竟的興趣。《樂土》的故事從地圖出發，走向對大歷史脈絡的梳理，最後終究回到人在特定時代裡的處境及反應。摸索題材過程中，無論是總督的固執、「在來派」日本官吏對臺灣的特殊情感，還是太魯閣人的精神世界橫遭破壞與群體意識誕生，都讓我深有感觸。

透過書寫，我看見歷史更多生動的肌理，得到豐厚的收穫。我也試著在虛構中讓互相衝突的價值觀有一點點對話的可能，以滿足自己對真實世界的卑微願望。能夠有機會完成這部作品，真是非常幸運。

感謝全球華文文學星雲獎對歷史小說這個文類的期許與獎勵，《樂土》獲得評審們慷慨的肯定，對個人意義十分重大。感謝主辦單位公益信託星雲大師教育基金積極安排本書出版事宜，也謝謝聯經出版公司胡金倫總編輯與主編陳逸華兄的熱忱與專業，才能讓本書在最短時間內以理想的面貌和讀者朋友分享。

最後感謝家人們的支持，沒有你們的鼓勵和協助，就不會有這部作品的誕生。

當代名家・朱和之作品集1

樂土

2022年5月二版　　定價：新臺幣360元
2023年8月二版二刷

著者　朱和之
封面設計　兒日
校對　吳美滿
施亞蒨

出版者　聯經出版事業股份有限公司
地址　新北市汐止區大同路一段369號1樓
叢書主編電話　(02)86925588轉5305
台北聯經書房　台北市新生南路三段94號
電話　(02)23620308
郵政劃撥帳戶第0100559-3號
郵撥電話　(02)23620308
印刷者　世和印製企業有限公司
總經銷　聯合發行股份有限公司
發行所　新北市新店區寶橋路235巷6弄6號2F
電話　(02)29178022

副總編輯　陳逸華
總編輯　涂豐恩
總經理　陳芝宇
社長　羅國俊
發行人　林載爵

行政院新聞局出版事業登記證局版臺業字第0130號

本書如有缺頁，破損，倒裝請寄回台北聯經書房更換。　ISBN 978-957-08-6303-1 (平裝)
聯經網址 http://www.linkingbooks.com.tw
電子信箱 e-mail:linking@udngroup.com

國家圖書館出版品預行編目資料

樂土/朱和之著．二版．新北市．聯經．2022.05．328面．
14.8×21公分（當代名家・朱和之作品集1）
ISBN 978-957-08-6303-1（平裝）
[2023年8月二版二刷]

863.57 111005397

臺灣總督府民政部警察本署
《五萬分一蕃地地形圖》（太魯閣部分）
1913年至1915年製圖